JULIA LONDON
LA INSTITUTRIZ Y EL ESCOCÉS

Editado por Harlequin Ibérica.
Una división de HarperCollins Ibérica, S.A.
Núñez de Balboa, 56
28001 Madrid

© 2017 Dinah Dinwiddie
© 2019 Harlequin Ibérica, una división de HarperCollins Ibérica, S.A.
La institutriz y el escocés, n.º 185 - 15.5.19
Título original: Hard-Hearted Highlander
Publicada originalmente por HQN™ Books

Todos los derechos están reservados incluidos los de reproducción, total o parcial. Esta edición ha sido publicada con autorización de Harlequin Books S.A.
Esta es una obra de ficción. Nombres, caracteres, lugares, y situaciones son producto de la imaginación del autor o son utilizados ficticiamente, y cualquier parecido con personas, vivas o muertas, establecimientos de negocios (comerciales), hechos o situaciones son pura coincidencia.
® Harlequin, HQN y logotipo Harlequin son marcas registradas por Harlequin Enterprises Limited.
® y ™ son marcas registradas por Harlequin Enterprises Limited y sus filiales, utilizadas con licencia. Las marcas que lleven ® están registradas en la Oficina Española de Patentes y Marcas y en otros países.
Imagen de cubierta utilizada con permiso de Harlequin Enterprises Limited. Todos los derechos están reservados.

I.S.B.N.: 978-84-1307-791-8
Depósito legal: M-8071-2019

A las Tierras Altas de Escocia.
Que sigan alimentando las fantasías de los lectores durante cientos de años.

Capítulo 1

Las Tierras Altas (Escocia), 1750

Rabbie Mackenzie estaba en lo alto del acantilado, con la punta de las botas más allá del borde. Ante él, no había nada salvo vacío. Era una caída importante, y una simple ráfaga de viento le podía empujar.

¿Cómo sería la caída? ¿Planearía como los pájaros que se sumergían en el mar para regresar después a la superficie? ¿Se precipitaría como una piedra? ¿Estaría vivo cuando llegara al agua? ¿O su corazón lo traicionaría antes del momento final?

Seguramente, perdería la vida al impactar contra las rocas que se ocultaban bajo la espuma, y hasta era posible que no sintiera nada. Luego, la marea bajaría y arrastraría su cuerpo a mar abierto, como hacía con todos los residuos; pero, de momento, estaba alta, y las olas rompían con violencia contra la pared del acantilado.

Era una situación de lo más irónica. Anhelaba la muerte porque echaba de menos las Tierras Altas de su juventud, cuando la gente no tenía miedo de morir.

Y, sin embargo, no encontraba el valor necesario para matarse.

Rabbie habría dado cualquier cosa por volver a esa época, antes de que las tropas inglesas derrotaran a los escoceses en los páramos de Culloden. Extrañaba el tartán y los armamentos de los poderosos clanes, ahora proscritos. Extrañaba las *feills*, las fiestas con torneos donde los hombres competían y saciaban su sed con cerveza, servida por muchachas de buen ver.

Por desgracia, esas Tierras Altas habían desaparecido. Los ingleses habían quemado localidades enteras, ahorcando a sus vecinos o deportándolos a territorios de ultramar. Ya no había nadie que trabajara los campos. No había ovejas ni reses, porque los invasores las habían vendido. Y todo parecía un erial, carente de color y de vida.

Ni el propio Balhaire, hogar de los Mackenzie durante siglos, había salido indemne. Se habían mantenido al margen de la rebelión de los jacobitas, que intentaban devolver el trono a los Estuardo. Habían optado por la neutralidad. Pero, después de que los ingleses masacraran a tantos escoceses en Culloden, la mitad del clan había huido por miedo o por las acusaciones falsas que recaían sobre ellos.

Incluso él había tenido que huir. Y ahora había vuelto, tras dos años de exilio en Noruega.

Sí, era simpatizante de la causa rebelde, aunque no hubiera combatido. El hecho de que su madre y la esposa de su hermano fueran *sassenach*, como los llamaban en las Tierras Altas, no implicaba que los ingleses le gustaran. Estaba de acuerdo con la familia de Seona. Escocia no levantaría cabeza hasta que no se librara de los abusivos impuestos del rey Jorge.

Estaba de acuerdo, sí, pero no se había manifestado públicamente contra la Corona. Y, sin embargo, los ingleses lo habían convertido en un proscrito, habían quemado más de la mitad de pueblo que se alzaba a los pies de Balhaire, se habían incautado las reses y habían echado a perder los campos.

¿Cómo no iba a extrañar su juventud? Especialmente, porque ni siquiera sabía lo que le había pasado a Seona. ¿Habría muerto? ¿Seguiría con vida? ¿Llegaría a saberlo alguna vez?

Justo entonces, notó que algo se movía en la bocana de la escondida caleta. Era la proa de una embarcación, que saltaba sobre las olas mientras su capitán maniobraba entre los arrecifes y la pared del acantilado. Debía de ser su hermano Auley, que volvía de Inglaterra.

Rabbie se asomó de nuevo al vacío, esperando que el viento tomara la decisión por él. Una ola arrastró las algas que yacían sobre las rocas, las empujó hacia la caleta y se las tragó.

Después, se apartó del borde. No había llegado su momento, sino el momento de conocer a su prometida.

La calle principal del pueblo, otrora bullicioso, estaba prácticamente desierta. La herrería y la taberna, que también servía de tienda de ultramarinos, eran los establecimientos abiertos.

Rabbie subió a la fortaleza de Balhaire y pasó bajo las enormes puertas de la muralla exterior. Había muy poca gente. Hasta los perros parecían haber huido. Y, en cuanto a los pasillos interiores, estaban tan desnudos como el día de su construcción, porque los ingleses se habían llevado las armas y escudos que los decoraban.

Sus botas resonaban en los suelos de piedra cuando tomó el camino del despacho de su padre, señor de Balhaire y jefe de lo que quedaba del clan de los Mackenzie. Sabía que estaría allí, y lo encontró inclinado sobre su mesa, con el ceño fruncido. El drama de la guerra había teñido su pelo de blanco; pero seguía siendo un hombre robusto, a pesar de tener mal una pierna.

–*Feasgar marth, athair. Ciamar a tha thu*? –dijo Rabbie al entrar.

–Hola, Rabbie –dijo su padre, quien se quitó los quevedos y se frotó los ojos–. Sí, estoy bien, gracias... Te hemos echado de menos en el desayuno. ¿Dónde te habías metido?

Su hijo se encogió de hombros.

–He salido a pasear.

Arran Mackenzie se volvió a poner los quevedos y lo miró como si tuviera intención de decir algo, pero guardó silencio. Rabbie era consciente de que su familia estaba preocupada por su estado emocional, y hacía lo posible por tranquilizarlos, aunque no lo conseguía. ¿Quién podía fingir contento a partir de la nada?

Se acercó al mueble de los licores, se sirvió un whisky y se lo bebió de un trago antes de girarse hacia su padre con la licorera. Arran sacudió la cabeza y clavó la vista en el recipiente, esperando que lo devolviera a su sitio. Sin embargo, Rabbie se sirvió un poco más.

–Acabo de ver el barco –le informó.

Rabbie no dijo a qué barco se refería, porque solo podía ser uno. Los ingleses les habían confiscado el otro, y ahora dependían del viejo cascarón.

—Me alegro —replicó su padre—. La idea de que Auley esté en Inglaterra me inquieta tanto como la posibilidad de que mi hijo mayor se presente en Balhaire.

Arran se refería a Cailean, quien se había casado con lady Chatwick, una dama inglesa. Vivían en Chatwick Hall, lejos de los problemas políticos; pero Chatwick Hall estaba en Nottinghamshire, e Inglaterra no era un lugar seguro para un escocés.

Rabbie se bebió el segundo whisky y se acercó a la ventana, luchando contra el deseo de tomarse otro. Su reciente afición por la bebida le estaba causando problemas con su madre, pero no lo podía evitar. Y ese día, menos que ninguno, porque la comitiva de su prometida estaba a punto de llegar a Balhaire, aunque su padre no lo hubiera mencionado.

—Ya está decidido, ¿no?

—¿A qué te refieres? —dijo Arran.

Rabbie no se molestó en responder. Su padre lo sabía perfectamente, como demostró un momento después, cuando suspiró y dijo:

—Te lo he dicho mil veces, y te lo volveré a repetir. La decisión es tuya. Yo no te puedo obligar a que te cases. Pero, ¿por qué lo preguntas? ¿Es que has cambiado de opinión?

Rabbie soltó una carcajada amarga.

—¿Cambiar de opinión? ¿Y dejar a Balhaire sin protección alguna? ¿Permitir que los ingleses vengan y lo desmantelen todo? No, *athair* —dijo, sacudiendo la cabeza—. No he cambiado de opinión. Haré lo que debo hacer.

–Siento que tengas que pasar por esto, hijo mío. Pero Cailean dice que es una mujer bella... Supongo que eso facilita las cosas.

Rabbie pensó que solo las empeoraba. Nadie le podía gustar tanto como Seona MacBee, la pelirroja de intensos ojos marrones. ¿Por qué no se había casado con ella antes de la guerra? Si lo hubiera hecho, se habría marchado a Noruega con él. Si lo hubiera hecho, seguiría viva.

–Como si eso me importara ahora –replicó con tristeza.

Su padre se levantó y caminó a duras penas hacia él, apoyándose en un bastón.

–Es joven, Rabbie –dijo, poniéndole una mano en el hombro–. Se doblegará a tu voluntad. Será la mujer que tú quieras que sea. Y, por otra parte, no es necesario que te condenes a ella. Cásate, consuma el matrimonio y, luego, búscate una amante.

Rabbie miró a su padre con asombro.

–Pasa tu tiempo en Balhaire, o mándala a Inglaterra a pasar los veranos –prosiguió Arran, que se encogió de hombros al ver su cara de sorpresa–. Dicen que las situaciones desesperadas exigen soluciones desesperadas, ¿no? A tu madre y a mí nos habría gustado que las cosas fueran distintas, pero no tenemos otra opción. Si algún inglés quisiera casarse con una escocesa...

–No, de ninguna manera –lo interrumpió, decidido a ahorrarle ese destino a su hermana pequeña, Catriona–. Seré yo. Tengo que ser yo.

–Nadie te obliga a casarte, Rabbie. Si no te quieres casar, no te cases.

–No quiero, pero soy la única esperanza que le queda a Balhaire.

Arran sonrió con tristeza.

—En ese caso, cerraremos el acuerdo esta misma noche. Salvo que tú decidas lo contrario, por supuesto.

En realidad, Rabbie no tenía elección. Se sentía como un ratón atrapado detrás de una puerta, con un gato esperando al otro lado. Cualquier intento de huida implicaría la muerte; pero no la suya, sino la de todo lo que amaba.

El padre de la mujer que se podía convertir en su esposa ya había comprado Killeaven a la Corona, después de que esta se la quitara a los Somerled. Si no se casaba con ella, compraría también los terrenos de Balhaire, empezando por los que habían abandonado los Mackenzie proscritos. Y no lo podrían impedir.

En otras circunstancias, los habrían comprado ellos mismos con los beneficios de su principal negocio, el contrabando; pero la guerra lo había dañado gravemente y, para empeorar las cosas, no quedaba nadie que pudiera comprar sus productos. Necesitaban las tierras. Sin ellas, no habría campos de cultivo ni ganado que criar.

Aquel matrimonio era su única esperanza. Si se casaba con la *sassenach*, cuya dote incluía la propiedad de Killeaven, los Mackenzie tendrían alguna posibilidad de salir adelante; si no, estaban perdidos.

La llegada de la comitiva causó una verdadera conmoción. Frang, el mayordomo de los Mackenzie, les informó de que eran dieciséis personas en total: los padres de la joven, uno de sus tíos, un montón de criados y una institutriz.

—¿Una institutriz? —dijo Rabbie con desdén—. ¿Tiene diecisiete años y necesita una institutriz, como si fuera una niña?

—Bueno, no es exactamente eso —intervino su madre, Margot—. Por lo que tengo entendido, es una antigua institutriz que ejerce de doncella.

—¿También tendré que hacerme cargo de esa mujer?

Su madre frunció el ceño, aunque se las arregló para fruncirlo con elegancia, virtud que Rabbie no había visto nunca en otra mujer.

Arran y ellos estaban en el viejo estrado del gran salón de la fortaleza, donde se sentaban los señores de Balhaire desde hacía dos siglos. Al fondo, se oían las voces de los *sassenach*, que se acercaban por el corredor en compañía de Auley, quien los invitó a entrar al cabo de unos instantes.

A la cabeza del grupo iba un hombre alto y delgado que, por su cara empolvada y su elegante indumentaria, debía de ser el barón de Kent. El hombre miró el salón con sorpresa, como si no hubiera visto un castillo medieval en toda su vida, y Rabbie se acordó de lo que había comentado la mujer de Cailean cuando les habló de él.

Daisy dijo que Bothing, la residencia de Kent, era una mansión de tres pisos de altura, mucho más grande que Chatwick Hall. Rabbie no había estado nunca en Chatwick Hall, así que no tenía elementos de juicio; pero, por la cara que puso, supo que debía de ser un sitio grandioso. Y, si efectivamente lo era, Balhaire le parecería un lugar tosco y provinciano.

¿Qué opinaría entonces de Killeaven, que había comprado sin verla?

Rabbie olvidó el asunto cuando Auley avanzó hacia el estrado con el grupo. Había perdido peso desde la última vez que se habían visto, y su piel tenía un tono más moreno, consecuencia evidente de pasar demasiados días en el mar.

Auley saludó a sus padres en gaélico escocés y, a continuación, hizo lo propio con su hermano.

–Bueno, ¿qué te parecen? –preguntó Arran sin cambiar de idioma.

–No son tan terribles –contestó Auley, cuya melena rubia estaba más larga que nunca–. Aunque la joven es demasiado tímida.

Rabbie no dijo nada. No quería una jovencita tímida; si se tenía que casar, necesitaba una mujer. Pero la única mujer de verdad que había en el grupo era una morena alta, de vestido sobrio, que se había apoyado en una pared y miraba con humor al perro que le estaba olfateando el dobladillo. Estaba tan tranquila como si se encontrara en su casa, lo cual era bastante extraño.

–*Ceud mile failte*, milord –dijo Arran, levantándose–. Bienvenido a Balhaire.

–Tiene una residencia de lo más peculiar –replicó el barón, cuya peluca blanca era tan ridícula como la del hombre que lo seguía–. Le agradezco que nos haya recibido. Tengo entendido que Killeaven está a poca distancia de aquí.

Arran Mackenzie bajó del estrado, apoyándose en su bastón. Pero, a pesar de sus dificultades físicas, Rabbie pensó que seguía siendo un caballero imponente, que dejaba en nada a lord Kent.

–A unos seis kilómetros, aunque espero que pasen la noche en nuestro hogar y descansen antes de seguir viaje –replicó–. Permítame que le presente a mi esposa, lady Mackenzie.

Margot Mackenzie hizo una reverencia y, a continuación, lo saludó. Kent, que pareció encantado con su acento inglés y su indiscutible elegancia, les presentó a su vez a su hermano, lord Ramsey. Entonces, la matriarca de los Mackenzie se giró hacia Rabbie y dijo:

–Aquí lo tienen.

–Un gran espécimen –declaró lord Kent, mirándolo con detenimiento–. Tan apto físicamente como su padre y su madre, si me permite decirlo... Ven, Avaline, acércate a tu futuro esposo.

La joven avanzó con inseguridad. Era de ojos verdes, mejillas sonrosadas y cabello rubio. Tenía un aspecto tan frágil que Rabbie pensó que la aplastaría si se tumbaba sobre ella en su noche de bodas; lo cual sería un problema, porque las vírgenes no estaban acostumbradas a ponerse encima.

–Milord, milady... –dijo Rabbie.

–Un joven verdaderamente fuerte –insistió Kent, asintiendo como si estuviera ante una res de primera–. Estoy seguro de que me dará muchos herederos. Pero discúlpeme... aún no le he presentado a mi hija, la señorita Avaline Kent de Bothing. Es muy bonita, ¿verdad?

–Lo bastante –replicó Rabbie, mientras ella se mordía el labio inferior.

Durante unos segundos, nadie dijo nada. Solo se oyó el carraspeo de la morena que estaba apoyada en la pared. Y entonces, lord Kent rompió a reír.

–¡Lo bastante! –exclamó con humor.

Margot pegó una patada subrepticia a su hijo, quien no tuvo más remedio que acercarse a su prometida.

—Encantado de conocerla, señorita Kent.

—Lo mismo digo, milord.

Mientras Avaline le hacía una reverencia, Rabbie volvió a mirar a la mujer de la pared. Sus ojos eran de color avellana, y tenía el pelo tan oscuro como el de su hermana Vivienne. Pero, al darse cuenta de que la estaba mirando, frunció el ceño con desaprobación, lo cual le molestó. ¿Quién se creía que era? ¿Cómo se atrevía a juzgarlo?

—Siéntese con nosotros, señorita Kent. Debe de estar agotada —dijo Margot, pasándole un brazo alrededor de los hombros.

—¿Dónde está mi esposa? —preguntó Kent, como si la hubiera perdido en alguna parte.

Una segunda mujer se sumó a ellos; era de baja estatura, y saludó a la señora de Balhaire con la misma timidez que mostraba su hija. Rabbie suspiró y se giró de nuevo hacia la misteriosa desconocida que tanto condenaba su actitud. Pero parecía haber desaparecido.

—Rabbie, querido... deberías sentarte con la señorita Kent —dijo su madre, con voz amable y mirada asesina.

—Por supuesto.

Rabbie se sentó con ella a regañadientes, buscando a la morena con la mirada. Sin embargo, ya no estaba allí.

Capítulo 2

Bernadette Holly echó un vistazo a la húmeda habitación que le habían asignado; o, más bien, a la que habían asignado a Avaline. Ella estaba en la antecámara adjunta a la habitación, donde se vería obligada a dormir en un colchón de paja por si la jovencita tenía que levantarse en mitad de la noche y no encontraba el orinal.

Si hubiera dicho eso en voz alta, alguien podría haber llegado a la conclusión de que despreciaba a Avaline, pero se habría equivocado. La apreciaba mucho, y le estaba muy agradecida, aunque a veces pensaba que no tenía ni dos dedos de frente.

La estancia era pintorescamente medieval, y hacía tanto frío que Bernadette descorrió las pesadas y polvorientas cortinas para ver si la ventana estaba abierta. Por desgracia, no se trataba de eso, sino de un problema de difícil solución: era tan vieja que el viento se colaba por las ranuras.

Ya que estaba allí, se inclinó hacia delante y contempló el paisaje. El sol se estaba ocultando tras las colinas, dándoles un tono rojizo que, a su vez, se fundía con el verde oscuro de las sombras que proyectaban.

Bernadette pensó que era un lugar tan inhóspito como extrañamente hermoso. Su severidad le resultaba fascinante, pero Avaline no compartía su opinión. Esa misma tarde, mientras su barco atracaba en el muelle, le había comentado que lo encontraba tan lúgubre y desolador como un cementerio.

Justo entonces, la puerta se abrió. Bernadette corrió las cortinas y se dio la vuelta a tiempo de ver que Avaline se estaba despidiendo de la persona que la había acompañado a sus aposentos.

–Buenas noches –le dijo antes de cerrar.

–¿Y bien? ¿Qué te ha parecido? –preguntó Bernadette.

Avaline respiró hondo. Parecía al borde del desmayo, aunque eso no tenía nada de particular, porque siempre tenía ese aspecto.

–Es imponente –respondió.

Bernadette pensó que era una definición exacta. Alto, duro y de ojos grises, increíblemente fríos.

–Oh, no sé si lo podré soportar... –continuó la joven, que se sentó en la cama.

–No desesperes –replicó, sentándose a su lado–. A fin de cuentas, es la primera vez que os veis, y todo el mundo estaba nervioso. Hasta el señor Mackenzie lo estaba.

–¿Lo dices en serio?

–Naturalmente –mintió.

A decir verdad, Bernadette tenía la sensación de que Rabbie Mackenzie no había estado nervioso en toda su vida. Lo había observado con detenimiento, y le había parecido arrogante, seguro de sí mismo y algo maleducado, pues era evidente que se consideraba mejor que su prometida.

—Están negociando los términos de nuestra boda en este mismo momento. Mi padre, él y, por supuesto, su padre y su hermano —le informó Avaline—. Me ha parecido tan distante e insensible... pero su hermano es encantador, ¿no crees? Se lo he mencionado a mi madre, y me ha dicho que no debo pensar en el capitán.

—Hablando de tu madre, ¿dónde está?

Bernadette lo preguntó con curiosidad, porque lady Kent era tan tímida y escurridiza como un ratón, y nunca sabía dónde estaba.

—En algún lugar de este enorme y destartalado sitio. Lady Mackenzie se ha ido con ella. Me han pedido que las acompañara, pero he utilizado la excusa del cansancio para poder retirarme a mis habitaciones —respondió—. Si me hubiera quedado, no habría podido contener las lágrimas.

—Entonces, has hecho lo correcto —replicó Bernadette, pasándole un brazo por encima de los hombros.

—¡No me quiero casar con ese hombre! —exclamó la joven con desesperación.

Bernadette sintió lástima de ella, aunque no podía hacer nada al respecto. Los matrimonios concertados eran normales entre las personas de su clase social. Las mujeres se casaban para mejorar el status y la fortuna de sus familias.

—Los hombres parecen terribles cuando no se les conoce, pero no lo suelen ser. Es simple fachada.

—¿De verdad?

Bernadette se preguntó cómo era posible que siguiera siendo tan ingenua. Al parecer, no había aprendido nada de ella en los seis años que llevaba a su servicio.

—Claro que sí. Se acicalan y se muestran duros para atraer a las mujeres. Son como los gallos.

—Como los gallos... —repitió Avaline, aliviada.

Bernadette se levantó de la cama y dijo, mirándola a los ojos:

—Avaline, no juzgues a tu prometido antes de tiempo. En situaciones como esta, la primera cita es la más difícil. Pero, cuando estés a solas con él...

—¿A solas?

—Bueno, no estarás completamente a solas. Yo estaré cerca —puntualizó, intentando tranquilizarla—. Imagina que te invitan a pasear con él. En ese caso, puedes entablar una conversación y hacerle preguntas sobre su vida. Seguro que no es tan distante como te ha parecido. Si le concedes una oportunidad, se mostrará tan encantador como indudablemente es.

Avaline la miró con escepticismo, y Bernadette pensó que debía mejorar sus tácticas de persuasión. Pero, justo entonces, se dio cuenta de que estaba muerta de hambre. Y no era extraño, porque no había probado bocado desde la hora del desayuno.

—¡Oh, Dios mío! —exclamó la joven, viendo que se llevaba una mano al estómago—. ¿No has comido nada?

Bernadette guardó silencio. ¿Qué le podía decir? ¿Que se había saltado la cena porque el mayordomo le había ordenado que preparara la habitación de lady Avaline? En primer lugar, Avaline no era lady y, en segundo, ella no era una criada, sino la hija de un caballero tan conocido como sir Whitman Holly y de su esposa, lady Esme Holly.

—Discúlpanos, Bernadette. Ha sido un descuido imperdonable.

—No tiene importancia, Avaline.

—Por supuesto que la tiene. Llamaré ahora mismo a una doncella y le pediré que...

—Tengo una idea mejor —la interrumpió—. Me ocuparé de ti y, a continuación, buscaré las cocinas y tomaré algo. No quiero molestar a nadie. Estarán a punto de acostarse.

—Está bien —dijo Avaline, que se mordió el labio inferior.

Bernadette frunció el ceño, y la joven dejó de mordérselo inmediatamente. Se lo mordía tanto que a veces daba la impresión de que le habían pegado un puñetazo en la boca.

—Ven, te cepillaré el pelo.

Tras cepillarle y recogerle el cabello, Bernadette la dejó en la cama, le dio las buenas noches y se fue en busca de las cocinas, porque no estaba acostumbrada a saltarse la cena.

La fortaleza era un laberinto de corredores oscuros; pero, como tenía un buen sentido de la orientación, encontró el gran salón sin dificultades. Estaba vacío, con excepción de cuatro perros que descansaban junto al fuego y que la miraron con desinterés.

Bernadette lo cruzó y siguió por un pasillo mejor iluminado que los anteriores. Al cabo de unos momentos, oyó voces que procedían de una habitación abierta. Eran voces de hombres, aunque no pudo entender lo que decían.

Decidida a seguir su camino, pasó por delante tan deprisa como pudo y se dirigió a la puerta que estaba unos metros más allá, porque no había otra salida. Desgraciadamente, la habían cerrado con llave y, cuando quiso volver sobre sus pasos, descubrió que los hombres la habían visto y que uno de ellos era nada más y nada menos que el prometido de Avaline.

Rabbie Mackenzie la miró de arriba abajo, lenta y descaradamente, como si la encontrara deseable. Ella se estremeció a su pesar; pero, a pesar de ello, clavó la vista en sus ojos, que en la distancia le parecieron tan negros y duros como el azabache. No era una mujer que se dejara intimidar. A diferencia de Avaline, los hombres no la asustaban.

–¿Madame?

Bernadette pegó un respingo al oír la voz del capitán Auley Mackenzie. Estaba tan concentrada en su hermano que no lo vio hasta que lo tuvo al lado.

–Discúlpeme, capitán –se excusó–. Creo que me he perdido. ¿Podría indicarme el camino a las cocinas?

–¿Las cocinas? –preguntó él, mirándola con humor.

–Bueno... es que tuve que atender a la señorita Kent, y me perdí la cena –le explicó.

–Ah, comprendo –dijo con una sonrisa–. Sígame, por favor. Se perdería por completo si intenta encontrarlas por su cuenta. Me temo que mis antepasados no fueron muy eficaces en términos de distribución cuando construyeron el castillo.

Bernadette le devolvió la sonrisa. El capitán, un hombre de alegres ojos azules, había sido muy amable con ellas durante la travesía.

–¿Qué tal está la señorita Kent? –se interesó segundos más tarde, mientras avanzaban por otro corredor.

—Bien, aunque un poco cansada. Gracias por preguntar.

Auley Mackenzie abrió una puerta y la invitó a entrar. Bernadette pasó y se encontró en una enorme cocina con una mesa de madera en el centro. Olía a cordero asado, y la boca se le hizo agua mientras él se acercaba al tirador para llamar a los criados.

Una mujer de cabello gris apareció al instante. Llevaba un delantal mojado, como si hubiera estado fregando. El capitán le dijo algo en gaélico y ella se marchó por la puerta por donde había salido.

—Barabel le preparará algo enseguida.

—Se lo agradezco mucho.

—¿Sabrá volver a su habitación? Si quiere, le diré a Frang que venga y que...

—No se preocupe. Encontraré el camino —dijo con seguridad.

—Está bien. *Oidhche mhath*, señorita Holly.

Auley se fue entonces, y Bernadette se preguntó cómo era posible que dos hermanos fueran tan distintos en carácter y apariencia. Pero Barabel interrumpió sus pensamientos al volver a la cocina con un plato que dejó sobre la mesa de mala manera.

—Lamento haberla molestado —dijo Bernadette con una sonrisa.

Barabel no se la devolvió. Se limitó a darle la espalda y marcharse de nuevo, así que ella se sentó a la mesa y miró lo que le había servido: un pedazo de pan, un trozo de queso y un poco de pollo.

Como no le había llevado cubiertos, no tuvo más remedio que comer con la mano. Afortunadamente, nunca había sido una remilgada, y se dispuso a saciar su hambre mientras oía los gemidos y chillidos del viento entre el montón de piedras que llamaban Balhaire.

Apenas había empezado a comer cuando oyó pasos en el corredor. Bernadette supuso que sería otra vez el capitán, y se quedó atónita al encontrarse frente a su inquietante hermano, quien la miró a los ojos. Su expresión era dura, inflexible. Le recordó el granito de las colinas de la zona, y pensó que aquel hombre era incapaz de sonreír.

Súbitamente incómoda, se chupó los dedos a falta de servilleta y apartó el plato. Rabbie Mackenzie era más alto de lo que le había parecido la primera vez. Más alto, más fuerte y de aspecto más temible.

No era extraño que a Avaline le diera miedo.

En lugar de hablar, la observó en silencio durante unos segundos interminables. Bernadette tuvo la sensación de que quería decir algo y se estaba mordiendo la lengua. Pero, ¿qué podía ser? ¿Qué podía desear de ella? ¿O solo estaba sorprendido, porque no esperaba encontrarla allí?

Barabel reapareció, hizo una reverencia a su señor y le dirigió unas palabras en gaélico. Él respondió con un tono de voz bajo y sedoso que provocó un inesperado y placentero escalofrío a Bernadette. Luego, la cocinera se marchó y Rabbie alcanzó un trozo de pollo del plato que estaba en la mesa y se lo llevó a la boca con toda tranquilidad.

—Supongo que no quiere más —dijo entonces.

—No —mintió ella, que aún tenía hambre.

Él comió un poco más y, tras cruzarse de brazos, la volvió a mirar con dureza.

—¿En Inglaterra es normal que los criados invadan la cocina de un desconocido?

–En absoluto –respondió Bernadette, maldiciéndolo para sus adentros–. Por desgracia, me salté la cena y...

–Sí, mi hermano me lo ha contado.

Bernadette se levantó de la silla e intentó pasar a su lado, pero él se interpuso en su camino. Ella miró sus fríos ojos y, tras pensar que no tenían ni el menor asomo de bondad, sintió lástima de la joven, ingenua y dulce Avaline, que estaba condenada a ser su esposa.

Inconscientemente, se estremeció. Y Rabbie malinterpretó su escalofrío.

–¿Qué ocurre? ¿Es que la noche escocesa es demasiado *fuar* para su aguada sangre inglesa? –dijo con sorna.

–No sé lo que significa eso. Pero mi aguada sangre detesta la mala educación –replicó.

Él arqueó una ceja, claramente sorprendido.

–Es increíblemente atrevida para ser una simple criada, señorita.

–Y usted es increíblemente grosero para ser un caballero.

Rabbie la miró de una manera tan descarada e intensamente sensual que ella sintió un cosquilleo en la piel. Sin embargo, hizo caso omiso de lo que sentía y se abrió camino con determinación, rozando su pecho al pasar.

Tuvo que hacer un esfuerzo sobrehumano para mantener la compostura y no salir corriendo. El corazón se le había desbocado y, para empeorar las cosas, notaba su mirada en la espalda como si fuera un puñal.

Ni siquiera supo cómo logró llegar a las habitaciones de Avaline, donde se desnudó, se puso un camisón y se acostó en el colchón de paja de la antecámara, estremecida. Luego, intentó dormir, pero no pudo. Seguía viendo los tormentosos ojos de Rabbie Mackenzie.

Capítulo 3

Los términos de la *tochradh*, la dote de la novia, se acordaron a la mañana siguiente, mientras Bernadette desayunaba. Para entonces, ya se había dado cuenta de que los habitantes de Balhaire miraban a los ingleses como si tuvieran la peste, y se alegró cuando llegó el momento de recoger sus pertenencias y las de Avaline para marcharse a Killeaven.

Ya en el exterior, descubrió que tendrían que viajar en un viejo carruaje de pintura desgastada y ruedas casi descompuestas. El resto del grupo, incluidos el tío de Avaline, la servidumbre y varios hombres armados, irían a pie y en una carreta. En cuanto a los muebles que habían llevado con ellos en el barco, llegarían más tarde.

Lady Mackenzie les presentó a un individuo llamado Niall MacDonald que, por lo visto, los acompañaría en su caballo y les ayudaría a instalarse en su nueva propiedad. No tenía ni los veintinueve años de Bernadette, y uno de sus ojos vagaba sin rumbo mientras el otro miraba fijamente.

El prometido de Avaline no se molestó en salir a

despedirlos, lo cual le pareció el no va más del comportamiento irrespetuoso. Pero su madre, una dama encantadora, los trató con amabilidad y les deseó toda la suerte del mundo.

—Tendrán ocasión de disfrutar del paisaje. El valle está precioso en esta época del año —añadió la mujer, antes de sonreír a Avaline—. Espero que disculpe la ausencia de mi hijo, señorita Kent. Ha surgido un problema en Arrandale, donde reside en la actualidad, y no ha tenido más remedio que marcharse a primera hora de la mañana.

Bernadette giró la cabeza para que nadie viera su gesto de escepticismo.

—Ah, comprendo... —declaró Avaline, ruborizándose un poco.

—Pero no se preocupe —se apresuró a decir lady Mackenzie—. Se pondrá en contacto con usted en cuanto pueda.

A continuación, se subieron al carruaje. Como de costumbre, lord Kent entró el primero, provocando que el destartalado vehículo oscilara de forma alarmante. Bernadette se sentó junto a Avaline, enfrente de sus padres y, poco después, se pusieron en marcha.

—¿Por qué llevamos guardias armados? —preguntó Avaline al cabo de unos minutos.

—¿Cómo? —preguntó su padre, que le había estado dando a la botella—. Ah, eso... ha sido cosa de Mackenzie. Lo cual me recuerda que ya tenemos fecha para tu boda. Te casarás dentro de tres semanas.

—¿Tan pronto?

—Sí, tan pronto —respondió en tono burlón—. Tu madre y yo no nos quedaremos aquí para siempre.

Avaline soltó un grito ahogado.

—¿Me vais a dejar en Escocia?

Lord Kent suspiró y se giró hacia su esposa, exasperado.

—Mira lo que has hecho con tu hija. La has convertido en una simplona. ¿No vas a decir nada al respecto?

Lady Kent, quien claramente no quería decir nada, empezó:

—Bueno, si tu padre quiere que nos vayamos...

—¡Di algo útil, mujer! —protestó su marido.

—Es lo más razonable —intervino Bernadette, intentando salvar la situación—. Ten en cuenta que estarás casada y tendrás tu propia casa. No querrás pasar los primeros meses de tu matrimonio en compañía de tus padres, ¿verdad?

—Efectivamente —dijo lord Kent, que miró a su hija—. Y, por favor, deja de quejarte todo el tiempo.

Bernadette puso una mano en la rodilla de Avaline y se la apretó con suavidad. Llevaba seis años con los Kent, y sabía que la inseguridad de la joven sacaba de quicio a su padre.

Como no estaba de humor para charlar con ellos, se dedicó a mirar por la ventanilla del carruaje. Poco después, tres jinetes aparecieron en la distancia y siguieron un trayecto paralelo durante media hora, hasta que se metieron en un bosque y desaparecieron.

El cochero redujo la velocidad cuando el camino empezó a descender hacia la parte más baja del valle. Al fondo, se veía una casa que se alzaba a la orilla de un río. Bernadette contó doce chimeneas, y pensó que era tan grande como Highfield, la mansión familiar donde se había criado.

—Mira, Avaline —susurró a la joven—. Ya se ve tu casa.

—¿Eso es Killeaven? —se interesó Avaline, más animada.

—Sí.

Momentos más tarde, entraron en el camino de la propiedad. Los jardines estaban tan descuidados que la maleza lo había invadido todo, y Avaline preguntó:

—¿Está vacía?

—Por supuesto que lo está —contestó lord Kent con impaciencia—. ¿Por qué crees que hemos traído muebles? Los Somerled se tuvieron que marchar a toda prisa. Eran traidores a la Corona, según tengo entendido.

En cuanto llegaron al vado, lord Kent abrió la portezuela, saltó a tierra y se alejó sin ayudar a las damas. Obviamente, esperaba que el cochero se tomara esa molestia; pero no debía de estar muy acostumbrado a ese trabajo, porque las sacó como si fueran sacos de patatas.

Ya en el vado, lady Kent tomó del brazo a su hija; quizá con intención de tranquilizarla o quizá, de tranquilizarse a sí misma. Lord Kent acababa de entrar en la mansión, y Bernadette se detuvo a mirarla.

Killeaven era una curiosa mezcla de cosas nuevas y viejas. Las ventanas estaban en muy buen estado, pero la puerta principal había vivido tiempos mejores, y la fachada de piedra tenía bastantes muescas. Sin embargo, el interés de Bernadette se desvaneció cuando miró a su alrededor y vio a los tres jinetes de antes en la colina que se alzaba frente a la casa.

Asustada, siguió los pasos de Niall MacDonald, que hasta entonces cerraba el grupo y entró en la mansión.

El vestíbulo le pareció grandioso. Tenía dos pisos de altura y una escalera doble con forma de corazón cuyos tramos ascendían hasta desembocar en un ancho corredor. Los suelos eran de mármol y, al igual que las paredes, mostraban las mismas muescas extrañas que había visto en la fachada.

–¿Qué son esas marcas? –preguntó Bernadette, tocando una.

–Disparos de mosquete –contestó el señor MacDonald.

–¿De mosquete? –dijo, sorprendida.

–Eso me temo. Killeaven vivió una verdadera batalla.

Bernadette volvió a mirar el vestíbulo, incapaz de creer que la guerra hubiera llegado a semejante lugar.

–¡Señorita Holly! –gritó lord Kent desde otra estancia.

Bernadette siguió el sonido de su voz y se encontró en lo que debía ser el comedor de Killeaven.

–Alguien tendrá que arreglar esto –dijo él, señalando una moldura destrozada–. Tome nota, señorita.

Ella se quedó perpleja por dos motivos: el primero, que la albañilería no formaba parte de sus ocupaciones y el segundo, que no tenía nada con lo que escribir. Sin embargo, lord Kent reiteró esa misma petición ante todos los desperfectos que encontraron en la casa, como esperando que se lo aprendiera de memoria.

Tras recorrer todo el edificio, el aristócrata se fue a buscar a su hermano y dejó solas a las mujeres, a quienes pidió que se pusieran manos a la obra. Entonces, Bernadette intentó animar a las Kent con el argumento de que tendrían tanto trabajo que, al menos, no se aburrirían; pero Avaline y su madre no parecieron precisamente convencidas.

Los muebles llegaron por la tarde, en una caravana de carros y carretas. Los criados que habían tenido la mala fortuna de verse arrastrados a Escocia empezaron a corretear de aquí para allá, mientras el mayordomo de los Kent, el señor Renard, intentaba poner orden.

Sin embargo, tardaron poco en darse cuenta de que, por muchas camas, armarios y sofás que hubieran llevado en el barco de los Mackenzie, no había muebles suficientes para una mansión tan grande. Tres dormitorios se quedaron completamente vacíos, al igual que una salita y un salón.

Antes de que sirvieran la cena, lord Kent llamó a Bernadette a la biblioteca, donde sus antiguos propietarios habían dejado unos cuantos libros. Era una de las escasas estancias donde no había huellas de disparos.

—Haga una lista de lo que necesitemos y envíela a Balhaire —le ordenó.

—Por supuesto, milord. ¿Se la envío a alguien en particular?

—Al señor de la fortaleza, naturalmente —respondió, cruzándose de brazos—. Y dicho esto, necesito que haga una cosa por mí. Quiero que tome las decisiones que mi hija no sabe tomar.

—¿Cómo?

—Avaline es una niña. Sería incapaz de dirigir una mansión como esta —dijo lord Kent—. Por desgracia, mi esposa tiene el mismo problema, de modo que solo me queda usted. Quiero que la prepare para el matrimonio.

—No puedo ocupar el lugar de su madre... —alegó Bernadette.

—¿Ah, no? ¿Y qué lleva haciendo todos estos años? Además, mi esposa no le sería de ninguna utilidad en lo tocante a determinados asuntos. Dudo que recuerde nada de su noche de bodas.

Bernadette se ruborizó un poco, incómodo con la deriva de la conversación.

—No se enfade conmigo, señorita. No pretendo faltarle al respeto —continuó él, adivinando sus pensamientos—. Se lo pido porque estoy seguro de que tiene más experiencia que ellas. Enseñe a Avaline a tratar a su marido. Enséñele a satisfacer a un hombre.

—¡Milord! —protestó.

—No se haga la remilgada, Bernadette. Es importante que Avaline lo satisfaga, porque necesito que los malditos Mackenzie cuiden de mis intereses en Escocia. Además, quiero ampliar mis negocios, y no podré si no tengo acceso al comercio marítimo, que ahora es todo suyo. Asegúrese de que esa corderita se abre de piernas cuando llegue el momento.

Bernadette soltó un grito ahogado.

—No finja ser una delicada virgen, por favor —prosiguió él—. Si la memoria no me falla, fueron sus actos los que la pusieron en su situación actual. Nadie quería saber nada de usted. Pero yo la ayudé y, aunque solo fuera por eso, me debe su lealtad y su obediencia. ¿Me he explicado bien?

Bernadette guardó silencio. Lord Kent la había dejado sin habla.

—Me alegra que nos entendamos. Y ahora, vuelva con mi hija antes de que mi querida esposa la aterrorice por completo —le ordenó—. Y dígale a Renard que venga. Seguro que hemos traído algún vino decente.

Bernadette tuvo miedo de decir algo que pusiera en peligro su ya precaria posición, así que se mordió la lengua y salió de la biblioteca, indignada.

Habían pasado ocho años desde que Albert Whitman y ella se fugaron, pero a veces tenía la sensación de que no había pasado ni un día. Estaban tan enamorados y tan decididos a escapar del yugo de su padre que huyeron a Gretna Green y se casaron. Luego, decidieron marcharse a vivir con la familia de Albert, pero los hombres de su padre los encontraron en una posada y los llevaron a Highfield.

Bernadette creía que, habiendo consumado el matrimonio, su padre no podría hacer nada al respecto, pero lo subestimó. Encontró la forma de anular la boda y, a continuación, embarcó a Albert en un navío, a sabiendas de que sería su fin. No era marinero. Y varios meses después, quizá por accidente o quizá no, desapareció en el mar.

Fue una lección terriblemente dura. Bernadette aprendió que algunos padres podían hacer cualquier cosa con tal de salirse con la suya, que podían sobornar a un sacerdote para que anulara una boda, que podían secuestrar a un hombre y meterlo en un barco y que, por supuesto, podían destruir la reputación de su propia hija.

Tras su espectacular caída en desgracia, todos los habitantes de los alrededores de Highfield se enteraron de lo ocurrido. Nadie la miraba por la calle. Nadie le dirigía la palabra. Sus amigos la abandonaron, y hasta su hermana la rehuía, por miedo a que la asociaran con ella.

Sin embargo, su padre no llegó tan lejos como podría haber llegado. Se calló un pequeño detalle: que se había quedado embarazada de Albert y que había perdido el niño. Pero no lo guardó en secreto porque le importara el buen nombre de su hija, sino el buen nombre de la familia.

—¡Ah, Bernadette! ¡Por fin te encuentro!

Bernadette se sobresaltó al oír la voz de Avaline, que se le había acercado sin que se diera cuenta.

—No me gusta este lugar —continuó la joven en voz baja—. Aquí no hay nada. Estamos en mitad de la nada.

—Oh, vamos, seguro que te equivocas.

Bernadette vio en ese momento al señor MacDonald, y decidió preguntarle.

—¿Señor Macdonald?

—¿Sí, señorita?

—¿Hay algún pueblo en las cercanías?

—No, ya no.

—¿Ya no? —preguntó, extrañada—. ¿Qué significa eso?

—Significa que las tropas inglesas lo borraron del mapa, por así decirlo.

—Ah... Gracias, señor —dijo Bernadette, quien miró de nuevo a Avaline—. Bueno, no te preocupes. Balhaire está muy cerca.

Mientras paseaban por la casa, Bernadette pidió a la joven que la ayudara con las cosas que su padre le había encargado. Justo entonces, se cruzaron con lady Kent, que oyó parte de la conversación y se interesó al respecto.

—¿De qué cosas se trata?

—De nada importante —respondió Bernadette, quien

se giró hacia Avaline–. Tenemos que arreglar Killeaven para que le guste a tu prometido.

–No lo llames así –protestó la joven.

–¿Por qué no? Es la verdad. Ya os habéis comprometido –le recordó.

–¡No quiero casarme con él! –exclamó Avaline, apartándose bruscamente de ella–. ¡Es un hombre horrible!

–¡Basta, Avaline! –dijo Bernadette, perdiendo la paciencia–. ¡Basta!

Lady Kent se quedó boquiabierta ante su tono de voz, y ella se apresuró a disculparse.

–Lo siento, pero la decisión ya se ha tomado –declaró–. Te casarás con ese hombre para que tu padre sea más rico y poderoso. Estabas destinada a ello desde que naciste y, por mucho que te empeñes en negar la realidad, no conseguirás cambiarla.

Las Kent rompieron a llorar al unísono, como dos bebés. Y Bernadette se maldijo para sus adentros.

–¡Por Dios! ¡Un poco de dignidad! Es mejor que afrontes tu destino con la cabeza alta, Avaline. Tu padre te respetará mucho más si dejas de comportarte como un conejito que tiene miedo de su propia sombra.

–Eso es verdad –intervino lady Kent.

Bernadette se quedó sorprendida con la afirmación de la dama, quien se secó las lágrimas de las mejillas.

–Es verdad –continuó–. He sido una miedosa toda mi vida, y ya has visto de lo que me ha servido, Avaline. Si quieres sobrevivir a tu matrimonio, tendrás que ser fuerte.

Avaline miró a su madre con perplejidad. Al parecer, ella también estaba sorprendida con su inesperado y sensato consejo.

–¿Pero cómo? –preguntó–. ¿Qué puedo hacer?

Las Kent se giraron hacia Bernadette en busca de respuesta, y ella pensó que eran las dos mujeres más inútiles que había visto jamás.

–Prepararte para recibirlo mejor la segunda vez y lograr que se sienta cómodo –respondió–. Empezaremos por ahí.

Avaline asintió obedientemente, y Bernadette le dedicó una sonrisa que pretendía tranquilizarla, aunque ella tampoco habría estado tranquila si se hubiera encontrado en su situación. Había conocido a muchos hombres como Rabbie Mackenzie, hombres que se creían tan superiores a los demás que no se sentían obligados a mostrarse corteses.

Por fortuna, no era ella quien iba a pasar el resto de su vida con él, sino la pobre Avaline.

Capítulo 4

Es la primera vez que la ve. Están en el feill *de los Mackenzie, un rito anual de celebración al que asisten conocidos y miembros del clan llegados de todas partes, y donde se juega, se baila y se canta.*

Ella lleva una arasaid *de tartán que deja al desnudo sus tobillos y una* stiom, *una cinta en el pelo que denota su condición de soltera. Está bailando con sus amigas, y se levanta la falda para girar de un lado a otro y dar los pasos adecuados. Tiene una expresión de felicidad absoluta y, cuando Rabbie oye su risa, se le encoge el corazón.*

Se acerca y la mira a los ojos. Ella sonríe de forma coqueta, así que avanza un poco más y le ofrece una mano.

—¿Quieres bailar conmigo? —pregunta la joven.

Él asiente, súbitamente incapaz de hablar. Sus dulces ojos marrones lo han hechizado por completo. Le recuerdan el color de las colinas a la luz de la mañana.

—Pues pídemelo, Mackenzie.

—¿Quieres bailar? —dice con timidez.

Ella ríe y le toma de la mano.
—Por supuesto que sí.
Después, bailan. Bailan toda la noche. Y, por primera vez en sus veintisiete años de vida, Rabbie sopesa la posibilidad de casarse.

Margot Mackenzie se estaba dirigiendo a Rabbie como si no fuera un hombre de treinta y cinco años, sino un niño que necesitara una buena reprimenda. Y, por supuesto, su hijo lo encontró irritante.

—Irás a verla a Killeaven —le ordenó con firmeza.

—¿Para qué? Dudo que le importe.

—Pero a mí me importa —bramó—. Que no sientas nada por esa muchacha no te da derecho a ser un maleducado. Es tu prometida, y la tratarás con el respeto que merece.

Rabbie soltó una carcajada. Se estaba refiriendo a una criatura pálida y dócil que no tenía experiencia alguna y que temblaba cuando él estaba cerca. No habría sabido que decirle. Y, a decir verdad, tampoco se imaginaba viviendo con ella en la misma casa.

—¿Y qué respeto es ese, *maither*? Para empezar, solo tiene diecisiete años; no es más que una niña. Y para continuar, es una *sassenach*.

Su madre suspiró y se acomodó en el diván donde él se acababa de sentar.

—Mira, siento mucho lo de Seona, pero…

Rabbie se levantó al instante.

—No pronuncies su nombre.

—No tengo más remedio que pronunciarlo, Rabbie. Seona se ha ido. No puedes vivir esperando a un fantasma.

Él le lanzó una mirada de advertencia.

—¿Crees acaso que espero que reaparezca por arte de magia? He visto su casa. He visto los restos del incendio y las manchas de sangre en el suelo —declaró, con el corazón en un puño—. No soy estúpido. Sé lo que pasó.

Rabbie se acercó a la ventana para estar a salvo de la mirada de su madre y recobrar la compostura.

Aún podía ver la casa de Seona y su familia, adictos a la causa jacobita. Sus hermanos se habían sumado a las fuerzas que intentaban poner en el trono a Carlos Estuardo, y habían fallecido en Culloden. En cuanto a su padre, los ingleses lo habían ahorcado en un árbol de Lochcarron como aviso para todos los escoceses que pasaran por allí.

Pero, ¿dónde estaban Seona, su madre y su hermana? Nadie lo sabía. Sus criados habían huido, así que no quedaba nadie que le pudiera dar noticia de ellas. Además, los únicos supervivientes del clan de los MacBee eran dos sobrinos de Seona, dos chiquillos a los que habían enviado a otra parte cuando supieron que los ingleses estaban devastando las Tierras Altas.

—Si no estás esperando a un fantasma, ¿qué estás esperando? —insistió su madre.

Rabbie podría haber contestado la verdad. Podría haber dicho que esperaba la muerte porque su vida ya no tenía sentido y porque se odiaba por no haber podido salvar a Seona. Pero, naturalmente, optó por guardar silencio.

—No sé lo que te pasa, Rabbie. Solo sé que esa pobre joven se ha visto obligada a dejar su hogar, viajar a Escocia y casarse con un desconocido que le saca más de quince años y que tiene mucha más experiencia que ella. Es lógico que esté asustada, ¿no te parece?

Rabbie dio media vuelta y la miró a los ojos.

—Te muestras muy protectora con una mujer a la que apenas conoces, *maither*.

Margot frunció el ceño.

—Porque estuve una vez en su situación. Yo también fui una muchacha asustada a la que obligaron a casarse con un desconocido. Sé lo que estará sufriendo, y lo lamento por ella... como lo lamento por ti, cariño. Ninguno de los dos queríais esto, pero la vida es así. Si encuentras un poco de compasión en tu corazón, encontrarás una forma de sobrellevarlo.

Rabbie no supo cómo decir que su corazón estaba dañado hasta el punto de que ya no sentía nada, compasión incluida. Seguía adelante por simple inercia, y pensaba en la muerte con alarmante regularidad.

En cualquier caso, Margot estaba tan acostumbrada a su hosquedad que, en lugar de esperar a que dijera algo, se levantó del diván y caminó hasta la puerta, donde se detuvo un momento.

—Catriona te acompañará —dijo.

—¿Cat?

—Sí, Cat —contestó ella—. Tu hermana te ayudará a conseguir que la señorita Kent se sienta cómoda, y contribuirá a calmar las aguas.

—Calmar las aguas —repitió él con ironía.

—En efecto. Calmarlas. La has tratado muy mal.

Rabbie se limitó a sacudir la cabeza.

—Es una muchacha encantadora. Puede que te sorprendiera positivamente si le dieras una oportunidad.

Su madre salió de la habitación, y él se giró de nuevo hacia la ventana, con la mirada perdida. Las palabras de Margot empezaban a ser un eco remoto. Y en su mente solo había oscuridad.

Rabbie salió de la fortaleza preparado para hacer una visita a su prometida. Catriona ya había llegado, y le estaba esperando a los pies de la muralla exterior, a lomos de su caballo. Se había vestido adecuadamente, lo cual significaba que se había vestido como una *sassenach,* porque los ingleses habían prohibido las prendas tradicionales escocesas.

Al verla, Rabbie pensó que su padre se estaba excediendo en el cumplimiento del edicto de los casacas rojas. Como no quería tener problemas con ellos, lo aplicaba en el sentido más restrictivo, que implicaba vestirse en todo momento como los vencedores. Y, para empeorar las cosas, Catriona había añadido un detalle de lo más peculiar: el sombrero que llevaba.

—Es absolutamente ridículo —dijo él señalando el objeto, del que sobresalía una pluma.

Rabbie lo había reconocido al instante. Era el que le había regalado su cuñada Daisy cuando Cailean y ella llegaron a Balhaire tras negociar el acuerdo matrimonial al que habían llegado los Mackenzie y los Kent.

—Gracias por el cumplido —ironizó ella—. ¿Se puede saber por qué estás tan enfadado?

—Por lo mismo que me enfada todos los días, la vida —respondió él, montando en su caballo—. Pero no pretendía herir tus sentimientos. Sabes muy bien por qué lo he dicho.

—No, no lo sé, Rabbie. No sé lo que pretendías decir. Últimamente, no lo sabe nadie —replicó.

Mientras se alejaban, se cruzaron con dos jinetes que iban en dirección contraria; ambos, en compañía de un niño. Rabbie sintió curiosidad, y preguntó a su hermana:

—¿De quién son esos niños?

—¿No lo sabes?

—No.

—Son Fiona y Ualan MacLeod.

Rabbie se quedó atónito. Eran los hijos de la hermana de Seona, Gavinia MacBee MacLeod. No los había visto desde que eran bebés, y habían crecido tanto que no los habría reconocido jamás.

—¿Qué hacen aquí? ¿No estaban viviendo con uno de sus familiares?

—Sí, con una de las mujeres de los MacBee. Pero era una mujer mayor, y falleció hace tiempo.

—¿Y con quién están ahora?

—Con nadie. Por si no te has dado cuenta, no queda ningún MacBee ni MacLeod en las Tierras Altas —respondió su hermana, mirándolo—. Los han traído a Balhaire para que estén a salvo hasta que se tome una decisión sobre su futuro.

—¿Por qué no me habíais dicho nada? —preguntó él, extrañado.

Catriona bufó.

—¿Decirte algo a ti? Cualquiera se atreve a hablar contigo.

Catriona espoleó a su caballo, y Rabbie se giró hacia los dos jinetes; pero ya habían desaparecido, así que siguió a su hermana a regañadientes.

El viaje hasta Killeaven fue bastante más rápido de lo que habría sido si hubieran ido en carruaje, porque los vehículos tenían que ir por caminos tan descuidados como sinuosos. En cambio, ellos atravesaron los bosques por senderos que conocían desde la infancia, cuando se dedicaban a explorar las tierras de los alrededores.

Luego, cruzaron un arroyo, salvaron una pendiente, atravesaron un prado y, al llegar al viejo mojón de Na Cuileagan, giraron al oeste y avanzaron a medio galope por los campos donde antes pastaba el ganado de los Somerled, que los ingleses habían confiscado y vendido.

Al llegar al camino de Killeaven, Rabbie se fijó en que sus nuevos dueños habían echado grava en el firme y arreglado dos de las chimeneas de la mansión. La puerta principal estaba cerrada, pero se abrió unos segundos después para dar paso a lord Kent y lord Ramsey, que corrieron a recibirlos.

Tras los dos hombres, que iban vestidos como si tuvieran intención de montar a caballo, apareció el delgado y taciturno Niall MacDonald. Rabbie lo miró y pensó que había demostrado ser un gran observador y un gran aliado de su familia, porque su trabajo consistía fundamentalmente en ver, oír e informar de todo al señor de Balhaire.

—Me alegro de verlo, Mackenzie —dijo lord Kent—. Aunque esperaba que viniera antes.

Rabbie notó un ligero tono de desaprobación, e hizo un esfuerzo para no encogerse de hombros. Pero lord Kent no lo habría notado en ningún caso, porque solo miraba a Catriona.

—Lo siento. He estado muy ocupado —mintió.

Rabbie desmontó para ayudar a su hermana, pero ella ya se había bajado de su montura.

—Permítame que le presente a mi hermana, la señorita Catriona Mackenzie –dijo–. Estaba fuera cuando ustedes llegaron a Balhaire.

Lord Kent saludó a Catriona, les presentó a su hermano y, a continuación, se giró hacia Rabbie.

–Ya que está aquí, quería preguntarle sobre el negocio de las ovejas. Necesitamos un mercado donde comprarlas.

–Glasgow es el mejor sitio.

Lord Kent frunció el ceño.

–Glasgow está muy lejos, ¿no? Tendría que contratar vaqueros y gente así –replicó–. Preferiría comprárselas a habitantes de la zona, como usted.

Rabbie se puso tenso. Al parecer, pretendía quedarse con las pocas ovejas que habían conseguido salvar de los ingleses.

–Nuestros rebaños están diezmados –dijo, con tanta tranquilidad como pudo–. Y no me refiero solo a las ovejas, sino también a las reses.

–Bueno, las reses no serán un problema. Estoy seguro de que, en algún momento, querremos tener ganado; pero, por ahora, nos contentaríamos con tener unas cuantas ovejas.

A Rabbie no le extrañó en absoluto. La lana era un negocio muy lucrativo, y era obvio que lord Kent lo sabía.

–Tienen ovejas en Balhaire, ¿verdad? –continuó el hombre, mirándolo como si esperara que se las ofreciera.

–Sí, pero no están en venta. Están a punto de parir.

Rabbie mintió descaradamente, convencido de que los Kent no sabían distinguir una oveja de un conejo. Y, por supuesto, acertó.

–De todas formas, se lo mencionaré a su padre. Precisamente nos dirigíamos a Balhaire.

Rabbie pensó que su padre estaba tan obsesionado con no tener problemas con los ingleses que era capaz de venderle todas las ovejas, así que se quitó los guantes de montar y dijo:

–¿Por qué no prueba con los Buchanan? Tienen un buen rebaño, y puede que quieran vender.

–¿Los Buchanan? –preguntó lord Kent, inseguro.

–En efecto. Están en Marraig, cerca del mar. Sigan el camino del oeste. El señor MacDonald sabe llegar.

Lord Kent miró a MacDonald antes de girarse otra vez hacia Rabbie.

–¿A qué distancia está?

–A unos doce kilómetros.

–¿Nos recibirán bien? ¿O a tiros?

Rabbie sonrió.

–Estamos en las Tierras Altas, milord. Estoy seguro de que los recibirán con toda la amabilidad que merecen. Pero, si yo estuviera en su lugar, me llevaría un par de hombres.

Lord Kent asintió lentamente e hizo un gesto a su hermano para que se encargara del asunto.

–Muy bien, hablaremos con los Buchanan. Por cierto, su prometida lo está esperando dentro.

Lord Kent y lord Ramsey se alejaron hacia los establos, y Niall MacDonald se detuvo ante Rabbie antes de seguirlos.

–¿Has descubierto algo interesante? –le preguntó Rabbie en gaélico.

–Que no les gusta la comida escocesa.

–Ya les gustará cuando llegue el invierno –intervino Catriona.

La hermana de Rabbie entró en la casa, y Niall comentó:

—Las ovejas de los Buchanan tienen la peste ovina.

Rabbie sonrió de oreja a oreja.

—Sí, ya lo sé.

—Han estado por aquí, ¿sabes?

—¿Quiénes?

—Los Buchanan. Los he visto un par de veces por los alrededores.

—Bueno, es lógico que los clanes que quedan se acerquen a echar un vistazo, ¿no crees?

Niall se encogió de hombros.

—Ya, pero se comportan de forma extraña, como si tramaran algo.

A Rabbie no le extrañó, porque los Buchanan y los Mackenzie nunca se habían llevado bien. Sin embargo, lo sacó de sus pensamientos y entró en la mansión, donde se encontró con su hermana y con el mayordomo de los Kent. El hombre llevaba una peluca blanca recientemente empolvada y unos zapatos tan lustrosos como si esperara recibir al rey de Inglaterra.

—Bienvenidos —les dijo.

El mayordomo los llevó a una salita que olía a humedad, a pesar de que las ventanas estaban abiertas. Rabbie pensó que la casa estaba en peor estado de lo que había imaginado, y que tendría que afrontar ese problema cuando se casara con Avaline.

—¿Tienen una tarjeta que pueda dar a milady?

—Discúlpenos, pero en las Tierras Altas no usamos tarjetas de presentación —declaró Catriona—. Si es tan amable, diga a su señora que Rabbie y Catriona Mackenzie han venido a verla.

—Por supuesto.

El mayordomo se marchó, y Rabbie clavó la vista en su hermana, irritado.

—¿Una tarjeta de presentación?
—Son ingleses, querido. Tienen sus costumbres, igual que nosotros tenemos las nuestras. No te amargues por eso.

Rabbie ya se disponía a discutírselo cuando oyeron unos ruidos fuertes en el techo, como si hubieran soltado una manada de vacas en la habitación de encima y estuvieran corriendo de un lado para otro.

Momentos después, aparecieron lady Kent, su hija y la morena que había llamado la atención de Rabbie en el gran salón de Balhaire. No sabía quién era, pero daba por sentado que sería una criada, y frunció el ceño cuando sonrió a Catriona y pasó a su lado sin dedicarle la reverencia habitual en esos casos.

¿Cómo era posible que fuera tan arrogante?

Fuera cual fuera el motivo, se quedó tan perplejo que ni saludó a su prometida ni le presentó a su hermana, quien se apresuró a decir:

—Parece que mi hermano ha olvidado sus modales. Soy Catriona Mackenzie. Desgraciadamente, no pude recibirlas en Balhaire porque me encontraba en casa de una tía nuestra, que está enferma.

—No sabe cuánto lo siento —dijo Avaline—. Permítame que le presente a mi madre, lady Kent.

Lady Kent se inclinó y, a continuación, susurró algo ininteligible a Rabbie. Luego, Avaline miró a su prometido y declaró, sin mirarlo a los ojos:

—Buenas tardes, señor Mackenzie.
—Buenas tardes.
—Siéntense, por favor.
—Gracias —dijo Catriona.

La hermana de Rabbie se sentó en un diván, pero él se quedó donde estaba, junto a la chimenea.

—¿Quieren beber algo? —preguntó lady Kent.

—No, muchas gracias —respondió Rabbie.

—¿Tienen cerveza? Ha sido un viaje largo, y estoy sedienta —dijo Catriona.

Lady Kent pareció sorprendida por su petición, pero hizo una seña al mayordomo, que asintió y se marchó al instante.

—Oh, discúlpenme... No les he presentado a la señorita Bernadette Holly, la doncella de mi hija.

Rabbie miró a Bernadette, quien hasta entonces se había comportado como si estuviera sola en la habitación.

—Ya nos conocemos —afirmó él.

—¿Ah, sí? —dijo lady Kent.

Bernadette lo negó en voz alta en el preciso momento en que Rabbie decía lo contrario, lo cual provocó que lady Kent frunciera el ceño.

—Bueno, no es que no nos conozcamos —se apresuró a decir Bernadette—. Me refería a que no nos habían presentado formalmente, aunque coincidimos en las cocinas de Balhaire.

—¿En las cocinas? —dijo lady Kent, confundida—. Qué desafortunado, ¿no?

Rabbie no supo qué quería decir con eso, pero tampoco le importó. Siguió mirando a Bernadette mientras se preguntaba cómo era posible que una criada tan impertinente, que llegaba al extremo de contradecir públicamente a un invitado, no hubiera perdido su empleo.

—¿Sabe montar, señorita Kent? —preguntó Catriona a Avaline, cambiando de tema.

Avaline lanzó una mirada subrepticia a Bernadette, que asintió como dándole permiso.

—Sí, pero... no soy muy buena amazona...

—Las Tierras Altas son un lugar verdaderamente bonito. Tienen vistas que no encontrará en ninguna parte de Inglaterra. Si le apetece, podría salir una tarde con Rabbie y conmigo.

Avaline volvió a mirar a Bernadette, y solo contestó cuando esta asintió de nuevo.

—Será un placer —dijo.

Rabbie, que había notado el cruce de miradas, se quedó perplejo. Por lo visto, Avaline era incapaz de tomar una decisión sin tener la aprobación de su criada. Y a lady Kent le debía de pasar lo mismo, porque no dejaba de mirar a la desconcertante morena.

Justo entonces, el mayordomo regresó con la cerveza de Catriona, quien bebió un poco y clavó la vista en los ojos de su hermano. Rabbie reprimió un suspiro de tedio y preguntó, haciendo un esfuerzo por mostrarse educado:

—¿Qué le ha parecido Killeaven?

—Bueno... es más grande de lo que esperaba —contestó, sentándose junto a Catriona—. Pero necesita unas cuantas reformas.

—¿Reformas?

—Sí, en la casa y los jardines —contestó con timidez.

Rabbie frunció el ceño, porque Killeaven no le importaba en absoluto. Si la hubiera querido quemar, le habría parecido bien.

—Eso no es cosa mía —replicó, ganándose otra mirada de desaprobación de Catriona.

—Lo que mi hermano quiere decir es que la decisión es suya, señorita Kent. Es su casa, y puede hacer con ella lo que desee.

Obviamente, Rabbie no había querido decir eso, pero se lo calló.

—¿Le gustaría ver la casa? —preguntó Avaline a Catriona.

—Me gustaría mucho.

Las Kent se levantaron y salieron de la habitación en compañía de Catriona, que hizo un gesto a Rabbie para que las siguiera. Sin embargo, Rabbie hizo caso omiso, porque Killeaven le interesaba bastante menos que la cerveza que su hermana había dejado en la mesita.

Tras beberse lo que quedaba, se cruzó de brazos y se giró hacia Bernadette, que lo miraba fijamente.

—¿Ocurre algo? —le preguntó.

Bernadette se limitó a sacudir la cabeza.

—Su comportamiento es de lo más peculiar, señorita —continuó él, irritado.

Bernadette guardó silencio.

—Dígame una cosa... ¿Mi prometida es capaz de pensar por su cuenta? ¿O no hace nada sin su permiso?

—Avaline no necesita mi permiso —respondió con indignación.

—¿Ah, no? Entonces, ¿por qué la mira a usted antes de contestar?

—Porque está nerviosa —aseguró—. Le quiere dar una buena impresión.

—Eso es imposible.

—¿Y también es imposible que la trate con un poco de cortesía?

—¿Cómo se atreve a hablarme en esos términos? ¿Pretende darme lecciones? —replicó, asombrado con su insolencia.

—Alguien se las tiene que dar.

Rabbie no se lo podía creer. Era la primera vez en

su vida que una criada le faltaba al respeto. Y decidió ponerla en su sitio.

Se acercó a ella y la miró con firmeza, aprovechando la diferencia de altura para avasallarla más. Tenía una piel preciosa, sin un solo defecto. Sus labios eran tan grandes como apetecibles. Y bajo su ceño fruncido, ardían unos ojos cargados de ira.

—Permítame que le dé un consejo, señorita —empezó, admirando brevemente su escote—. No intente que me sienta culpable, porque fracasará. Para empezar, me da igual lo que esa niña asustadiza piense de mí y, para continuar, nadie me puede hacer nada peor de lo que ya me han hecho.

Ella arqueó una ceja con escepticismo.

—Ni yo le gusto a usted ni usted me gusta a mí —continuó Rabbie—, pero me voy a casar con la señorita a quien sirve y, si no cambia de actitud, le daré unos cuantos azotes en su precioso trasero y la enviaré de vuelta a la maldita Inglaterra. ¿Me ha entendido bien?

Rabbie esperaba que se acobardara, pero solo obtuvo una sonrisa irónica, como si sus amenazas le parecieran divertidas.

—Le entiendo perfectamente, señor. Sin embargo, me pasa lo mismo que a usted, que nadie me puede hacer nada peor de lo que ya me han hecho. No intente intimidarme, porque no lo conseguirá.

Bernadette se marchó con gesto triunfante, dejando un leve aroma de colonia en la habitación y un desconcierto mayor en Rabbie. ¿Qué le podía haber pasado a aquella doncella desvergonzada? Desde su punto de vista, era una ingenua que no sabía nada de la vida. O, por lo menos, no tanto como él.

Aún estaba dando vueltas al asunto cuando las

mujeres regresaron. Entonces, alcanzó sus guantes de montar y ofreció un brazo su hermana.

—¿Nos vamos, querida? —dijo—. Lady Kent, señorita Kent... Ustedes y su familia están invitadas a cenar en Balhaire este viernes, si les parece bien.

Avaline lo miró con sorpresa.

—Obviamente, también puede llevar a su criada —añadió Rabbie.

—Espero que vengan —intervino Catriona—. Tenemos que hablar sobre la boda, aunque solo sea porque nuestras costumbres son muy diferentes.

—Estaremos encantadas —dijo Avaline, mirando a su madre con incertidumbre—. ¿Verdad, madre?

—Por supuesto —respondió lady Kent.

—En tal caso, nos veremos el viernes —dijo Rabbie.

Los Mackenzie salieron de la casa en compañía de las Kent y, tras las despedidas y agradecimientos oportunos, se montaron en sus caballos y se pusieron en marcha.

Mientras se alejaban, Rabbie volvió a mirar la mansión e imaginó a Bernadette en una de las ventanas, clavando en él sus apasionados ojos marrones.

Capítulo 5

La sonrisa forzada de Avaline desapareció en cuanto los Mackenzie se marcharon.

—Casi no me ha dirigido la palabra —le dijo a Bernadette.

—Tampoco tú le hablaste, querida.

—Lo sé, pero no sé qué decirle —respondió mientras se dirigían al salón—. ¿Qué se le puede decir a un hombre tan frío? Ni siquiera permite que le dediques una sonrisa. Es tan poco... atractivo...

A decir verdad, Bernadette no pensaba que Rabbie Mackenzie fuera un hombre poco atractivo, sino todo lo contrario. De ojos azules, nariz recta y mandíbula fuerte, exudaba vitalidad por todos los poros de su piel. Pero sus ojeras y su mirada distante la inquietaban.

—En cualquier caso, te han invitado a cenar —prosiguió—, así que tendrás que prepararte para charlar con él.

Avaline suspiró, caminó hasta la ventana y echó un vistazo al paisaje de praderas y colinas.

—No servirá de nada. No me hará caso —replicó.

—Si no tiene la cortesía de entablar conversación contigo, entáblala tú. Interésate por su vida. Hazle preguntas.

—¿Qué tipo de preguntas?

—Las que sean. Deja que la conversación te guíe.

Avaline la miró con perplejidad.

—¿Qué significa eso?

—Limítate a preguntar –dijo con impaciencia–. Vale cualquier asunto que lo empuje a hablar de sí mismo. Por ejemplo, te puedes interesar por el colegio donde estudió o por el nombre de su perro. ¿Tuvo tutores? ¿Tenía alguna institutriz que le gustara particularmente? ¿Le gusta leer? ¿Prefiere montar a caballo? Ese tipo de cosas.

—¿Y si no le gusta leer ni montar a caballo?

Bernadette empezaba a estar harta de Avaline. Era una situación complicada para ella, pero solo se trataba de charlar un rato con un caballero. No era tan difícil. O no lo habría sido si tuviera dos dedos de frente.

—¿Cómo quieres que te lo diga? Solo se trata de hacer unas cuantas preguntas. Cualquier excusa es buena, desde sus aficiones hasta sus gustos culinarios –insistió.

—Sí, creo que lo entiendo.

Bernadette sacudió la cabeza y se sentó en el diván. La conocía de sobra, y sabía que estaba mintiendo.

—Mira, supongamos que le preguntas si suele salir a navegar con su hermano. Te puede dar una respuesta larga o una tan corta como un monosílabo. Pero, ¿qué dirías tú a continuación?

—No lo sé.

Bernadette se sintió inmensamente frustrada.

—Cuéntale algo que esté relacionado. Dile que no

habías subido a un barco hasta que viniste a Escocia. Dile que te gustó, aunque te mareabas cuando estabas en alta mar. Qué sé yo... alguna cosa parecida.

—Pero yo no me mareaba. La que se mareaba era mi madre.

—¡Avaline! —protestó Bernadette.

—Sí, sí, te entiendo.

Bernadette se levantó y le puso las manos en los hombros, más convencida que nunca de que no comprendía nada.

—Tienes que estar preparada. No estaré siempre para ayudarte.

—¿Cómo que no? —dijo con espanto—. ¡Por supuesto que lo estarás! Te sentarás a mi lado el viernes por la noche y me ayudarás a...

—Yo no debería ir —la interrumpió—. Dependes demasiado de mí. Es importante que aprendas a relacionarte por tu cuenta.

—¡Oh, Bernadette! —replicó Avaline, desesperada—. ¡No soportaré una cena entera si no estás tú! Eres mi única esperanza. Mi madre no es una gran ayuda, como bien sabes. Y a mi padre no le importo.

—No puedo...

—¡Tienes que ir! ¡Insisto!

—Avaline...

—Insisto —repitió la joven, con una firmeza impropia de ella.

—Está bien —se rindió Bernadette, encantada de que empezara a mostrar carácter—. Haré lo que me pides.

Avaline, que parecía sorprendida de haberse salido con la suya, se retorció un mechón de cabello.

—Me he puesto tan vehemente porque te necesito —se justificó.

—Lo comprendo.
—De lo contrario, no habría insistido.
—Lo sé.
—Es que...
—Deja de disculparte —la interrumpió Bernadette, sonriendo—. Tienes que decir lo que piensas. Estás en tu derecho.

Avaline volvió a suspirar.

—Es posible, pero siempre tengo la impresión de estar equivocada —dijo de forma taciturna—. Gracias. De todo corazón.

Bernadette pensó que su agradecimiento era innecesario. Sabía que Avaline la quería mucho. Mucho más de lo que ninguna señora habría querido a una simple criada.

Bernadette, lady Kent y su hija dedicaron la mayor parte del viernes a preparar a Avaline para la cena. Y sus esfuerzos se vieron recompensados; por lo menos, en lo tocante a su aspecto, porque estaba preciosa con su vestido amarillo y su rubio pelo recogido en un tocado que le hacía parecer más alta.

En opinión de Bernadette, Rabbie Mackenzie tendría que estar loco para mirar a su prometida y no sentirse atraído por ella.

Lamentablemente, los preparativos de Avaline no le dejaron tiempo para nada más, así que se puso un vestido de color escarlata y se recogió el pelo tan deprisa como pudo. Pero, aunque no estuviera tan bella como la joven, lo estaba bastante más que su madre.

Por motivos que se le escapaban, lady Kent se había puesto un vestido parduzco que enfatizaba su palidez y su fragilidad. Cualquiera habría dicho que elegía esas prendas para pasar desapercibida. Era como una de las hojas que arrastraba el viento en el patio de Highfield: un ser leve, casi sin sustancia, que se volvía más ingrávida cuando su marido estaba presente.

Bernadette tenía más cuerpo y más altura que las Kent, y no temblaba en presencia de los hombres, algo que debía agradecer a su padre. Era tan tiránico como lord Kent, pero le había enseñado que la gente explotaba la debilidad de los demás y que, pasara lo que pasara, acobardarse tenía peores consecuencias que mostrarse firme.

Fuera como fuera, Bernadette también había conocido a otra clase de hombres; hombres como Albert y como su abuelo, la persona más amable del mundo, que las llevaba a pasear a su hermana y a ella, les daba dulces en su casa y les cantaba canciones. Le había querido mucho, y había llorado amargamente cuando falleció, a los setenta y dos años.

En cuanto a Albert, hijo de un comerciante que quería estudiar leyes y trabajaba en la tienda de su padre para pagarse los estudios, solo podía tener buenas palabras. Había sido tan atento como cariñoso con ella. Siempre la había tratado bien. Siempre había estado a su lado.

Albert y su abuelo le habían enseñado que había hombres grandes, decentes y adorables que apreciaban y amaban a los suyos. Pero habían muerto. Y su padre y lord Kent seguían vivos.

No, definitivamente los hombres no le daban miedo. Bernadette se consideraba una especie de isla mágica que flotaba a la deriva, lejos del peligro. De vez en cuando, se topaba con un navío o con una boya y, cuando eso sucedía, cambiaba de rumbo y seguía con la solitaria aventura de su vida.

Sin embargo, la aventura de esa noche no tenía nada de solitaria. Y, a la hora de partir, bajó al vestíbulo y esperó a Avaline y a su madre en compañía de lord Kent.

El patriarca de la familia se había puesto una peluca empolvada, una camisa blanca con encajes, una casaca oscura y un pañuelo con un nudo tan elaborado que a Bernadette le extrañó que no se hubiera ahogado al hacerlo. Parecía impaciente y, cuando aparecieron su esposa y su hija, se apoyó en un bastón que llevaba por motivos puramente estéticos y dijo con escepticismo:

—No estáis del todo mal. Pero daos prisa, que ya llegamos tarde.

Las damas se subieron al carruaje y lord Kent, a su caballo. Lord Ramsey no los iba a acompañar, porque estaba indispuesto; pero Bernadette sabía que su indisposición consistía en una borrachera. Se lo había dicho Charles, uno de los lacayos, que era amigo suyo; la misma persona que la había avisado dos meses antes de que la enviarían a las Tierras Altas como doncella de Avaline.

En su momento, Bernadette se quedó atónita. Ya estaba informada de que Avaline se iba a casar con un escocés, pero no imaginaba que la tendría que acompañar ni que el escocés en cuestión sería de las Tierras Altas. Creía que sería un aristócrata de finos modales, no uno de los rebeldes que se habían alzado contra Inglaterra y que, según los ingleses, eran tan brutales como traicioneros.

Aun así, Charles le dio la impresión de que su estancia en Escocia sería de carácter temporal; pero luego resultó que lo temporal se convirtió en permanente, y no solo porque así lo quisiera lord Kent, sino porque también lo quería su padre. Y, aunque Bernadette no ardía en deseos de dejar Inglaterra, pensó que era lo mejor: al menos, estaría lejos de esos dos hombres.

La comitiva se puso en marcha, aunque ella habría preferido ir andando. Solo eran seis kilómetros, y ya se había acostumbrado a caminar por los muchos senderos de Killeaven. El paisaje era precioso y el paseo, tonificante. Pero, curiosamente, nunca se cruzaba con nadie. Y, cuanto más tiempo pasaba, más lejos se aventuraba.

Además, el viaje en carruaje resultaba bastante más agotador que cualquier caminata, aunque solo fuera porque los caminos no estaban precisamente en buen estado. Hasta ir a caballo habría sido preferible. Pero lord Kent no lo consideraba apropiado; decía que las mujeres no debían montar hasta después de haber tenido todos los hijos que debieran tener.

Desde su punto de vista, era un hombre odioso.

Llegaron a Balhaire cuando Bernadette empezaba a estar harta de los saltos y sacudidas del carruaje. Dos hombres se acercaron y las acompañaron al interior de la fortaleza, que a ella le parecía tan inquietante y hostil como Rabbie Mackenzie. Frang, el mayordomo, los estaba esperando; y los llevó inmediatamente a uno de los salones.

Bernadette se llevó una sorpresa al ver que el prometido de Avaline llevaba un *kilt*, la falda tradicional de los escoceses. Siempre le había parecido una indumentaria de lo más peculiar, aunque en ese caso le pareció altamente atractiva, porque le dejaba ver sus largas y musculosas piernas.

El salón al que los habían llevado era más pequeño y más acogedor que ninguna de las estancias que había visto durante su visita anterior. Las paredes estaban cubiertas de tapices; indudablemente, para repeler el frío que se colaba por ellas. Pero recargaban tanto el ambiente que Bernadette se sintió como si le faltara el aire.

Lord Kent avanzó con su esposa y su hija y saludó a sus anfitriones: lord y lady Mackenzie, sus hijos, la señorita Catriona y una de sus hermanas, Vivienne. Luego, se giró hacia Bernadette y añadió:

—Esta es la señorita Holly, la doncella de nuestra hija.

Bernadette hizo la reverencia de rigor.

—Bienvenidos todos —declaró Vivienne con voz encantadoramente melódica—, aunque aún no estamos al completo. Mi esposo aparecerá en cualquier momento con nuestros hijos, para que nos den las buenas noches y...

Vivienne no llegó a terminar la frase, porque la puerta se abrió y dio paso a cinco niños que corrieron a saludar a su madre y sus abuelos. El mayor era una niña de unos trece o catorce años y el menor, un niño de unos ocho. Eran tan ruidosos como alegres, pero a Bernadette se le encogió el corazón. Cada vez que veía un niño, se acordaba de su pequeña tragedia personal.

Nunca conocería el placer de tener un hijo. No sentiría el orgullo de verlo crecer. Había sobrevivido a un embarazo malogrado; pero, según el galeno, también había perdido la capacidad de ser madre.

Los pequeños se pusieron a hablar al mismo tiempo, y ella pensó que lord Kent estaría de los nervios, porque no le gustaba que socializaran con los mayores. Luego, lady Mackenzie llamó a una doncella para que se los llevara y, mientras iban saliendo, Bernadette se dio cuenta de que el prometido de Avaline la miraba con suma atención.

Incómoda, le dio la espalda y se acercó a una mesita que estaba en la esquina, donde fingió que examinaba los objetos que había en ella. Un momento después, la ronca voz de Rabbie Mackenzie la sacó de sus pensamientos.

–La tenía por una mujer valiente. Pero ahí está, escondiéndose en una esquina.

Bernadette se maldijo a sí misma por haber cometido ese error. Estaba atrapada entre la pared y él, y no podía huir sin montar una escena.

–No me estoy escondiendo. Estoy admirando estos artefactos –dijo–. ¿Qué son? ¿Algún tipo de arma antigua?

Rabbie se inclinó y alcanzó uno de los objetos, rozándole un brazo.

–Esto no es un artefacto, sino una piedra. La recogió mi sobrino.

Ella se sintió profundamente avergonzada.

–Vaya, debería haber prestado más atención a mis clases de geología.

Bernadette respiró hondo, deseando que se apartara. Estaban tan cerca que podía sentir el calor de su alto y poderoso cuerpo. Pero, naturalmente, no se apartó. Y la siguió mirando a los ojos mientras devolvía la piedra a su sitio.

–Si no se ha acercado a esta esquina por miedo, tendré que llegar a la conclusión de que mantiene las distancias con nosotros porque no le gustamos. ¿Qué pasa? ¿Es que se siente superior a los escoceses?

—El único escocés del que me siento superior es usted, señor Mackenzie.

Él sonrió.

—No esperaba nada menos de una *sassenach*.

—¿De una qué?

—De una inglesa —respondió, sin dejar de sonreír.

—Pues no espere más si insiste en comportarse de forma maleducada.

Los ojos de Rabbie brillaron con humor.

—No intente que me sienta culpable, señorita Holly. No lo conseguirá.

—Ni usted conseguirá intimidarme, señor.

—¿Intimidarla? No era mi intención.

Bernadette frunció el ceño. Rabbie Mackenzie parecía deseoso de entablar una conversación con ella, pero ella no compartía ese deseo. Por mucho que quisiera ayudar a Avaline con su prometido, eso estaba más allá de lo que estaba dispuesta a hacer. Y solo se lo calló por miedo a decir algo indecoroso.

—Discúlpeme, por favor.

Bernadette pasó a su lado y se dirigió al centro de la sala, donde lady Mackenzie le preguntó:

—¿Le apetece una copa de vino, señorita Holly?

—No, gracias —contestó.

—¿Y a ti, Rabbie?

—Sí, por supuesto.

Frang le dio la copa que su madre le había ofrecido, y Bernadette aprovechó la circunstancia para acercarse a Avaline y susurrarle que hablara con su futuro esposo. Sin embargo, no llegó a saber si siguió su consejo, porque se alejó de inmediato para poner tantas personas entre ella y su ogro escocés como fuera posible.

Por desgracia, estaba tan ansiosa que chocó literalmente con el capitán Mackenzie en su huida.

—¡Oh, lo siento mucho! —dijo, trastabillando.

Auley Mackenzie cerró una mano sobre su codo para que no perdiera el equilibrio.

—Buenas noches, señorita Holly.

—Me sorprende verlo aquí. Pensaba que ya habría zarpado.

—Esa era mi intención, pero el barco no está en condiciones de navegar. Me temo que, durante una temporada, tendré que ser un marinero de agua dulce —dijo con humor.

Bernadette miró sus alegres ojos, preguntándose cómo era posible que su hermano y él fueran tan distintos.

—Le han presentado a mis hermanas, ¿verdad?

—En efecto.

—Entonces, ya conoce a todos los Mackenzie de Balhaire —dijo, para inclinarse después y hablar en voz más baja—. ¿Cuál es su veredicto sobre el prometido de la señorita Kent? ¿Cree que congeniarán?

Bernadette se ruborizó ligeramente, sin saber qué decir.

—Bueno, yo... No sé, todo ha sido muy apresurado, ¿no le parece? Sospecho que necesitarán tiempo para conocerse mejor.

Auley parpadeó y sonrió con ironía.

—Vaya, vaya. Parece que mi hermano le disgusta.

Bernadette abrió la boca para negarlo, pero él la interrumpió.

—No lo niegue, señorita. Es obvio.

—No lo conozco lo suficiente para emitir un juicio.

Él soltó una carcajada, a sabiendas de que estaba

mintiendo. Después, echó un trago de vino y dejó la copa a un lado.

–Las apariencias engañan, señorita Holly. Es cierto que el carácter de mi hermano se ha agriado un poco, pero solo porque sufrió una pérdida terrible, que tardará en superar. Créame... bajo su dolor se esconde una buena persona.

Bernadette sintió curiosidad. ¿Pérdida? ¿Dolor? Ella había perdido a su marido y a su bebé, pero no se había convertido en una amargada. ¿Qué le podía haber pasado a Rabbie Mackenzie?

–Ah, Frang ha vuelto –continuó él–. Eso significa que van a servir la cena.

Bernadette todavía estaba pensando en lo que había dicho el capitán cuando lady Mackenzie los invitó a pasar al comedor. Lógicamente, ella entró en último lugar, y le tocó sentarse al lado de Vivienne y enfrente de Avaline, que a su vez estaba junto al inquietante hombre que se había vuelto sombrío por culpa de una terrible pérdida.

En cuanto los criados empezaron a servir la cena, sus señores se pusieron a charlar y a reír. Bernadette disfrutó particularmente de la comida, porque eran los primeros platos decentes que tomaba desde su llegada a Escocia: sopa de pescado de primero y pastel de carne de segundo, servido con patatas. Por desgracia, la cocinera de Killeaven no estaba a la altura de su homólogo de Balhaire.

Mientras comía, se puso a hablar con Vivienne, quien le habló de sus hijos y le contó anécdotas sobre sus travesuras. Ella respondió amablemente a sus preguntas, y aclaró sus dudas sobre el tiempo que llevaba al servicio de los Kent y la opinión que Escocia le merecía.

Entre tanto, lady Mackenzie y lady Kent charlaban sobre la ceremonia de la boda y las celebraciones relacionadas, asunto que la anfitriona aprovechó para embarcarse en una animada descripción de las costumbres escocesas. Pero, en determinado momento, el marido de Vivienne interrumpió la conversación que ella mantenía con su esposa, y Bernadette lanzó una mirada a Avaline.

La muchacha no parecía particularmente dispuesta a hablar con su prometido, así que la instó a hacerlo mediante el procedimiento de ladear la cabeza hacia él. Entonces, Avaline se armó de valor y preguntó:

—¿Ha ido a la universidad, señor?
—Sí.

Rabbie no añadió nada más. No le dio ningún tipo de explicaciones. Pero, en lugar de rendirse, ella insistió.

—¿A cuál?
—¿Es que eso importa?

Rabbie lo dijo con brusquedad, como si su pregunta fuera ofensiva, y Avaline corrió a defenderse.

—No, no, en absoluto...

Afortunadamente, lady Mackenzie decidió intervenir.

—Rabbie estudió en Saint Andrews, como sus hermanos.

Avaline asintió y le dedicó una sonrisa de gratitud. Luego, comió un poco más y se volvió a dirigir a su prometido.

—¿Tuvo alguna institutriz que le gustara particularmente?

Bernadette maldijo a Avaline para sus adentros. Estaba formulando las preguntas que ella le había puesto como ejemplo, sin ser consciente de que solo eran pistas para entablar una conversación con un caballero.

—Nosotros no tuvimos institutrices —respondió Rabbie, dejando su tenedor en el plato—. No es costumbre en las Tierras Altas.

Avaline bajó la mirada, derrotada. Y esta vez, fue Bernadette quien salió en su defensa.

—¿Y cuáles son las costumbres de las Tierras Altas? —preguntó.

—¿Cómo? —dijo él, que no esperaba que interviniera.

—Si no tienen institutrices, ¿con quién se crían? ¿Con una niñera? Yo tuve una hasta los ocho años.

—Nos criamos entre los lobos —respondió él—. Eso es lo que se dice en Inglaterra de los escoceses, ¿no?

Los demás dejaron de hablar inmediatamente, concentrados ahora en su conversación.

—No sé lo que se dice de los escoceses, señor —replicó ella, sonriendo con dulzura—. No es un tema del que hablemos a menudo.

Auley Mackenzie rompió a reír, y lord Kent detuvo el pequeño rifirrafe con voz algo tomada, como si hubiera bebido en exceso.

—Bueno, basta de niñeras y habladurías sobre los escoceses —dijo—. ¿Qué tal van sus negocios, señor Mackenzie? Me atrevo a preguntárselo porque dentro de poco seremos familiares.

Catriona, que estaba sentada junto a su padre, carraspeó. Pero el señor de los Mackenzie se limitó a darle una palmadita en la espalda y a decir:

—Bastante bien.

—Sí, siempre van bien cuando burlamos a los recaudadores de impuestos –comentó Rabbie con una carcajada.

Su comentario provocó un silencio mortal en la habitación, aunque Bernadette no entendió lo que había querido decir. ¿Por qué se habían quedado todos tan serios? Fuera como fuera, Auley Mackenzie rompió a reír de repente y dijo con jovialidad:

–Mi hermano solo pretende divertirnos. Es un maestro de la ironía, y lo es hasta tal punto que a veces no sabes si está bromeando o no... Eso me recuerda lo que pasó en cierta ocasión, durante uno de nuestros viajes a Noruega. No lo habrás olvidado, ¿verdad?

–¿Cómo lo voy a olvidar? –dijo su hermano.

–Nos encontramos en mitad de una tormenta, con mar tan picada que nos movía de un lado a otro como si el barco fuera un tapón de corcho. Los barriles de cerveza se soltaron, y una ola gigante los arrojó por la borda.

–Menuda tragedia –ironizó lord Kent.

–Fue peor de lo que parece, porque faltaban dos días para que llegáramos a puerto, y sabíamos que la tripulación no reaccionaría precisamente bien cuando lo supiera –explicó el capitán–. Cuando la mar se calmó y los marineros fueron a buscar su bebida, le dije a Rabbie que se iban a amotinar. ¿Y saben lo que contestó?

–¿Qué contestó? –se interesó lord Kent.

–Que ya se le ocurriría algo.

–Y se le ocurrió, desde luego –intervino Catriona entre risas.

–¿Qué pasó? –preguntó Avaline, encantada con la historia que estaba contando el capitán.

–Que reunió a la tripulación y les contó una historia fantástica. Dijo que una serpiente marina se había zampado los barriles –respondió–. Fue asombroso. Llevo toda la vida en el mar, y sé que los marineros no creen en monstruos marinos. Pero fue tan convincente en su descripción que se alejaron de la borda como si tuvieran miedo de que la serpiente apareciera otra vez y los devorara.

Auley estalló en carcajadas y, tras echarse hacia atrás en la silla, añadió:

–Después de aquello, no volvieron a preguntar por la cerveza. Había sido tan persuasivo que se lo tragaron.

Bernadette no se creyó que una tripulación entera se dejara engañar con un cuento tan ridículo. Pero Avaline no debía de tener la misma opinión, porque miraba al capitán con arrobamiento, como si se hubiera olvidado del ogro que estaba junto a ella. Y, en cuanto al ogro, parecía encantado de que su prometida lo dejara en paz.

De hecho, Rabbie Mackenzie se había mantenido extrañamente serio mientras los demás se reían con la anécdota. Tenía los puños apretados sobre la mesa, y Bernadette tuvo la sensación de que estaba haciendo esfuerzos por refrenarse. Pero, ¿por qué? ¿Estaba enfado? ¿Le disgustaba la historia de su hermano?

–¿Pasamos al saloncito? –dijo lady Mackenzie, levantándose.

El ogro también se levantó y, para sorpresa de Bernadette, apartó cortésmente la silla de Avaline. Sin embargo, la joven no se dio ni cuenta, porque sus ojos seguían clavados en el capitán, con quien se puso a hablar mientras se dirigían al salón.

Una vez más, Bernadette siguió al resto de los presentes, cerrando el grupo; salvo que esta vez no estaba sola, sino en compañía de Rabbie Mackenzie, que caminaba con las manos cruzadas a la espalda.

Ni él le dirigió la palabra ni ella se la dirigió a él. Se sentía increíblemente pequeña cuando estaba a su lado, y supuso que la inexperta Avaline se sentiría aún peor. Era tan alto, tan fuerte y tan carismático que, sin darse cuenta, se lo empezó a imaginar desnudo. Y de repente, sufrió un sofoco que no tenía nada que ver con la temperatura del lugar.

La salita en cuestión tenía dos divanes, unos cuantos sillones y varios perros que salieron a recibirlos. En el extremo más alejado había un clavecín, y Bernadette sintió lástima de Avaline, porque era obvio que tendría que hacer otra demostración de sus supuestas habilidades musicales, lo cual la incomodaba mucho.

A decir verdad, era una intérprete mediocre que cantaba tanto peor cuanto más lo intentaba. La joven lo sabía de sobra, pero las mujeres de su edad y su clase social estaban obligadas a destacar en todos los aspectos de la vida doméstica, desde la dirección de una casa hasta el arte de bordar, pasando por la música. Y ay de aquella que no lo consiguiera.

Tal como temía, lord Kent se apresuró a anunciar que Avaline los deleitaría con una canción. El hombre era perfectamente consciente de que su hija lo pasaba mal cuando la obligaban a cantar en público, pero no le importaba. Y como Bernadette sabía tocar el clavecín, no tendría más remedio que sumarse al espectáculo.

—La señorita Holly la acompañará —sentenció lord Kent.

Bernadette respiró hondo. Se estaba empezando a

cansar de que la trataran como si fuera el mono de un organillero.

–Adelante –le susurró Rabbie, que estaba a su lado–. No alarguemos esto más de lo necesario.

–Descuide. Seré tan breve como sea posible.

Bernadette se sentó en la banqueta del clavecín, miró a la pálida Avaline y le dijo en voz baja:

–No les mires a los ojos. Mira más arriba. Piensa que no estás en público, sino en una lección de música.

La muchacha asintió, nerviosa. Bernadette empezó a tocar, y Avaline hizo una interpretación tan tensa que todas las damas se estremecían en sus asientos cuando terminó, aunque aplaudieron brevemente. Y en el fondo de la sala, en el mismo sitio donde lo había dejado, seguía Rabbie Mackenzie, con expresión de inmenso aburrimiento.

Avaline hizo ademán de sentarse; pero su padre, al que se le cerraban los ojos por el exceso de alcohol, dijo:

–Canta otra, Avaline. Algo más liviano, que no nos deje dormidos.

Avaline miró a Bernadette con horror, y Bernadette le dedicó una sonrisa de ánimo.

–La canción del verano –le propuso–. La que te gusta.

Bernadette tocó las primeras notas y, justo entonces, se dio cuenta de que Rabbie Mackenzie se había marchado. Definitivamente, era el hombre más grosero que había conocido. Pero siguió con la canción y, cuando Avaline dejó de cantar, el capitán se acercó a la joven y la invitó a sentarse mientras le dedicaba cumplidos por su interpretación.

Los minutos siguientes se le hicieron eternos. Bernadette se quedó junto a una estantería, fingiendo interés por los libros e intentando no escuchar la conversación de las Kent y las Mackenzie sobre la maldita boda. Ardía en deseos de que pusieran fin a la velada.

Por fin, lord Kent se levantó y les hizo un gesto. Había llegado el momento de abandonar Balhaire y regresar a Killeaven.

Ninguno de sus anfitriones los animó a quedarse. Bien al contrario, los acompañaron hasta la salida con el entusiasmo de los perros que había por todas partes; pero con una ausencia notable: la del prometido de Avaline, que naturalmente había desaparecido.

En esta ocasión, lord Kent se subió con ellas al carruaje y, cuando salieron de la fortaleza, se giró hacia su hija y bramó:

—¡No podrías ser más tonta! ¡No sabes cortejar a un hombre! ¿Qué voy a hacer si rompe el compromiso matrimonial? ¿Qué voy a hacer contigo?

—Lo siento, padre, pero he intentado...

—¡Le has preguntado por su institutriz preferida! —la interrumpió, fuera de sí—. ¿Es que ni siquiera sabes parpadear de forma coqueta? Y, en cuanto a usted, Bernadette...

—¿Yo?

—Sí, usted, no se haga la inocente. ¿No la puede enseñar a ser menos... sosa? —preguntó—. ¿No la puede enseñar a seducir a los hombres? Lo ha espantado de tal manera que ha terminado por irse.

—Ese hombre es un grosero que...

—¡Como si fuera el propio Satán! ¡Hemos acordado que se casen! ¡Y juro ante Dios que, como Rabbie Mackenzie rompa el compromiso por culpa de mi hija, le arrancaré el pellejo!

Avaline rompió a llorar, y su padre suspiró pesadamente, como si todo el peso del mundo descansara sobre sus hombros.

—¿Qué habré hecho para merecer esto? —prosiguió—. ¿Qué pecado he cometido para que mi esposa no pueda darme un hijo varón y me dé en cambio una hija condenadamente estúpida?

Cuando llegaron a Killeaven, lady Kent lloraba tanto como su hija. Y Bernadette pensó que, si hubiera tenido un cuchillo a mano, se habría cortado el cuello con tal de escapar de allí.

Capítulo 6

Avaline nunca estaba sola. Siempre había alguien que le indicaba lo que tenía que decir, lo que tenía que hacer, cómo comportarse. Solo se sentía libre cuando llegaba la noche y se podía acostar en la soledad de su habitación.

Había sido un día muy largo, con una cena en Balhaire agotadora. Sus ojos seguían enrojecidos por las lágrimas, pero también porque su madre se había empeñado en prepararle una compresa fría, y se puso tan pesada que Avaline se enfadó con ella, la echó de la habitación y le cerró la puerta.

Ahora, ya no tenía ni lágrimas. Solo tenía un padre que la detestaba y un profundo sentimiento de vergüenza. Se odiaba a sí misma cuando la insultaba y ella empezaba a sollozar. Hacía verdaderos esfuerzos por mantener el aplomo, pero no lo conseguía.

¿Qué esperaba que hiciera? Había intentado entablar una conversación con su prometido, siguiendo los consejos de Bernadette. Había hecho lo posible por mostrarse agradable, y no había obtenido más recompensa que su desprecio y su frialdad. Casi no le dirigía la palabra. Parecía odiarla tanto como su padre. Y Avaline ni siquiera lo lamentaba, porque el sentimiento era recíproco.

Y, encima, la habían sometido a la humillación de tener que cantar; una humillación inexplicable, porque su padre sabía perfectamente que no tenía talento musical. De hecho, se lo había dicho él mismo en alguna ocasión. Incluso la había acusado de cantar peor a propósito, con intención de molestarle.

Avaline se puso de lado en la cama y miró la ventana, que había dejado entreabierta. No se veía nada del exterior. Solo se oía un sonido que, con toda seguridad, era el viento sacudiendo las copas de los árboles; pero prefirió pensar que era el mar.

Durante los minutos siguientes, imaginó que se fugaba y se escapaba en el navío del capitán Mackenzie, el hombre de sonrisa encantadora que había conquistado su corazón. Le resultaba tan atractivo que no se lo podía quitar de la cabeza.

Una noche, mientras navegaban hacia Escocia, esperó a que Bernadette se quedara dormida y salió del camarote que compartían, huyendo del calor. Al llegar a cubierta, se quedó mirando las estrellas, tan grandes y brillantes que parecían al alcance de la mano. Y, entonces, apareció Auley.

Al verla allí, el capitán se quitó la casaca y se la puso por encima de los hombros, para que no tuviera frío. Luego, le indicó el nombre y la posición de algunas de las estrellas y le contó que era marino desde la infancia.

—Cada vez estoy más enamorado del mar —le confesó—. Cambia todos los días.

Avaline quería estar en un lugar que también cambiara todos los días. Quería hablar de estrellas, nubes y mareas. Quería amar con tanta pasión como él. Quería mirar sus preciosos ojos azules, contemplar su maravillosa sonrisa y no volver a pensar en su sombrío y grosero hermano.

Pero, ¿qué haría el capitán si la encontraba en su barco, escondida quizá en su camarote? ¿La enviaría de vuelta con su padre? ¿O la tomaría entre sus brazos, la besaría y le prometería una vida de aventuras, como ella deseaba?

Avaline se volvió a tumbar de espaldas, pensando que en lo romántico que sería.

¿Por qué se tenía que casar con su hermano? ¿Por qué no se podía casar con el hombre que conocía los nombres de las estrellas y que siempre tenía una sonrisa para ella? ¿Por qué?

Si hubiera podido, le habría confesado sus sentimientos a Bernadette, pero no podía. Intentaría convencerla de que olvidara al capitán. La acosaría y, si cometía el error de pensar en él, se daría cuenta. Bernadette tenía la extraña habilidad de saber lo que pensaba, incluso antes que ella.

Deprimida, soltó un suspiro acorde al dolor de su joven corazón, de solo diecisiete años. Empezaba a tener sueño, y se dejó arrastrar por el cansancio mientras se imaginaba en el camarote de Auley Mackenzie, esperando a que apareciera y la encontrara allí.

Capítulo 7

Se ven todas las tardes, y pasean por lo alto del acantilado, hablando de todo y de nada, riéndose de chistes que solo entienden ellos. Van de la mano, y solo se sueltan cuando Rabbie se inclina para alcanzar una piedra y lanzarla al mar. A veces, bajan a la playa y ella dibuja un corazón en la arena. A veces, él la lleva a caballo para que no se moje el dobladillo del vestido.

Tienen intención de casarse. No saben cuándo, y se han prometido que lo guardarán en secreto. Son tiempos difíciles. Los rumores de una rebelión se extienden por colinas y valles.

Una tarde particularmente fresca, Rabbie la acompaña a su casa, donde ven varios caballos ensillados. Desde el interior, llegan voces de hombres. La madre de Seona los saluda con su sonrisa habitual, pero parece asustada. Cuando entran, pasan junto a una habitación en la que están el padre y los hermanos de Seona, además de los Buchanan, los Dinwiddie y los MacLeary.

Todos son jacobitas. Todos forman parte de la conspiración contra la Corona inglesa.

Rabbie mira a Seona y se pregunta si será consciente de lo que traman. Pero se comporta como si no hubiera visto nada, y se limita a sonreír mientras cuenta a su madre que acaban de ver un barco a lo lejos, con una bandera de color rojo y negro.

Dos días después de la interminable velada donde Avaline Kent le destrozó los oídos con su espantosa canción, Rabbie seguía dando vueltas a su futuro. Sencillamente, no se creía capaz de vivir con la muchacha. Quizá fuera mejor que siguiera el consejo de su padre, consistente en consumar el matrimonio y dejarla sola en Killeaven.

Se suponía que aquella cena debía estrechar los lazos de dos familias que, en cuestión de poco tiempo, quedarían unidas formalmente por su boda; pero Rabbie ni siquiera soportaba la idea de estar casado con Avaline. Y, en cuanto pudo, abandonó la salita donde cantaba y se fue en busca de un brebaje más fuerte que el vino.

Sus pasos lo llevaron a la cocina. Barabel estaba hablando con alguien en gaélico, pero Rabbie supuso que sería algún criado y entró de todas formas.

Cuál no sería su sorpresa cuando descubrió que no eran criados, sino los hijos de la hermana de Seona, Fiona y Ualan MacLeod. La estaban ayudando a secar los platos y, cuando el niño le vio, le dedicó una sonrisa.

—Buenas noches, señor. ¿Le puedo ayudar en algo? —preguntó la mujer.

—Whisky —ordenó él, sin más.

Barabel se fue a buscar una botella, y los dos niños

se giraron hacia Rabbie, quien no sabía qué decir. Pero, al cabo de unos momentos, abrió la boca y dijo:

—Conocí a vuestra madre, ¿sabéis?

El niño lo miró sin decir nada.

—Yo no me acuerdo de mi madre —confesó la niña—. La señora Maloney decía que me parezco mucho a ella. Decía que era muy guapa, y que yo también lo soy.

—Pues tenía razón —replicó, calculando que Fiona debía de tener cinco o seis años y Ualan, siete u ocho—. Vuestra madre os quería mucho.

Fiona sonrió. Su hermano se mantuvo en silencio.

—Fui amigo de vuestra familia. Los conocía a todos —dijo Rabbie, con voz ligeramente rota—. Incluso a vosotros.

—¿En serio? —preguntó la niña—. No me acuerdo de ti.

—Porque eras muy pequeña —declaró—. Solíais jugar en Balhaire…

Los niños se le quedaron mirando, y Rabbie pensó que, probablemente, no le creían. Pero les había dicho la verdad; una verdad muy dolorosa para él, porque sus familiares rostros tenían los ojos de Gavina y de Seona, además del cabello rojizo de su padre Donald MacLeod.

—¿Qué hacéis ahí como dos pasmarotes? —intervino Barabel, entrando en la cocina con un botellón de whisky—. Terminad vuestro trabajo.

Rabbie lanzó otra mirada a los niños antes de marcharse, incómodo con su presencia. ¿Qué les iba a pasar? Ni siquiera estaba seguro de querer saberlo. Si se interesaba, se podía ver obligado a involucrarse en sus vidas o, por lo menos, a pensar o sentir algo al respecto. Y no tenía fuerzas para nada.

Se llevó el whisky a una de las torres de la fortaleza y, tras subir a lo más alto, se sentó en el parapeto y se dedicó a beber mientras miraba hacia abajo, pensando que era una buena caída.

Sin embargo, no se planteó la posibilidad de saltar. No aquella noche.

En lugar de eso, se puso a pensar en los huérfanos de la cocina y, a continuación, en la mujer de cabello oscuro, ojos marrones y vestido de color escarlata. Bernadette Holly siempre lo miraba con desprecio, como si lo creyera culpable de algún delito. ¿Se habría mostrado tan indignada si hubiera sabido que los niños de la cocina se habían quedado huérfanos por culpa de los ingleses?

Los *sassenach* ya se habían marchado de Balhaire cuando el frío le hizo dirigirse a su habitación, donde intentó dormir.

Pero fue inútil.

Rabbie se preguntó cómo era posible que alguien deseara con tanto ahínco el sueño y no lograra conciliarlo. Llevaba cuarenta y ocho horas sin dormir, y aquella noche no fue diferente. Entre su angustia y el recuerdo de los ojos de Bernadette, solo durmió un rato.

Días más tarde, se dispuso a afrontar una nueva tortura, porque se había comprometido a salir a montar con Avaline. Nunca había entendido que a las mujeres les gustaran ese tipo de cosas. Desde su punto de vista, era un ejercicio completamente fútil. Y, por si eso fuera poco, su familia desconfiaba tanto de él que le puso a Catriona de carabina.

Cuando se enteró de que su hermana había pedido a Barabel que preparara una cesta con comida, Rabbie puso el grito en el cielo.

—¿Quieres que vayamos de picnic? —bramó.

—Hace un día precioso —dijo ella—. A Avaline le encantará.

A Rabbie no le hizo ninguna gracia, pero se resignó. Hasta su padre había empezado a perder la paciencia con él, y aquella mañana le había reprendido por marcharse la noche de la cena sin despedirse de sus invitados.

A decir verdad, él también estaba cansado de su propio comportamiento. Quería salir de su depresión y ver las cosas de otra manera, pero no lo conseguía. Era como si un muro de melancolía le cerrara el paso, y no podría seguir adelante hasta que no lo derribara.

Catriona y él habían quedado en encontrarse después en el camino y, cuando llegó la hora, Rabbie salió a su encuentro. Pero su hermana, que había ido a ver a su tía Griselda, una de las primas de su padre, llegaba tarde; así que decidió subir al acantilado que se alzaba sobre la caleta.

La marea estaba alta, y Rabbie clavó la vista en el lugar donde el verde de las aguas poco profundas se convertía en azul marino. Si caía allí con los bolsillos llenos de piedras, se hundiría hasta el fondo y nadie encontraría su cuerpo. Desaparecería como Seona. No volverían a saber de él.

Sin embargo, el plan de recoger piedras le pareció tan complicado como aburrido, y lo desestimó mientras se preguntaba qué hora sería. El sol no había llegado aún a su cenit, pero era consciente de que Catriona se enfadaría mucho si la hacía esperar. Aunque tampoco se podía decir que le importara. De hecho, casi le gustó la idea de sufrir su ira, porque pondría a prueba el alcance de su desolación.

Necesitaba algo que lo forzara a salir de su rabia, de su desesperación, de su vacío. Lo único que impedía que se quitara la vida era el amor que sentía por su familia, y ese mismo amor lo obligaba ese día a un cometido concreto: llevar a la *sassenach* a Auchenard, la mansión del joven lord Chatwick, hijo de Daisy, la esposa de Cailean.

Eso también había sido idea de Catriona. Como lord Chatwick no había llegado aún a la mayoría de edad, sus padres habían encargado a Rabbie que cuidara de la casa e hiciera las reparaciones necesarias. Y a su hermana se le había ocurrido que llevaran a Avaline, pensando que le gustarían las vistas.

Ya se disponía a volver al camino cuando una ráfaga de viento le levantó los faldones de la casaca e hizo que se le encogiera el corazón. Si hubiera sido más intensa, se habría caído. ¿Y no era acaso lo que quería? ¿No estaba deseando que el viento lo tirara?

Rabbie no se lo quiso preguntar. No ese día, porque tenía una tarea por delante. Así que se apartó del borde del acantilado y se dio la vuelta.

Fue entonces cuando la vio. Bernadette Holly, la mujer de ojos penetrantes. Estaba en el camino, y a tan poca distancia de él que le podía ver perfectamente. ¿Cuánto tiempo llevaría allí? ¿Se habría dado cuenta de que miraba el mar con intención de saltar?

Rabbie salió de dudas cuando ella rompió el contacto visual y se alejó camino abajo, corriendo. Por extraño que fuera, estaba huyendo de él. Y le pareció tan desconcertante como el simple hecho de que lo hubiera visto en uno de sus peores momentos.

Rápidamente, montó a caballo y galopó hasta alcanzarla. Bernadette apretó los puños y alzó un poco los brazos, como preparándose para luchar, lo cual aumentó su desconcierto.

—¿Qué pretende, señorita? ¿Por qué está aquí? —preguntó él.

—¿Por qué? —repitió ella, confundida.

—¿Me estaba espiando?

—¡Por supuesto que no! Solo estaba dando un paseo.

Rabbie bajó la mirada y vio que se había puesto unas botas que le quedaban enormes.

—Entonces, ¿por qué ha salido corriendo?

Ella dudó antes de responder.

—Porque no quería hablar con usted, señor Mackenzie.

Rabbie pensó que, si quería ofenderlo con ese comentario, había fracasado miserablemente. Él tampoco quería hablar con ella. Sin embargo, la idea de admirar su cuerpo le resultó menos desagradable. De hecho, era muy atractiva. Incluso a pesar de las espantosas botas que llevaba.

—¿Se puede saber qué está mirando? —continuó ella, impaciente.

—Sus botas.

—¿También le parecen mal? ¿Las encuentra demasiado inglesas, tal vez?

—No, yo...

—Todo lo mío le parece mal —se quejó ella—. Es de lo más evidente.

Rabbie la miró con sorpresa, y no era un hombre que se sorprendiera con facilidad.

—Creo que me ha malinterpretado, señorita. No me gusta que me falte al respeto, pero eso no significa que tenga nada contra usted.

—¿Ah, no? Pues yo sí que lo tengo.

—Sí, lo ha dejado bastante claro. Y me pregunto qué le habrán hecho para que se haya convertido en semejante arpía.

—¿Qué ha dicho? –bramó, indignada.

—Lo que ha oído. Que es una arpía. Una bruja.

—¡Como si yo tuviera algún interés en embrujar a un hombre como usted!

—¿Quién ha insinuado eso? Sinceramente, no entiendo que esté tan resentida conmigo. No es la mujer con la que me van a obligar a casarme.

Ella soltó una carcajada semihistérica.

—¡Y no sabe cuánto me alegro! Pero Avaline no tiene tanta suerte, y la está tratando verdaderamente mal.

—¿Lo ve? Ya me está regañando otra vez.

—¡Porque no tiene modales! Quiero mucho a esa joven, y me parece injusto que se tenga que casar con un bruto que no le hace ningún caso.

—¿Bruto, yo? No le he puesto una mano encima, señorita –se defendió–. Y se engaña a sí misma si cree que el matrimonio está necesariamente relacionado con el afecto.

—No lo creo en absoluto. Pero no está negado con la educación.

—¿La educación? –dijo él con sorna–. ¿Qué es educado para usted? ¿Que los ingleses vengan a estas tierras y expulsen a sus habitantes?

Bernadette entrecerró los ojos.

—Ni Avaline ni yo somos culpables de lo que ha pasado aquí, señor Mackenzie. Pero, por lo que sé, las tropas del rey se limitaron a sofocar la rebelión de unos traidores.

—¿Eso es lo que cree? —preguntó, mirándola con incredulidad.

Bernadette rehuyó su pregunta y contestó:

—¿Nos ha visto alguna vez con casacas rojas? No, ¿verdad? Pero está tan amargado que ni siquiera sabe mostrarse comprensivo. ¿No comprende lo difícil que es para Avaline?

—No soporto a esa muchacha, señorita Holly. No hay nada en ella que me pueda gustar. No es más que una niña.

—¿Cómo sabe lo que es, si no se digna a dirigirle la palabra? Es una joven encantadora que...

—Es una cobarde —la interrumpió.

Bernadette se ruborizó un poco.

—Pero tiene buenas intenciones.

—Ni siquiera sabe lo que quiere. Es un corderito que no sabe hacer nada sin su institutriz.

—¡Al menos lo intenta! ¡Que es más de lo que se puede decir de usted!

Rabbie empezaba a estar furioso, pero era una furia muy distinta a la que había sentido durante todo ese año. No era hija de la impotencia, sino de la indignación.

—¿Cómo se atreve una simple criada a hablar así a un señor? ¡Lord Kent debería ponerle un bozal!

Bernadette lo miró con ira y dijo:

—¡No me siga! ¡No quiero hablar con usted! ¡No quiero ni verlo!

Ella se alejó tan deprisa como pudo, y Rabbie la siguió a caballo. Su enfado había desaparecido, y ahora hacía esfuerzos por no reír. Estaba absolutamente ridícula con aquellas botas. Eran tan grandes y pesadas que caminaba como un pato.

—Tranquilícese, señorita Holly. Le guste o no, no tenemos más remedio que vernos. Y, como también voy a Killeaven, puede montar conmigo y...

—¡No!

—No sea tan condenadamente obstinada.

—¿Obstinada? ¡Solo intento evitar el peligro!

—¿El peligro? ¿Es que se ha creído las barbaridades que los ingleses dicen de los escoceses? No puede ser tan estúpida.

Bernadette se detuvo.

—No sé lo que dicen de los escoceses, señor Mackenzie. Pero no me refería a usted con lo del peligro, sino a mí... porque si sigue cerca, soy capaz de hacer cualquier cosa —declaró—. Siga su camino y déjeme en paz.

—Como quiera. Usted sabrá lo que hace.

Rabbie espoleó a su caballo y se marchó sin mirar atrás.

Rabbie pensó que la obstinada Bernadette debía de haber tomado el camino más largo, porque estaba llegando a Killeaven cuando Catriona y él la alcanzaron, a pesar de que habían salido mucho más tarde.

Al ver a Catriona, Bernadette le dedicó una sonrisa, haciendo caso omiso de su hermano.

—*Feasgar math* —dijo Catriona, mirándola con curiosidad.

—Bienvenida, señorita Mackenzie.

—¿Sus pies son tan grandes como las botas que lleva?

Bernadette alzó la barbilla.

—No, es que no tengo calzado adecuado para andar por el campo. Charles, uno de los lacayos, tuvo la amabilidad de prestarme sus botas.

—Vaya... Tuvimos un zapatero en Balhaire, pero se ha ido.

—No se preocupe por mí —replicó Bernadette—. Iré a buscar a la señorita Kent y le diré que están aquí.

Cuando Catriona y Rabbie llegaron a la puerta, apareció el mayordomo, quien llamó a uno de los mozos de cuadra y le ordenó que ensillara un caballo para Avaline. Después, miró a los Mackenzie y dijo:

—Síganme, por favor. La señorita Kent bajará inmediatamente.

—Como no llegue pronto, me voy —susurró Rabbie a Catriona.

—Calla..

El mayordomo los llevó a una salita, donde se encontraron de nuevo con Bernadette. Rabbie se fijó en que se le había soltado un mechón del tocado, y se preguntó qué textura tendría; pero ella se debió de dar cuenta, porque se lo echó hacia atrás en un vano intento de devolverlo a su sitio. Y fue un gesto tan femenino que Rabbie la deseó al instante.

Incómodo, avanzó hasta la chimenea y se quitó los guantes con brusquedad. No quería desear a esa mujer. Solo quería salir de allí y perderse en la austera inmensidad de las Tierras Altas.

—Cualquiera diría que estás enfadado con todo —protestó Catriona en gaélico—. Haz el favor de comportarte.

Rabbie pensó que tenía razón. Hasta un ciego se habría dado cuenta de que estaba a punto de estallar, así que respiró hondo e intentó relajarse.

—¿Cuántos años tiene, señorita Holly? —preguntó Catriona, mirando las botas de Bernadette.

—¿Qué?

—Que cuántos años tiene –repitió, tan directa como de costumbre.

—Ah… veintinueve.

—Vaya, toda una solterona –dijo Catriona, soltando una carcajada.

Bernadette se quedó tan perpleja que Catriona se apresuró a añadir:

—No se enfade conmigo, señorita Holly. Me he reído porque tiene la misma edad que yo, y he dicho eso porque es lo que dicen de mí.

—Bueno, a mí me dicen cosas peores –replicó ella.

—¿Y eso?

—Déjala en paz, Cat –declaró Rabbie en gaélico–. No es asunto tuyo.

Catriona hizo caso omiso del consejo de su hermano.

—Rabbie me acaba de decir que no meta en sus asuntos, señorita. Pero dígame una cosa… ¿No está casada?

—¿Quién, yo? No, no lo estoy.

Él frunció el ceño, porque Bernadette lo había dicho de forma extraña. Como si seguir soltera le diera vergüenza. O como si ocultara algo.

—¿Y usted?

—No, tampoco. Soy como mi tía Zelda, que no se ha casado ni una sola vez. Me gusta vivir sin tener que rendir cuentas a nadie –respondió Catriona–. Tengo entendido que las mujeres inglesas tienen más libertad que las de aquí…

—No sabría decirle –replicó Bernadette, intentando colocarse su mechón suelto.

—De todas formas, no podría casarme aunque quisiera. No quedan candidatos. Se han dispersado.

—¿Dispersado?

—Sí, en efecto —dijo con un fondo de amargura—. Pensaba que lo sabía.

—Ella no sabe nada —intervino Rabbie, nuevamente en gaélico—. Déjalo estar, Cat. Eso no le interesa.

—Puede que no, pero tiene que saberlo.

Catriona miró de nuevo a Bernadette y dijo, en inglés:

—Ha oído hablar de la matanza de Culloden, ¿no? Las tropas inglesas masacraron a los escoceses y lo saquearon todo.

—¿Lo saquearon? —preguntó Bernadette, espantada.

—Sí, y expulsaron a la gente de sus aldeas. Hay muchos desaparecidos.

—No lo sabía —declaró Bernadette, frunciendo el ceño—. Naturalmente, estaba informada de la batalla, pero no de...

—Buenas tardes.

La voz que la interrumpió era la de Avaline, que cruzó la habitación y se detuvo. Llevaba un vestido de montar y un sombrero, los dos de color verde.

—Buenas tardes, señorita Kent —dijo Catriona.

Avaline sonrió y miró con nerviosismo a Rabbie, que asintió y dijo:

—En fin, será mejor que nos vayamos.

Rabbie salió de la habitación sin dedicar una sola palabra a su prometida. El mozo de cuadra ya había preparado el caballo de Avaline, quien necesitó que la ayudara a montar. Evidentemente, no tenía mucha experiencia como amazona.

—¿No viene con nosotros? —preguntó Rabbie a Bernadette, aprovechando que Catriona y Avaline estaban lejos.

Ella sacudió la cabeza, sin mirarlo a los ojos.
–Creía que nunca la dejaba sola –continuó él.
–No suelo dejarla. Pero, esta vez, no soportaría la compañía que tiene.

Rabbie se acercó a Bernadette, y se detuvo tan cerca que podía ver las vetas de sus ojos marrones y las levísimas pecas de su fina nariz.

–La tenía por una mujer inteligente, señorita. Y, sin embargo, sigue creyendo que me puede imponer su concepto de buena educación.

–Oh, eso es imposible.

–Efectivamente. Y, si yo fuera usted, tendría cuidado de no provocarme.

Rabbie clavó la vista en sus labios y, acto seguido, dio media vuelta, caminó hasta su caballo y montó.

–¿Nos vamos?

Él se puso en marcha, y Avaline y su hermana lo siguieron a cierta distancia, de lo cual se alegró. Estaba tan alterado que no había sido capaz de mantener una conversación racional con ellas, y lo estaba porque Bernadette había despertado algo más que su curiosidad.

Aquella mujer era como un libro que había abierto de mala gana, suponiendo que sería aburrido. Pero, cuanto más leía, más le gustaba. Y ahora ardía en deseos de pasar página y ver lo que pasaba a continuación.

Capítulo 8

Bernadette estuvo de limpieza toda la tarde. Arregló su habitación y, cuando terminó, se dispuso a arreglar el dormitorio de Avaline; pero la criada la echó inmediatamente, molesta con el hecho de que intentara hacer su trabajo.

Como no tenía nada que hacer, se dedicó a pasear por los alrededores de la mansión, donde se cruzó con Niall MacDonald, que había ido a ver a lord Kent y ya se estaba marchando.

–¿Se va? –preguntó Bernadette, deseosa de hablar con alguien.

–Sí, me temo que sí. Tengo cosas que hacer –respondió el hombre, llevándose una mano al ala del sombrero–. Tenga cuidado en las colinas, señorita Holly.

–¿Por qué dice eso?

–Porque hay mala sangre entre los escoceses y los ingleses. Hasta los propios clanes están enfrentados –respondió–. Hágame caso.

MacDonald se alejó en su caballo, y Bernadette olvidó su consejo porque las únicas personas con las que se había encontrado durante sus habituales paseos eran él y Rabbie Mackenzie, el duro y primitivo montañés que parecía estar enfadado con el mundo.

Sin embargo, no le había parecido tan primitivo cuando lo vio en lo alto del acantilado. Lo reconoció en la distancia, y se detuvo enseguida, preguntándose qué estaba haciendo tan cerca del borde. ¿No era consciente de que se podía caer?

Bernadette sintió el deseo de pegarle un grito, de advertirle sobre el peligro que corría. Y quizá lo habría hecho si él no se hubiera dado la vuelta y la hubiera visto.

Su discusión posterior había borrado ese momento de su memoria; pero, ahora, cuando ya habían transcurrido varias horas desde entonces, se puso a pensar en lo sucedido. El hombre que estaba junto al abismo parecía estar desesperado. Había algo en él que le puso los pelos de punta, y que también despertó en ella una incómoda e indeseada punzada de compasión.

En un esfuerzo por apartarlo de sus pensamientos, sacó el libro que llevaba encima e intentó leer un rato, pero no consiguió que la lectura despertara su interés, así que volvió a la casa. Por desgracia, lord Kent y su esposa estaban discutiendo y, como estaba harta de oírlos, salió de nuevo y se dio otro largo paseo, despreciando por segunda vez el consejo de MacDonald.

Bernadette tenía la sensación de haber caminado cientos de kilómetros desde su llegada a Escocia, intentando escapar de la tensión de Killeaven. Andaba y andaba hasta que le entraba hambre, empezaba a oscurecer o le asaltaba el miedo de perderse.

Aquella tarde regresó por la primera razón, y ya había llegado al camino de la propiedad cuando oyó cascos de caballos.

Al darse la vuelta, vio que Rabbie Mackenzie avanzaba con su caballo al galope, como si lo persiguiera el mismísimo diablo. Avaline y Catriona iban por detrás, a un tranquilo trote.

Por supuesto, él pasó a su lado sin detenerse, levantando una nube de polvo que la hizo toser. Luego, Bernadette siguió su camino hasta llegar a la mansión, donde las dos amazonas la alcanzaron y saludaron amistosamente.

Como cabía esperar, el prometido de Avaline ni siquiera se tomó la molestia de ayudarla a desmontar. La pobre muchacha tuvo que esperar a que el mozo de cuadras le echara una mano y, cuando puso los pies en el suelo, se tambaleó un poco, en señal inequívoca de que no estaba acostumbrada a montar durante largos periodos de tiempo.

—Ha sido un placer —dijo Avaline a Catriona—. Por favor, dele las gracias a su cocinera por las tortitas de avena. Estaban deliciosas.

—Venga a Balhaire y déselas usted misma —replicó su acompañante, sonriendo.

—Iré. Muy pronto.

—Eso espero... —declaró Catriona.

Rabbie miró entonces a Avaline, se despidió de ella y se alejó sin esperar a Catriona, que soltó un suspiro y sacudió la cabeza.

—Supongo que el comportamiento de mi hermano le parecerá terrible, ¿verdad?

—No, en absoluto —se apresuró a decir Avaline.

—No es necesario que mienta, querida. Todos opinamos lo mismo. Rabbie no es así, pero está tan deprimido que... –Catriona se detuvo un momento–. Bueno, puede que se lo explique algún día.

Justo entonces, Rabbie la llamó. Y, antes de marcharse, Catriona volvió a mirar a Avaline y dijo:

–No es mala persona. No lo es.

–Pues lo parece –sentenció Bernadette en voz baja, para que no la oyera.

Catriona se alejó camino abajo y, al llegar a la altura de su hermano, le ofreció una mano. Para sorpresa de Bernadette, él la aceptó, despertando en ella la misma compasión que había sentido cuando lo vio en el acantilado.

Como no quería pensar en el grosero escocés, se giró hacia Avaline y le preguntó:

–¿Qué tal te ha ido?

La joven derramó una lágrima solitaria. Había palidecido de repente, y apretaba los puños con angustia.

–Oh, Avaline...

–Es el hombre más insoportable que he conocido en mi vida –dijo, tan enfadada que casi no podía hablar–. Le odio.

–Pero...

–¡Le odio! –repitió Avaline, y salió corriendo hacia la casa.

Avaline no salió de su habitación durante el resto de la tarde y, cuando llegó la noche, se negó a cenar.

–¿Qué podemos hacer? –preguntó lady Kent a Bernadette.

–Nada –respondió, muy seria–. Pero no se preocupe, que no se morirá de hambre. Saldrá en algún momento.

Lady Kent, que no pareció convencida, llamó dos veces más a Avaline, aunque no consiguió que abriera la puerta. Y, como Bernadette estaba preocupada por ella, decidió hablar con lord Kent.

En cuanto llegó al despacho y lo vio jugando al ajedrez con su hermano, supo que no era una buena idea. Pero ya estaba allí, así que no tuvo más remedio que decir algo.

—Oh, lo siento, no pretendía interrumpirles.

—Pase, pase. Usted siempre es bienvenida –dijo lord Kent con jovialidad–. Estoy ganando, así que me pilla de buen humor. Pero, si quiere hablar con Edward, tenga cuidado. Odia perder.

—¿Por qué no cierras esa maldita bocaza? –gruñó lord Ramsey.

Lord Kent soltó una carcajada y dijo:

—¿Qué quería, Bernadette?

—Verá…

—Ya que está aquí, sírvanos más whisky –la interrumpió.

Bernadette alcanzó la licorera y rellenó sus vasos.

—¿Y bien? ¿Que la trae a este antro de perdición?

—Avaline, señor.

—¿Qué le pasa ahora? –preguntó él sin apartar la vista del tablero.

—Nada –mintió ella–, pero creo que debería considerar la posibilidad de que el señor Mackenzie no le guste.

Lord Kent volvió a reír.

—Caramba, esa chica es más lista de lo que yo pensaba. A nadie le gusta el señor Mackenzie. Es un miserable.

Bernadette se quedó perpleja, porque no esperaba que le diera la razón.

—Sí que lo es. Y Avaline es muy desgraciada.

—¿Y qué quiere que haga yo?

—Romper el acuerdo de matrimonio y permitir que Avaline vuelva a Inglaterra —respondió con rapidez—. Estoy segura de que al señor Mackenzie no le importaría. Podría alegar que es un hombre inadecuado para ella, y que mancillaría su reputación.

Lord Kent miró brevemente a su hermano, que sacudió la cabeza.

—¿Quiere que rompa el acuerdo? ¿Está hablando en serio? La tenía por una mujer inteligente, Bernadette. ¿Por qué diablos iba a querer romperlo?

—Porque Avaline está desconsolada...

—¿Desconsolada? ¡Está desconsolada hasta cuando pierde un zapato! —se burló lord Kent.

A Bernadette le molestó que redujera la angustia de su hija a una simple pataleta, e insistió en defenderla.

—Milord, créame cuando le digo que está verdaderamente desesperada.

—¡Me importa un bledo!

Lord Kent pegó un puñetazo en la mesa, y las piezas de ajedrez salieron disparadas.

—¡Mira lo que has hecho! —protestó lord Ramsey.

Su hermano se levantó y, dominado por la ira, se detuvo a escasos milímetros de Bernadette.

—No romperé el compromiso matrimonial, señorita Holly. Le guste o no, Avaline se casará con ese maldito salvaje. Le dará un heredero para que estas tierras se queden en su familia. ¿Lo ha entendido?

Bernadette guardó silencio. Era incapaz de hablar cuando lord Kent perdía los estribos con ella.

—Será mejor que deje de quejarse. Necesito las tierras que se extienden entre Killeaven y Balhaire, y necesito a los Mackenzie para conseguirlas. Es nuestro acceso al mar, y no voy a renunciar a él por culpa de una hija débil y mojigata que no está dispuesta a cumplir con su deber.

Bernadette se quedó atónita. Lord Kent nunca había sido afectuoso con Avaline, pero seguía siendo su hija. ¿Cómo era posible que le importara tan poco su felicidad?

—No vuelva a mencionar ese asunto. No me vuelva a pedir que suspenda la boda. Si tanto le preocupa Avaline, prepárela para el matrimonio. Y, si no está dispuesta a hacerlo, que sufra todo lo que tenga que sufrir.

Lord Kent se sentó a continuación y echó un trago de whisky.

—Hay que reconocer una cosa de esos salvajes. Saben hacer un buen whisky —comentó.

—Márchese, señorita —dijo lord Ramsey.

Bernadette dio media vuelta, incapaz de creer que un padre tratara a su hija como si fuera un objeto o una yegua que podía subastar a su antojo. Pero, antes de que pudiera salir de la habitación, lord Kent la volvió a llamar.

—Espere un momento.

Ella lo miró a regañadientes.

—No me decepcione, Bernadette. Si no consigue que mi hija se atenga a razones, usted volverá con su padre. Eso no le gustaría, ¿verdad?

Lord Kent sonrió con malicia, consciente de que el padre de Bernadette la enviaría a un convento antes que tenerla bajo su techo. Y cuando ella salió de la habitación, mordiéndose la lengua para no decir algo de lo que se habría arrepentido más tarde, pensó que se había equivocado de enemigo. Por terrible que fuera Rabbie Mackenzie, lord Kent era mucho peor.

Bernadette no durmió bien aquella noche. Estaba indignada, enrabietada, decidida a encontrar la forma de salvar a Avaline. Lord Kent la había amenazado con enviarla de vuelta a Highfield, pero eso ya no le parecía tan terrible. Vivir con aquel hombre no era mejor que vivir con su padre. Y no iba a permitir que sacrificara a su hija.

Tras dar vueltas y más vueltas, se le ocurrió una idea. Convencer a Avaline no iba a ser fácil, teniendo en cuenta que era tan obediente como miedosa; pero, si rompía el compromiso públicamente y por un buen motivo, su padre no podría hacer nada al respecto. No tendría base legal ni moral para obligarla a casarse. Por supuesto, se enfadaría con ella, pero estaría atado de manos.

Mientras lo pensaba, Bernadette se dio cuenta de que su deseo de reventar los planes de lord Kent tenía algo de venganza personal. Avaline se encontraba en una situación parecida a la que había sufrido ella. Su padre la había despreciado, insultado y repudiado. La había tratado tan mal que casi le había dolido tanto como la pérdida del bebé que esperaba.

Y todo, por el delito de haberse enamorado.

Su padre, que se había hecho rico comerciando con hierro, quería que su hermana y ella se casaran con hombres de una clase más alta. Pero Bernadette se enamoró del hijo de un simple tendero y, por si eso fuera poco, se fugó con él, se casó en secreto y se quedó embarazada.

Cuando sus hombres los encontraron y los llevaron a Highfield, ella pasó a ser una apestada para su propia familia; una apestada que iba a dar a luz a un bastardo, porque su padre había encontrado la forma de anular el matrimonio. Ni la perspectiva de ser abuelo ablandó su corazón. Y el aborto posterior de Bernadette la hundió por completo.

Pero Avaline no estaba condenada todavía. La podía salvar. Se podía asegurar de que sus sentimientos se tuvieran en cuenta.

A la mañana siguiente, entró en la habitación de la joven sin llamar antes. Avaline, que se había tapado la cabeza con el almohadón, se lo quitó de encima y dijo, mirándola:

—Vete. No quiero ver a nadie.

—Has tenido toda la noche para compadecerte de ti misma, querida. Ha llegado el momento de hacer algo.

Bernadette se acercó a la ventana y abrió las cortinas.

—¿Hacer? —preguntó la muchacha.

—Sí, hacer. Tus esfuerzos por conseguir el cariño de tu prometido han fracasado por completo. Y cada día eres más desdichada.

—Lo sé, pero me casarán con ese hombre de todas formas.

—Eso depende. Dices que le odias, ¿verdad? Y, hasta el momento, no has visto nada en él que te guste.

—No, nada de nada.

—En ese caso, ¿por qué no rompes el compromiso? Aún estás a tiempo.

Avaline la miró con escepticismo.

—No digas tonterías. Mi padre no lo permitiría.

—Tu padre no te puede obligar legalmente a casarte. Sobre todo, si Rabbie Mackenzie ha hecho algo que la sociedad considere inaceptable.

—¿A qué te refieres?

—No lo sé —admitió—, pero creo que deberíamos ir a Balhaire esta misma mañana. Cuanto más tiempo estés en su compañía, más fácil será que diga o haga algo tan atroz que nadie te pueda negar el derecho a romper el compromiso. Pero eso sí, tendrás que romperlo públicamente.

—Públicamente —repitió Avaline, sentándose en la cama—. No sé qué decir... estaba pensando en hacerle un regalo.

Bernadette la miró con asombro. A veces, tenía la sensación de que Avaline había nacido sin cerebro.

—¿Por qué demonios le quieres hacer un regalo? No ha hecho nada para merecerlo. Eso no tiene sentido.

—Tú misma dices que soy demasiado tímida, Bernadette. Puede que haya afrontado mal este asunto.

Bernadette suspiró.

—¿Es que no lo comprendes? Te estoy ofreciendo una salida, una forma de romper tu compromiso.

Avaline sacudió la cabeza.

—No saldría bien —replicó.

—Saldrá bien —afirmó Bernadette—. Estoy convencida de que podemos descubrir algo indecoroso que justifique esa decisión. Pero no lo descubriremos si mantienes las distancias con él. Tenemos que ir a Balhaire.

—Entonces, le llevaré un regalo.

—¿Para qué? ¿De qué serviría?

Avaline se encogió de hombros.

—¿Qué le quieres llevar? —insistió Bernadette, desesperada.

—No lo sé, pero ya se me ocurrirá algo —contestó—. Y hablando de Balhaire, me encantaría ver otra vez a Catriona. Me cae simpática.

—Avaline, no es necesario que...

—Lo he pensado mucho, Bernadette —la interrumpió—. Como decía antes, he afrontado mal este asunto. Quiero intentarlo de nuevo.

—De acuerdo —replicó, frustrada—. Si es lo que quieres...

—Lo es.

—No funcionará, ¿sabes?

Avaline se volvió a encoger de hombros.

—Puede que no. Pero, al menos, habré hecho lo posible por satisfacer los deseos de mi padre.

Bernadette soltó un gemido y se sentó en la cama.

—¿Y qué me dices de tus deseos? ¿Es que no importan?

La muchacha sonrió con debilidad.

—Oh, Bernadette... sabes tan bien como yo que mis deseos no importan nada. Nunca han importado nada.

Avaline se levantó, abrió uno de los cajones de la cómoda y sacó un pañuelo de encaje.

—Bordaré sus iniciales en él —anunció.

Bernadette intentó imaginar un objeto tan delicado en manos de un hombre tan aparentemente bruto. Y fracasó.

—Es de encaje. No le gustará.

—Es posible. Pero la intención es lo que cuenta, ¿no?

—En tu situación, no.

Avaline la miró con curiosidad.

—¿Por qué estás tan enojada? Siempre has dicho que debemos ser comprensivas y amables con los demás.

Bernadette se quedó momentáneamente sin habla. Era cierto; siempre le decía ese tipo de cosas. Y, por primera vez desde que su camino se había cruzado con el de Rabbie Mackenzie, se preguntó por qué le disgustaba tanto.

La respuesta era evidente. Lo había tomado por un hombre tan frío y cruel como su padre y el padre de Avaline. Pero se había equivocado con él. La oscuridad de su corazón era de un carácter muy distinto.

—Está bien —dijo al fin—. Iré a buscar la aguja y el hilo.

Capítulo 9

Se sienten rebeldes. Se esconden en Auchenard tal como están, abrazados en la cama y desnudos a pesar del frío, húmedos ambos por el sudor de una noche de amor apasionado.

Seona juguetea con el cabello de Rabbie y le acaricia el pecho. Él alcanza su mano y se la besa, demasiado cansado aún para tomarla otra vez. Quiere casarse con ella, quiere hacerla su esposa y llevarla a Arrandale para formar una familia; pero no pueden hasta que los hermanos de Seona regresen de Inverness, que el ejército jacobita acaba de conquistar.

—No quiero esperar más —le dice él—. Quiero que nos casemos de inmediato.

Ella sonríe con tristeza y le acaricia la mejilla.

—Sabes que mi padre no lo permitirá hasta que vuelvan mis hermanos.

—¿Sabes algo de ellos? —pregunta Rabbie, besándole un pecho.

—No. Mi padre dice que las tropas inglesas al mando de Cumberland están avanzando, y que los *nuestros tienen que defender Inverness –le contestó–. Pero no quiero hablar de eso. No ahora.*

Seona le da un beso en el cuello y un afectuoso mordisco en la oreja. Rabbie tampoco quiere hablar de la guerra; pero tiene un mal presentimiento.

Cailean Mackenzie, hermano mayor de Rabbie, era el señor de Arrandale, la mansión que se alzaba junto al lago Lochcarron; pero en ese momento no tenía más residentes que el propio Rabbie, acompañado por el fantasma del recuerdo de Seona y los ancianos señor y señora Brock, supervivientes del clan de los MacAuley.

La pareja vivía en la orilla del lago, en una casa que se encontraba a pocos metros de Arrandale y, además de cuidar de la propiedad y de los animales, cocinaban para él cuando estaba presente. Eran tan silenciosos que casi no notaba su presencia.

Arrandale estaba a un par de kilómetros de Auchenard, la mansión que Daisy, la esposa de Cailean, administraba en nombre de su hijo Ellis, el joven lord Chatwick. Ahora también estaba vacía, porque Daisy temía que los escoceses quisieran vengarse por lo sucedido en Culloden. Pero Ellis quería volver cuando fuera mayor de edad y, hasta entonces, Rabbie cuidaba de ella.

Por supuesto, Rabbie extrañaba a su hermano y a su esposa, quienes se habían marchado temporalmente a Chatwick Hall, que estaba en el norte de Inglaterra. Pero la soledad de Arrandale le venía bien, porque no estaba en condiciones de nada; ni siquiera, de ayudar a su padre, que seguía siendo el jefe del clan a pesar de sus problemas físicos.

Catriona, cuyo futuro no era más prometedor que el de su hermano, había afrontado su desgracia de un modo muy diferente. En lugar de hundirse en la depresión, ayudaba a su padre sin queja alguna, lo cual provocaba que Rabbie sintiera vergüenza de sí mismo. ¿Cómo era posible que, siendo de la misma sangre, ella se empeñara en vivir y él no encontrara motivo para ello?

Un día, mientras se formulaba esa pregunta por enésima vez, decidió ir a Balhaire en una de las barcas, porque el cielo estaba despejado y porque hacía mucho tiempo que no navegaba. Uno de los perros de Balhaire, que lo había seguido a Arrandale tras su última visita, saltó a la pequeña embarcación y se plantó en la popa como si fuera el capitán.

Las aguas estaban tranquilas, así que Rabbie pudo remar sin demasiado esfuerzo. Pasó junto al lugar donde habían ahorcado al padre de Seona; pasó junto al sitio donde el traidor de Murray había llevado a los ingleses, para que atacaran Killeaven y Marraig desde el lago y, cuando llegó al extremo opuesto, desembarcó.

Balhaire estaba a menos de un kilómetro, tras una pendiente poco empinada y un bosque que daba al pequeño pueblo. Rabbie avanzó por sus calles de tiendas cerradas y saludó a los miembros del clan que encontró en su camino. Luego, ya en la fortaleza, notó algo verdaderamente extraño. Se había acostumbrado a que estuviera en silencio, pero aquel día se oían voces y carcajadas.

Perplejo, se dirigió al lugar del que llegaban. Y, al dar la vuelta a una esquina, descubrió que su hermano y sus hermanas estaban en los jardines, en compañía de los hijos y el marido de Vivienne, de Fiona y Ualan MacLeod y de Avaline Kent y Bernadette Holly. Pero eso no le pareció tan desconcertante como el hecho de que estuvieran jugando a la petanca.

A la petanca, nada más y nada menos.

Hacía años que nadie jugaba a la petanca en Balhaire. Su padre había traído de Francia las relucientes bolas, y Rabbie se acordó de su infancia, cuando los miembros del clan se reunían los sábados por la noche y se dedicaban a comer, beber y jugar.

La vida había cambiado tanto desde entonces que sintió nostalgia al verlos; sobre todo, porque sus sobrinos estaban encantados, y corrían a examinar las bolas lanzadas como hacían sus hermanos y él cuando tenían su edad. Pero, ¿qué hacían allí su prometida y Bernadette Holly? No sabía que tuvieran intención de pasar por Balhaire. Y, si se lo habían dicho, lo había olvidado.

Justo entonces, su prometida rompió a reír por algo que había dicho Auley y fingió que se derrumbaba sobre su hombro. Auley rio, la tomó entre sus brazos y la soltó con una sonrisa.

Rabbie, al que todavía no habían visto, se giró hacia Bernadette, que estaba a punto de lanzar su bola. Varios niños se le acercaron y le dieron instrucciones sobre lo que debía hacer, y ella se inclinó como si hiciera una reverencia y lanzó el objeto tan bien que se ganó toda una ronda de aplausos.

Inseguro, salió de entre las sombras y caminó hacia ellos.

Fiona fue la primera que lo vio, y lo saludó como si fueran viejos amigos. Su hermano se quedó donde estaba, aunque clavó la vista en sus ojos.

El pequeño parecía llevar una carga pesada sobre los hombros.

—¡Rabbie! —exclamó Vivienne al divisarlo.

Los sobrinos y sobrinas de Rabbie corrieron hacia él entre gritos de alegría, adelantando a Fiona a toda velocidad. La niña se detuvo entonces, y se les quedó mirando mientras abrazaban a su tío.

Rabbie los saludó afectuosamente y, al ver que Fiona mantenía las distancias, le hizo un gesto para que se uniera a ellos; pero la pequeña no se movió.

—¿Vas a jugar con nosotros? —preguntó Maira, la mayor de sus sobrinas.

—Déjalo en paz, *leannan* —intervino Vivienne—. No se puede sumar en mitad del juego... Y date prisa, que te toca lanzar a ti.

Maira se marchó con el resto de los niños, excepción hecha de Fiona, que volvió al lado de su hermano. Vivienne se acercó entonces a Rabbie y le dio un beso en la mejilla.

—¿Qué estáis haciendo? —preguntó él.

—Jugar, claro.

—Ya, pero no jugabais a la petanca desde hace años.

—¿Y qué querías que hiciéramos? Teníamos que entretener a tu prometida, y no se nos ha ocurrido nada mejor.

Rabbie miró a Avaline, que no le hizo ni caso. En cambio, Bernadette le dedicó una sonrisa tan inesperada como encantadora. Llevaba un vestido de color azul pálido, y se había recogido el pelo de tal manera que ofrecía una vista perfecta de su esbelto cuello.

A regañadientes, apartó la vista de la jugosa morena y preguntó a Vivienne:

—¿Por qué no están jugando los MacLeod?

—No lo sé. Supongo que por el niño. Es un poco tímido.

—¿Qué va a ser de ellos? —se interesó.

—Bueno, estamos intentando encontrar a un familiar o a un amigo de su familia que los quiera bajo su techo —respondió Vivienne, incómoda—. El cura dice que hay un hombre, el señor Tawley, que era casi un hermano para Donald MacLeod. Pero aún no lo han encontrado.

—No tendréis intención de que se queden en Balhaire...

—Qué cosas dices. Esos niños necesitan unos padres. Necesitan un hogar, con alguien que los acueste y les dé las buenas noches —replicó ella, sonriendo—. Pero, cambiando de tema, espero que nos acompañes a la caleta. Hace un día precioso, y teníamos intención de dar un paseo.

—No me apetece mucho, gracias.

—Eso carece de importancia. Tu novia está aquí, y no te puedes comportar como si no estuviera.

—La señorita Kent no es mi novia, aunque sea mi prometida. Y, si no recuerdo mal, yo no la he invitado a venir.

—Ni tú ni nadie; entre otras cosas, porque no necesita invitación. Dentro de unos días, será un miembro de la familia.

—Mira, sé qué estoy obligado a casarme con esa mujer, pero nada me obliga a entretenerla.

—Por Dios, Rabbie, no puedes ser tan...

—¡Señor Mackenzie! ¡Ha venido!

Rabbie respiró hondo al ver que Avaline caminaba hacia él cautelosamente, como si tuviera miedo de que le pegara un latigazo. ¿Por qué tenía que ser tan miedosa? No le había hecho nada malo. Se había limitado a ser indiferente.

—No esperaba verlo por aquí —dijo ella al llegar.

—*Feasgar math* —replicó Rabbie—. Yo tampoco esperaba verla.

Avaline lo miró como si estuviera haciendo un esfuerzo por no frotarse las manos con nerviosismo.

—Lo sé, pero me alegra que hayamos coincidido, porque le he traído un regalo.

—¿Un regalo?

Avaline sacó un envoltorio del bolsillo y se lo ofreció.

—¿Qué es? —dijo él, sin hacer ademán de alcanzarlo.

Bernadette, que apareció en ese momento, dijo:

—Si quiere saberlo, ábralo.

Rabbie no sentía ninguna curiosidad al respecto; pero todos los ojos estaban clavados en él, así que no tuvo más remedio que aceptarlo.

Mientras lo abría, se acordó del regalo que le había hecho Seona tiempo atrás, porque estaba envuelto de la misma manera. Pero, donde entonces había un broche para su fajín con dos sables cruzados, ahora había un pañuelo de encaje que, para empeorar las cosas, era un pañuelo de mujer.

—He bordado sus iniciales —dijo Avaline—. ¿Lo ve? Están en la esquina.

Rabbie miró las iniciales de su nombre y, a continuación, la miró a ella.

—¿Y qué voy a hacer con esto?

Ella parpadeó dos veces.

—No sé... Es un regalo —dijo, como si eso lo explicara todo.

Rabbie se preguntó por qué diablos le había regalado un pañuelo de mujer. Y, como le daba vergüenza tenerlo en la mano, se lo guardó rápidamente en el bolsillo.

—Gracias —acertó a decir.

Justo entonces, Catriona se acercó a la tímida muchacha y le pasó un brazo por encima de los hombros.

—La señorita Kent ha hecho un gran trabajo, ¿verdad?

Rabbie pensó que hasta él se podía bordar sus iniciales en un pañuelo, pero se giró otra vez hacia su prometida y dijo, con una sonrisa débil:

—Desde luego. Es todo un detalle, señorita.

Su mirada se cruzó entonces con la de Bernadette, y él tuvo la sensación de que se lo estaba pasando en grande con su incomodidad.

Afortunadamente, Auley eligió ese momento para acercarse a Avaline e instarla a volver al juego, cosa que hizo. Pero la intervención de su hermano, siempre tan diplomático, tuvo la desagradable consecuencia de dejarlo a solas con sus enfadadas hermanas y la irónica Bernadette.

—¿Se puede saber qué te pasa? —preguntó Vivienne en gaélico—. Lo ha hecho para ti. Y no te atrevas a decir que no te importa... Sé que eres muy desdichado. Todos lo somos. Pero no nos podemos rendir. Hay que seguir viviendo.

—¿Por qué?

Vivienne frunció el ceño.

—Si vas a ser tan cruel con ella, deberías hablar con nuestro padre y romper el compromiso matrimonial. Ahórranos a todos esta agonía.

Vivienne dio media vuelta y se alejó con Catriona, pero Bernadette se quedó.

—No se abstenga de insultarme, por favor —dijo Rabbie—. Estoy seguro de que arde en deseos de expresar su disgusto.

—¿Quién, yo? No, yo solo soy una observadora que, por lo demás, no entiende el gaélico. Aunque sospecho que, si hubiera entendido lo que ha dicho su hermana, estaría de acuerdo con ella.

Rabbie suspiró.

—Déjeme en paz, señorita Holly. Y vuelva a su juego, que la estarán esperando.

—¡Rabbie! —exclamó entonces Auley.

Su hermano sacudió la cabeza, arrepintiéndose de haber ido a Balhaire. Y se arrepintió un poco más cuando Auley se plantó ante él y dijo:

—Nos vamos a la caleta, a dar un paseo con los niños. Acompáñanos.

—No.

Auley le puso un mano en el hombro y se lo apretó de un modo no precisamente amable.

—No te lo estoy pidiendo. Nosotros vamos a pasear con los niños, y tú vas a aprovechar la ocasión para estrechar lazos con nuestras invitadas.

Rabbie no tuvo elección. Hasta él mismo se daba cuenta de que estaba obligado a hacer un esfuerzo, aunque solo fuera porque sus sobrinos se habrían enfadado si no hubiera ido con ellos.

Muy a su pesar, siguió al grupo de niños y mayores, del que se habían separado Ualan y Fiona, que se acababan de ir con Barabel. Le parecía triste que los MacLeod terminaran de pinches en las cocinas de Balhaire, pero pensó que era lo más apropiado.

Eran muy pequeños, y no los podían dejar solos. Sin embargo, el grupo avanzaba tan despacio que, al cabo de unos minutos, se cansó de ir a la cola y adelantó a Vivienne y a su esposo, quedándose a poca distancia de su hermano y el resto de las damas. Avaline y Auley estaban hablando de estrellas y navegación y, cuando él comentó que acababa de comprar un nuevo instrumento que le había salido carísimo, Bernadette dijo:

—No será un octante...

Rabbie, que no había estado demasiado atento a su conversación, cobró un repentino interés. ¿Cómo era posible que estuviera al tanto de esas cosas?

—Sí, exactamente —replicó Auley, sorprendido—. Pero no esperaba que lo supiera.

—Bueno, es que leo mucho —dijo ella, restándole importancia.

Rabbie frunció el ceño. No era nada habitual que una mujer leyera textos de navegación. Y mucho menos, una simple criada.

—¿Que lee mucho? —preguntó con escepticismo.

—Sí. Lord Kent tiene una biblioteca impresionante —respondió ella, lanzándole una mirada de desprecio—. Tengo entendido que es un instrumento notable. Todo un avance en relación con el cuadrante.

—Sí que lo es —dijo Auley—. Se puede usar de día y de noche, y mejora la exactitud del rumbo.

Rabbie la miró con desconfianza y se giró hacia su prometida, preguntándose si ella también apreciaba esa clase de lecturas. Pero Avaline no estaba escuchando su conversación, sino charlando en voz baja con Catriona.

Poco después, llegaron a la orilla, donde los niños se dispersaron en busca de objetos interesantes, seguidos a distancia por sus padres. Catriona y Avaline, que seguían hablando, se alejaron por la playa y, naturalmente, Auley se acercó al amor de su vida, el mar.

Rabbie nunca había compartido ese amor; en parte, por una singladura particularmente problemática que había sufrido en su infancia. Había salido a navegar con su padre cuando se encontraron en medio de una terrible tormenta que le provocó dos cosas: un mareo insoportable y un miedo irracional a caerse por la borda.

Desde entonces, procuraba mantenerse alejado de la inmensidad y la ferocidad del océano. Lo suyo era la tierra firme y, mientras Auley destacaba como marino, él dedicó sus esfuerzos de juventud a la profesión de las armas, siguiendo el ejemplo de su padre, del padre de su padre y de su tío Jock, que ya había fallecido.

Todos ellos se habían hecho famosos por su labor como instructores de los soldados de las Tierras Altas. Al principio, solo pretendían proteger sus propiedades en unas tierras donde las alianzas y las lealtades cambiaban con frecuencia; pero, al final, su vocación aumentó considerablemente el poder de los Mackenzie.

Para los jóvenes del clan, la milicia era una opción muy atractiva, porque tenían asegurado el sustento y podían enviar dinero a casa. Además, a Rabbie le gustaba ser instructor, y hasta había considerado la posibilidad de unirse al ejército del rey Jorge antes de que los jacobitas se alzaran en rebelión y pusieran en duda sus creencias anteriores.

¿Era realmente el rey legítimo? ¿O tenían razón

los partidarios de los Estuardo al afirmar que la Casa de Hannover, de la cual procedía, no tenía derecho al trono? Rabbie se decantaba por lo segundo; pero, en cualquier caso, era muy consciente de que los injustos impuestos de la Corona, establecidos tras la unión de Inglaterra y Escocia, habían forzado a su familia a dedicarse al contrabando.

A pesar de ello, los Mackenzie se habían mantenido neutrales durante el conflicto, creyendo que esa neutralidad los mantendría a salvo. ¿Y de qué les había servido? De nada, porque los vencedores habían asolado sus propiedades de todas formas, castigándolos por el pecado de ser escoceses.

Sí, la guerra había cambiado las cosas. Lo había cambiado todo. Y él ya no podía servir a un rey que había devastado las Tierras Altas con las tropas al mando de lord Cumberland, un vulgar asesino.

Rabbie se sentó en una roca y miró a los niños hasta que Bernadette se acercó a la orilla y empezó a recoger objetos, que examinaba brevemente y tiraba después. Al verla, se preguntó si también sería especialista en conchas. Incluso cabía la posibilidad de que lo supiera todo sobre las mareas, habida cuenta de que tenía una biblioteca impresionante a su disposición, como ella misma afirmaba.

¿Quién era realmente aquella mujer, que se dedicaba a leer textos de navegación en sus ratos libres? Decidido a averiguarlo, se levantó de la roca y caminó lentamente hacia ella.

—¿Buscando artefactos? —preguntó.

—No, solo piedras —respondió ella, mientras se limpiaba la arena de las manos.

—Dígame una cosa... ¿Cómo es posible que una

simple doncella, que solo se dedica a doblar las enaguas de su señora, sepa tanto de navegación?

Ella arqueó una ceja.

—Leo mucho, como ya le he comentado. No tiene nada de particular.

—Claro que lo tiene. Los criados no suelen tener esas costumbres.

—Ni las arpías —replicó con sorna, recordándole lo que había dicho de ella—. Pero, por muy extraño que le parezca, hay mujeres que intentan mejorar su cultura.

Rabbie frunció el ceño.

—¿Quién es su padre?

Bernadette se puso súbitamente nerviosa, lo cual aumentó su curiosidad.

—¿Por qué lo pregunta? ¿Tiene intención de quejarse de mí?

—No lo había pensado, aunque quizá debería.

—Pues no se moleste. No serviría de nada.

—¿Cómo acabó al servicio de la señorita Kent? Tiene una educación impropia de una doncella, una educación que las familias solo conceden cuando pretenden casar a su hija con un hombre de una clase superior —afirmó Rabbie—. Pero usted no se ha casado todavía. ¿Por qué?

Ella entrecerró los ojos.

—¿Y por qué sigue soltero usted?

Rabbie pensó que era una pregunta justa, y decidió responder.

—Porque las cosas no salen siempre como queremos.

—Cierto —dijo Bernadette—. Y tampoco han salido como quería Avaline…. Fíjese en ella. Mírela.

Rabbie no quería apartar la mirada de Bernadette.

Era una mujer irritante, pero también cautivadora. No se parecía al resto de las inglesas. No se hacía tocados ridículos ni se empolvaba la cara. Vestía de forma sencilla y hablaba con toda franqueza, sin miedo a expresar sus opiniones. Era un enigma casi tan grande como el hecho de que hubiera despertado su interés.

–Está encantada con su hermana, milord –prosiguió–. Se nota que la quiere mucho.

–Sí, ya lo veo. Es una pena que no se vaya a casar con Cat –ironizó.

–Avaline no es tan tímida cuando se la conoce, ¿sabe? Es dulce, divertida y cariñosa con los suyos.

–Entonces, será una buena gobernanta.

–Una buena esposa –le corrigió ella, mirándolo a los ojos–. ¿Qué más puede pedir un hombre?

Rabbie pensó que un hombre podía y debía pedir mucho más. Por ejemplo, amor. Por ejemplo, el deseo de estar con ella constantemente.

–¡Oh, vaya! ¡Acabo de encontrar un cuarto de penique! –exclamó entonces Bernadette, alcanzando un objeto semienterrado en la arena.

–Sí, es verdad –dijo Rabbie.

–¿De dónde habrá salido?

–Se le habrá caído a alguien. Por esta caleta pasa mucha gente. Marineros, familiares... vienen cuando la marea está baja.

Bernadette volvió a mirar su descubrimiento, encantada.

–Dan buena suerte.

–No.

Ella se guardó la moneda en el bolsillo.

–¿Siempre tiene que ser tan lúgubre? Está curiosamente decidido a verlo todo de color negro.

—Ni mucho menos. Solo estoy decidido a ver la realidad.

Bernadette lo miró con detenimiento, y él pudo ver las motas verdes de sus ojos marrones.

—¡Nos vamos! —gritó Auley segundos después.

Rabbie se giró hacia su hermano, que señaló el camino. La marea estaba subiendo, lo cual significaba que la playa desaparecería pronto. Vivienne y su familia ya estaban cerca del bosque, y Catriona y Avaline, que seguían sumidas en su conversación, se alejaban colina arriba.

Bernadette se apresuró a seguirlas, como si tuviera miedo de que el mar se la tragara antes de llegar al camino; o, más probablemente, porque tenía miedo de quedarse a solas con él. Pero, fuera como fuera, se llevó una mano al bolsillo y tiró una cosa al agua, que Rabbie reconoció al instante: el cuarto de penique que acababa de encontrar.

—¿Por qué lo ha tirado? —le preguntó cuando llegó a su altura.

—Porque quería pedir un deseo.

—Vaya, no conocía la costumbre de tirar monedas al mar.

—No es una costumbre. Pero, a falta de un pozo de los deseos, es lo que más se le parece.

—Pues es una estupidez. Le habría hecho mejor servicio en su bolsillo.

—¡Oh, vamos! No hay nada malo en creer en esas cosas. No se pierde nada —alegó ella.

Rabbie pensó que creer en tonterías era malo en cualquier caso, aunque no se lo discutió.

—¿Y bien? ¿Qué ha pedido?

Ella soltó una carcajada.

—¡No se lo puedo decir! Si se lo digo, mi deseo no se cumplirá.

—Supersticiones de viejas... Hay que ser tonto para creerlas.

—Gracias por añadir la necedad a los defectos que ya me ha atribuido. Además de ser una bruja y una arpía, ahora soy una necia. ¡Me extraña que no me detengan las autoridades y me envíen de vuelta a Inglaterra! —se burló—. No me diga que nunca ha pedido un deseo.

—Claro que lo he pedido. He pedido muchos, y he deseado cosas que usted no entendería.

Rabbie notó que se le había soltado un mechón, y quiso acercarse para apartárselo de la cara, aunque se contuvo.

—En fin, piense lo que quiera de mí. Estoy segura de que la señorita Kent estaría de acuerdo conmigo. También comprende la necesidad de tener esperanza.

—Sí, lo estaría. Porque no sabe nada del mundo. No sabe lo que tiene que hacer la gente para conseguir un simple cuarto de penique.

—¿Cómo lo va a saber? Es muy joven.

—Pero dista de ser una niña —le recordó Rabbie—, y aún no se ha enterado de lo cruel que puede llegar a ser la vida.

Bernadette se detuvo en el camino y lo miró con interés. Estaba tan cerca de él que podía ver las pequeñas arrugas a los lados de sus ojos. Eran las arrugas de la risa, como solía decir su madre. Pero, ¿de qué se reía? ¿Qué le divertía? Habría dado cualquier cosa por hacerla reír.

—Tengo la sensación de que disfruta compadeciéndose de sí mismo. Es como si hubiera encontrado una cálida manta de la que no se quiere desprender.

Rabbie arqueó las cejas. Tendría que haberse sentido ofendido; pero, en lugar de eso, clavó la vista en los largos y delicados dedos de Bernadette, que se estaba dando golpecitos en un brazo. No se había dado cuenta de que tuviera esa costumbre, pero deseó llevárselos a la boca y chupárselos.

—¡Se esconde constantemente debajo! —insistió ella.

Él cerró una mano sobre sus dedos, y Bernadette miró su mano antes de hablar otra vez.

—¿No va a hacer nada por ver la parte buena de las cosas? ¿Pretende llegar al altar con expresión taciturna y todo el peso del mundo sobre los hombros?

Rabbie la estaba escuchando, pero sin demasiado interés. Su corazón se había acelerado peligrosamente y, antes de darse cuenta de lo que hacía, le besó los dedos.

—¿Se puede saber qué le pasa? —bramó ella, apartándolos.

—Sinceramente, no lo sé.

Rabbie le puso una mano en el talle, llevó la otra a su cabeza y la besó. Sí, la besó. Sin saber por qué, dominado por un imperioso deseo que fue incapaz de controlar.

Bernadette intentó romper el contacto, pero él introdujo la lengua en su boca, y su sabor le pareció tan dulce y excitante que se quedó atónito. Era lo más intenso que había sentido en mucho tiempo. Se había convencido a sí mismo de que nunca volvería a sentir esa pasión. Y, sin embargo, la estaba sintiendo. Era real. Volvía a sentirse vivo.

Por supuesto, sabía que sus familiares estaban en el camino, y que corría el peligro de que vieran lo que pasaba. Pero no la soltó. No pudo. Sobre todo, porque lo besó a su vez de un modo que no tenía nada de inocente, apretándose contra su cuerpo, frotándose contra él y entregándose sin inhibición alguna.

Luego, Bernadette soltó un gemido de placer que terminó por destrozar todas sus defensas. Y un segundo más tarde, le pegó un empujó tan fuerte que Rabbie retrocedió.

—¿Se ha vuelto loco? —dijo ella en voz baja.

—Creo que sí —admitió él.

Bernadette se giró hacia el camino, donde ya no había nadie. Aparentemente, no les habían visto.

—¡Se va a casar con mi amiga!

—Con su señora —puntualizó Rabbie.

—No, señor Mackenzie, Avaline es mi amiga. ¡Y estoy indignada con lo que ha pasado! Puede que sea joven y que carezca de experiencia, pero quiere ser una buena esposa.

—¿Por qué es usted quien dice lo que quiere o deja de querer? ¿Por qué no lo dice ella misma?

Bernadette parpadeó.

—¡Porque es tímida!

—¿Ah, sí? Discúlpeme, pero creo que usted está interesada en ese matrimonio por motivos que no tienen nada que ver con la felicidad de su amiga. Y haga el favor de no regañarme. Soy un hombre adulto.

—¡Eso no le da derecho a destrozar el corazón de una mujer!

A Rabbie le extrañó su vehemencia, un tanto exagerada. Y se dio cuenta de que ya no se estaba refiriendo a Avaline Kent, sino a ella misma.

—Ha sido un beso inocente, no una declaración de amor, señorita. No busque cosas donde no las hay.

—¡Eso no ha sido un beso inocente!

—Entonces, ¿qué ha sido? Ilumíneme con sus profundos conocimientos del arte de besar. Estoy seguro de que los habrá extraído de la impresionante biblioteca de lord Kent. Y no dudo que sabrá sacarme de mi error.

—¡Le estoy diciendo la verdad sobre Avaline! —replicó ella, intentando escapar de la trampa en la que se había metido—. ¿Por qué se niega a creerme?

Él le acarició el cuello y dijo:

—No me niego a creerla. Me niego a que hable de cosas que usted no entiende. Yo no quería casarme con la señorita Kent, y no me casaría si la situación de mi familia no me obligara a ello. Deje de decirme lo que está bien y lo que está mal. No sabe lo que ha pasado en estas tierras.

Bernadette clavó la vista en sus labios, reavivando el deseo de Rabbie.

—Sé más de lo que usted cree, milord. Y sé que, si diera una oportunidad a Avaline, se llevaría una sorpresa agradable. ¿Es que no le importa su situación? ¿No comprende lo difícil que es para ella? Se llevaría un disgusto terrible si supiera que nos hemos besado.

Rabbie apartó la mano de su cuello.

—Su preocupación llega un poco tarde, ¿no le parece?

Ella entrecerró los ojos.

—Sí, es cierto. Y también es cierto que estoy hablando con un miserable.

—Ah, un miserable —repitió él, soltando una carcajada sin humor.

Rabbie sacó el pañuelo de encaje que llevaba en el bolsillo y se lo dio.

—¿Por qué me lo da? —preguntó Bernadette.

—Porque tiene un poco de arena en la cara —contestó él—. Pero quédeselo. Significa más para usted de lo que nunca significará para mí.

Rabbie se marchó camino arriba, y ella se quedó allí durante unos segundos, hasta que reaccionó.

Cuando salieron del bosque, descubrieron que los demás los estaban esperando; y Avaline, que lanzó una mirada rápida a su prometido, se dirigió directamente a Bernadette.

—Nos han invitado a cenar —dijo con alegría.

—¿A cenar? No, no —replicó Bernadette, incómoda—. Tenemos que volver a Killeaven antes de que se haga de noche.

—Pero podríamos...

—Le prometí a tu madre que te llevaría a casa, Avaline —la interrumpió, tomándola de la mano—. Nos tenemos que ir.

Avaline no parecía muy convencida, pero debió de notar algo raro en la actitud de Bernadette, porque al final asintió.

—Sí, claro. Tienes razón.

Avaline y Bernadette se alejaron por el camino y, mientras Rabbie las seguía, notó que la segunda estaba ligeramente ruborizada y que tenía el cabello revuelto. Pero se detuvo al darse cuenta de que Catriona se había quedado atrás y de que lo estaba mirando con interés.

—¿Vienes? —dijo, ofreciéndole una mano.

—¿A qué estás jugando, Rabbie? —preguntó su hermana con desconfianza.

—A nada, salvo a sobrevivir cada día y llegar al siguiente.

Catriona chasqueó la lengua y dijo:

—No sé lo que pretendes.

Rabbie pensó que él tampoco lo sabía. Sobre todo, después de haber besado a Bernadette Holly.

Capítulo 10

Avaline había llegado a la conclusión de que regalar un pañuelo de encaje a Rabbie Mackenzie había sido una mala idea. Bernadette tenía razón al decir que no le gustaría. Pero le pareció que sería un detalle bonito y que, cuando estuvieran casados, lo sacaría, olería su aroma y recordaría con afecto el día en que se lo regaló.

Evidentemente, había cometido un error. Aquel hombre parecía incapaz de mostrarse cariñoso. Aunque, al menos, ella lo había intentado, cosa que no se podía decir de él.

Pero, si hubiera estado ante su confesor, quien siempre afirmaba que Dios lo veía todo, se habría visto obligada a reconocer que el pañuelo solo había sido una excusa para volver a Balhaire. Y no precisamente porque ardiera en deseos de ver a su prometido, que le daba miedo, sino porque ardía en deseos de ver a su hermano, el capitán.

¡Oh, qué maravilloso día había pasado! Gracias a Bernadette, que se había encargado de mantener entretenido a Rabbie, ella había podido disfrutar de la compañía de Catriona, de lo cual se alegraba profundamente. Cuando se acostumbró a su descarnada franqueza, descubrió que tenían muchas cosas en común. Y ahora tenía una amiga nueva.

Sin embargo, nada estaba a la altura de lo que había sentido con el capitán Mackenzie.

Auley. Hasta su nombre le gustaba. Era un nombre poco habitual, acorde a un hombre poco común: un hombre amable, atento y, por supuesto, muy atractivo, la primera virtud que había admirado en él. Le había enseñado los nombres de las estrellas, le había enseñado a jugar a la petanca y se había interesado por su familia y por su antiguo hogar.

Desde su punto de vista, era mil veces mejor que su hermano. Pero, a pesar de ello, empezaba a comprender a Rabbie Mackenzie.

Catriona le había contado una de las historias más deprimentes que había oído nunca. Le había contado que la novia anterior de su prometido había desaparecido durante los últimos días de la guerra. Nadie sabía lo que le había pasado. Había desaparecido literalmente. Y, por supuesto, Rabbie se había hundido en la desesperación.

¿Cómo no iba a estar resentido? Había perdido a la mujer que amaba, y le obligaban a casarse con otra mujer.

La historia era tan triste que Avaline tomó la decisión de esforzarse más con él. Además, ya no se quería marchar de Killeaven. Desde que sabía que su padre y su madre iban a volver a Inglaterra, estaba encantada con quedarse allí. Si necesitaba algo, Bernadette estaría a su lado y, como ahora conocía la tragedia de su futuro esposo, podría ayudarlo a recuperarse.

Desde luego, no sería fácil. Tendría que hacer un esfuerzo tremendo para sacarlo de su desesperación y ganarse su afecto. Pero pensó que, si satisfacía todas sus necesidades y le daba un verdadero hogar, terminaría por agradecer sus desvelos y hasta por quererla, consciente de que lo había liberado de su profunda melancolía, dolencia que llevaba a muchas personas al manicomio.

Entonces, su familia dejaría de verla como una inútil y la empezaría a ver como una especie de santa, que había asumido la responsabilidad de casarse con un hombre desesperado y lo había salvado de sí mismo. Le estarían profundamente agradecidos. E incluso imaginó que su padre se inclinaría ante ella y le pediría perdón por haberla juzgado tan mal.

Pero si eso era imposible, tampoco pasaba nada. Aún tendría al capitán.

Capítulo 11

Bernadette estaba inusitadamente angustiada. ¿Dónde podía esconder el pañuelo de encaje? ¿Qué podía hacer para reparar el enorme error que había cometido en Balhaire? Un error tanto más terrible porque había sentido aquel beso en lo más profundo de su ser, y de un modo tan erótico que había estado a punto de dejarse llevar y hacer una locura.

Ahora, estaba atrapada entre el sentimiento de culpabilidad y el temor a que Avaline lo descubriera. Por primera vez desde que los lacayos de su padre la encontraron con Albert en aquella posada, volvía a desear a un hombre.

Bernadette se estremeció al recordar la humillación de que entraran en su dormitorio de repente y los encontraran medio desnudos; aunque, en algunos sentidos, esto era peor. Entonces, los únicos damnificados eran Albert y ella misma; ahora, también afectaba a Avaline. Y, si Avaline llegaba a enterarse, sería desastroso para todos.

Desesperada, escondió el pañuelo en un cajón, debajo de varias prendas. Luego, se puso a caminar en círculos por su pequeña habitación e intentó pensar con claridad.

¿Qué demonios había ocurrido? En cuestión de segundos, habían pasado de hablar a besarse. Primero, él la tomó de la mano y, en lugar de apartarla, ella le dejó hacer. Después, se la besó y, aunque esta vez rompió el contacto, se quedó embriagada con el cálido eco que había dejado en su piel.

Y, por último, la besó. La besó apasionadamente, como un hombre que no tenía miedo de demostrar lo mucho que la deseaba.

Sí, era cierto que ella no le había provocado, que no lo había invitado en modo alguno a dar ese paso. Pero no se había resistido. Y no se había resistido porque había algo tan poderoso y ferozmente masculino en él, algo tan excitante y arrebatador en sus labios que no fue capaz.

–¿Qué he hecho? –se dijo en voz alta, sentándose en el taburete del tocador.

Ni ella misma lo entendía. ¿Cómo era posible que se hubiera arriesgado tanto por unos simples instantes de placer? Y, sin embargo, no podía negar que se había sentido completamente viva; quizá, porque hacía mucho tiempo que no gozaba de las atenciones de un hombre.

Sabía lo que Rabbie Mackenzie quería de ella, y sabía lo que ella quería de él: su cuerpo.

Pero, al darse cuenta de lo que había hecho, su sentido común había intervenido y le había provocado tal acceso de pánico y vergüenza que, durante unos momentos, se sintió morir.

¿Qué debía hacer? ¿Decírselo a Avaline?

Sencillamente, no podía. Se quedaría destrozada y, teniendo en cuenta su débil constitución, hasta era posible que cayera enferma. Además, ella perdería su trabajo y, al perderlo, la dejaría sola en el mundo, sin ayuda de nadie. Y si la ira de la joven pesaba más que su tristeza, la devolvería a Highfield incluso antes de que lord Kent se planteara esa posibilidad.

No, no se lo podía decir. Quizá más adelante, pero no entonces.

Lo que tenía que hacer, lo que debía hacer a toda costa, era convencerla de que rompiera el acuerdo matrimonial.

No había otra solución.

Bernadette sacó el tema a la mañana siguiente, durante el desayuno. Avaline se había levantado tarde y, en consecuencia, las dos estaban solas en el comedor. Cuando Renard se llevó los platos a la cocina, Bernadette carraspeó y dijo:

—Tengo que hablar contigo.

—¿De qué?

Bernadette estaba tan nerviosa que no pudo responder a la pregunta.

—¿Te encuentras bien? —continuó la muchacha—. No tienes buen aspecto. ¿Te ha sentado mal el desayuno?

—No, en absoluto —acertó a decir—. Es que he estado pensando en tu compromiso con el señor Mackenzie. Hay que encontrar el modo de que diga o haga algo que te dé una excusa para romperlo.

Avaline guardó silencio.

—Tras pensarlo mucho, he llegado a la conclusión de que es más fácil de lo que parece. A fin de cuentas, no soporta a los ingleses.

—¿Ah, no?

Bernadette se quedó perpleja. Le parecía increíble que no lo hubiera notado.

—No. Nos odia por lo que pasó en la guerra.

—Ah, sí, fue algo verdaderamente triste. Pero no creo que nos odie a todos los ingleses por lo que hicieron unos pocos. ¿O es que te has enterado de lo que pasó? ¿Te lo ha contado?

—Bueno, yo...

—¡Ahora lo entiendo! Te lo ha contado Catriona, como me lo contó a mí —la interrumpió.

—¿Contarme qué?

—Lo de su prometida anterior.

—¿Lo de su prometida anterior? —dijo Bernadette, atónita.

—No recuerdo como se llamaba... Showna o algo así.

Bernadette sacudió la cabeza.

—No sé de qué me estás hablando.

—¿En serio? Pues es la historia más trágica que he oído nunca —declaró—. Estaba muy enamorado de ella. Tenía intención de casarse cuando sus hermanos volvieran de la guerra, pero murieron en una batalla terrible. Y luego, el padre del señor Mackenzie lo envió a Noruega porque se había corrido la voz de que era simpatizante de los rebeldes y era la única forma de salvarlo.

—¿Salvarlo de quién? —preguntó Bernadette, que seguía sin entender nada.

—¡De las tropas inglesas, naturalmente! Lo habrían juzgado por traición a la Corona —replicó Avaline—. Pero eso no es lo peor de todo, ¿sabes? Cuando volvió del exilio, no pudo encontrar a su prometida. Su familia y ella habían desaparecido de la faz de la tierra.

—¿Desaparecido? ¿Qué quieres decir con eso? ¿Dónde estaban?

—Esa es la cuestión, que nadie lo sabe. Y, por si eso fuera poco, ahorcaron al padre de su novia.

Bernadette la miró con horror.

—¿Que lo ahorcaron?

—Sí, muy cerca de Arrandale. Catriona dice que su hermano tiene que pasar por delante de ese sitio cuando va a Balhaire por el lago.

Bernadette cerró los ojos un momento, espantada con lo que acababa de oír. Ahora entendía que despreciara tanto a los ingleses. ¡Y ella lo había acusado de regodearse en su tristeza!

—¿Estás segura de lo que dices, Avaline?

—Bueno, es lo que Catriona me contó. Y sabiendo lo que ahora sé, no puedo romper el acuerdo matrimonial. La vida ya ha sido demasiado cruel con ese pobre hombre.

La afirmación de Avaline aumentó el desconcierto de Bernadette. ¿Estaba dispuesta a casarse con un hombre que seguía llorando a otra mujer? No tenía ningún sentido.

—¿Has cambiado de opinión sobre el señor Mackenzie?

—¡En absoluto! —dijo con vehemencia—. No quiero casarme con él. Pero no puedo hacer nada por el momento, y he pensado que le podría ayudar. Quizá consiga que vuelva a sonreír.

—Avaline, no sé qué podrías hacer para que un hombre que ha sufrido semejante tragedia vuelva a sonreír. Creo que está fuera de tu alcance.

—Pero debo intentarlo, ¿no? Su familia me estaría muy agradecida si lo consiguiera.

—No, no debes intentarlo –dijo Bernadette, dominada súbitamente por el miedo–. Nunca se recuperará de…

—Mira, sé que tienes buenas intenciones –la interrumpió de nuevo–, pero no le puedo dejar en la estacada. No quiero ser la segunda prometida que pierde.

—Lo comprendo perfectamente, pero te estarías condenando a un hombre que odia a los ingleses y que sigue enamorado de otra mujer –alegó Bernadette–. No sería justo para ti.

—Lo sé, lo sé de sobra. Y nada me gustaría más que no estar obligada a casarme con ese hombre –dijo–. Desgraciadamente, no tengo elección. ¿Qué otra cosa puedo hacer?

Avaline se levantó, dejó su servilleta en la mesa y añadió:

—Le prometí a mi madre que iría a verla para hablar de los preparativos de la boda. ¡No sabía que fuera tan complicado! Hay tantos detalles en los que pensar… empezando por las costumbres de Escocia. Por lo visto, tengo que llevar una moneda de seis peniques en un zapato –declaró–. En fin, ¿vienes conmigo?

Bernadette sonrió, intentando disimular su angustia.

—Puede que vaya después, cuando vuelva de mi paseo matinal.

—¡Cómo te gustan los paseos! Bueno, pasea tanto como quieras –dijo, sacudiendo una mano–. Pero no te olvides de ponerte el sombrero, Bernadette. Ya tienes demasiadas pecas.

Bernadette se llevó una mano a la cara mientras Avaline salía de la habitación.

—¿En serio? –se dijo en voz alta.

Media hora después, salió a pasear con sus botas enormes y un sombrero, para evitarse el problema mencionado por su amiga. Sin embargo, no prestó atención al paisaje, porque seguía pensando en Rabbie Mackenzie. El recuerdo de sus labios la había perseguido toda la noche y, por si eso no fuera suficientemente inquietante, ahora estaba la historia que Avaline le había contado.

¿Sería cierta?

No tenía forma de saberlo. De hecho, esperaba que no lo fuera. Pero si lo era, ella habría quedado en muy mal lugar, porque ni siquiera había tenido la deferencia de concederle el beneficio de la duda. Lo había juzgado y condenado sin saber nada de él. Le había hecho lo mismo que le habían hecho a ella en tantas ocasiones.

Al llegar al risco desde el que se veía la playa, alcanzó unas flores silvestres, las miró un momento y dejó que el viento se las llevara hacia el mar. ¿Habría desaparecido realmente aquella mujer? En tal caso, habría sido espantoso para él. Bernadette lo sabía de sobra, porque le había pasado algo parecido con Albert. Los separaron por la fuerza. Se los llevaron a rastras. Y no lo volvió a ver.

Durante meses, su padre se negó a darle ninguna información sobre el paradero de Albert. No sabía lo que le había pasado, pero tenía la esperanza de que apareciera; o por lo menos, la tuvo hasta que una de sus tías se apiadó de ella y la liberó de su particular prisión emocional mediante el procedimiento de decirle que había muerto.

–Fue durante una tormenta –declaró, sin entrar en más detalles–. Un accidente, según tengo entendido.

Bernadette intentó convencerse de que efectivamente había sido un accidente, de que su padre no tenía nada que ver con la muerte de Albert; pero la duda caló en lo más profundo de su ser, emponzoñando aún más su relación. Y como su padre la despreciaba por lo que había hecho, llegó a creer que ella sería la siguiente persona que desapareciera en el mar.

Además, se sentía culpable de lo sucedido. Se torturaba a sí misma por no haberse dado cuenta de que su progenitor era un hombre cruel y vengativo, un hombre capaz de cualquier cosa. Pasaba noches enteras sin dormir, imaginando la muerte de su enamorado. Se maldecía por haber cometido el error de fugarse con él, un error que le había costado la vida.

Ni siquiera podía pensar en ello sin romper a llorar. Y, como no quería hundirse otra vez, se limpió las manos en las faldas del vestido y dio media vuelta con intención de seguir con su paseo, pero se encontró ante un jinete que apareció repentinamente en el camino.

Había algo en él que le resultaba familiar, aunque no supo qué. Solo supo que avanzó hacia ella sin prisa, y que la piel se le puso de gallina al recordar las advertencias del señor MacDonald.

Nerviosa, echó un vistazo a su alrededor, preguntándose a qué distancia estaría de Killeaven. Según sus cálculos, estaba más cerca de Balhaire que de la mansión de los Kent, pero no las tenía todas consigo. Y, en cualquier caso, ya era demasiado tarde para huir.

—*Madainn mhath* —la saludó el hombre, de ropa sucia y cabello revuelto.

—Buenos días —replicó ella, con voz temblorosa.

—¿Se ha perdido?

—No, en absoluto.

Bernadette supo que el desconocido había notado

su miedo, porque le dedicó una sonrisa de superioridad.

—Me alegro —dijo—. Una mujer tan bella como usted no debería perderse por estas tierras.

—Y no estoy perdida —insistió ella.

El hombre se llevó una mano al sombrero y pasó a su lado, mirándola de arriba abajo. Bernadette esperó un momento y se fue a toda prisa en la dirección contraria.

Quince o veinte minutos después, seguía mirando por encima del hombro, temiendo que la siguiera. Ya no estaba pensando en Albert; ya no estaba pensando en Rabbie Mackenzie; solo pensaba en poner tanta distancia como pudiera con el desconocido.

Al final, acabó en el camino de la caleta y, cuando alzó la vista, vio que el sombrío escocés de sus sueños nocturnos estaba en lo alto del acantilado, contemplando el mar con desesperación.

—¡Milord! —gritó al viento, sorprendiéndose a sí misma—. ¡Señor Mackenzie!

Él se giró despacio, como saliendo de un trance y, al reconocerla, se pasó una mano por el pelo. No llevaba sombrero ni pañuelo al cuello. Solo llevaba una camisa por encima de los pantalones y una capa sobre los hombros.

—¿Qué hace aquí otra vez? —le preguntó cuando llegó a su altura—. ¿No tiene nada mejor que hacer que espiarme?

—No lo estaba espiando —dijo ella, sin aliento—. Tengo la costumbre de salir a pasear por la mañana.

Bernadette lo miró con curiosidad, porque ahora conocía el origen de su tristeza, y quería saber más.

—¿Por qué me mira así? —preguntó él.

—¿Cómo lo estoy mirando?
—Como si me viera por primera vez.
—¿En serio? —replicó, confundida.
—En serio —dijo con impaciencia—. Si quiere decirme algo, dígamelo de una vez.

Ella parpadeó. Por fin tenía la oportunidad de pedirle disculpas. Pero no se atrevió.

—No sé qué decir, la verdad.

Él susurró algo en gaélico y, tras sacudir la cabeza, se alejó colina abajo.

—¡Lo siento! —exclamó entonces Bernadette.

Rabbie se detuvo y la miró de nuevo.

—¿Me está pidiendo disculpas? —dijo con desconfianza—. ¿Aún le preocupa ese beso? Ya le dije que no...

—Sí, que no significa nada —lo interrumpió—. Lo sé.

—Entonces, ¿por qué se disculpa?

—Por haberlo acusado de compadecerse de sí mismo.

Él tardó un momento en comprender lo que decía y, cuando cayó en la cuenta, entrecerró los ojos y caminó hacia ella.

—Maldita sea... ¿Cree que me importa algo lo que piense de mí? No, no me compadezco de mí mismo. No me escondo tras ese manto, como dijo usted. El manto que llevo es el de la indiferencia, y lo llevo como una segunda piel.

Rabbie la miró con tanta rabia que ella tuvo miedo de que la tirara por el acantilado y, sin darse cuenta, dio un paso atrás.

—¡Por el amor de Dios! ¿Cree que le voy a hacer algo malo? —protestó—. No soy un salvaje.

—Yo no he dicho que lo sea.

—Pero lo piensa.
—No, no es verdad. O no lo es desde que...
—¿Qué?
Bernadette tragó saliva, consciente de que estaba a punto de internarse en un terreno peligroso.
—Desde que supe de su trágica desgracia —le confesó—. Ahora le entiendo mejor.
Él se puso tenso.
—¿A qué desgracia se refiere, si se puede saber?
—Bueno... He sabido que Avaline no es su primera prometida.
Rabbie se quedó tan pálido como inmóvil, aunque no apartó la mirada de ella. Estaba muy enfadado, y parecía a punto de estallar.
—Lo siento —prosiguió Bernadette—. No debería haberlo mencionado.
—No, no debería.
—Pero, de todas formas, le he juzgado injustamente, y creo que le debo una disculpa.
—¿Qué sabe de lo que pasó?
—Solo que tuvo que irse a Noruega y que, cuando volvió, ella había desaparecido —dijo.
—¿Y cómo se ha enterado?
—Por Avaline. Se lo contó la señorita Catriona.
Rabbie soltó una retahíla de palabras en gaélico que, por su tono de voz, no debían de ser cumplidos.
—Su hermana no tenía mala intención, milord. Estoy segura de que se lo contó a Avaline para que entendiera por qué...
—¿Por qué me comporto como un idiota? —la interrumpió.
—Yo no lo diría de ese modo, pero sí.
—Y ahora que conoce mi historia, usted ha decidido

interpretarla en clave romántica y ofrecerme su conmiseración, claro.

–No, yo...

–No se entera de nada, señorita Holly. No sabe lo que pasó en las Tierras Altas. ¿Qué cree? ¿Que volví de Noruega y descubrí que Seona se había ido, sencillamente? ¿Como quien se va de viaje?

–No sé, supongo que su familia y ella se irían a alguna parte, ¿no?

–¿Supone que abandonaron su casa de repente? ¿Por qué? –la interrogó.

Bernadette se sintió profundamente incómoda. Solo se había acercado a él con intención de pedirle perdón, pero las cosas se habían complicado y, de repente, se encontraba en una situación insostenible.

–Qué se yo... quizá perdieron el sustento y se fueron a las colonias –se atrevió a decir.

Rabbie la miró de la cabeza a los pies.

–Es usted una ingenua. Una *sassenach* inculta que no sabe nada del mundo.

–No es cierto –dijo.

Él la tomó de la mano.

–Venga conmigo, señorita Holly.

–¿Adónde?

–Ya lo verá.

Bernadette sacudió la cabeza, preocupada ante la posibilidad de que acabaran besándose de nuevo.

–No puedo ir con usted.

–Oh, vamos. Es una mujer valiente. No permitirá que el miedo la atenace precisamente ahora.

Bernadette se sintió tan halagada que asintió y permitió que la llevara de la mano hasta la pequeña arboleda donde Rabbie había dejado su caballo. Una vez allí, la tomó por la cintura, la alzó en vilo y la sentó en la silla.

—¡Milord! —protestó ella.

Él no hizo ni caso. Se sentó detrás y pasó las manos alrededor de su cuerpo para alcanzar las riendas, lo cual provocó que Bernadette se pusiera rígida como una estatua.

—Relájese. Va a asustar al caballo.

—¡No voy a montar con usted! Esto es demasiado... familiar.

—¿Prefiere seguirme a pie? ¿Con esas botazas que lleva? No diga tonterías. Y haga el favor de echarse un poco hacia atrás, que no me deja ver.

Bernadette, que no quería ni rozarlo, mantuvo las distancias como pudo. Pero Rabbie puso el caballo al trote y, momentos después, se encontró inevitablemente apretada contra él.

—¿Adónde vamos? —insistió entonces.

Él no contestó. Se sumió en un silencio que duró alrededor de quince minutos, mientras ella era cada vez más consciente del contacto de su cuerpo, de su dureza, de su tamaño y hasta de su respiración. De hecho, no podía pensar en nada más.

Su cabeza se llenó de imágenes indeseadas en las que aparecía desnudo con una escocesa. ¿La habría querido tanto como ella había querido a Albert? ¿Se quería casar por amor? ¿O solo habría sido un típico matrimonio concertado?

Al ver que se internaban en un bosque, declaró.

—Me echarán de menos si tardo mucho.

—Estamos a punto de llegar.

Bernadette intentó no pensar que Avaline la estaría esperando. Intentó no pensar en el calor del cuerpo de

Rabbie Mackenzie. Intentó concentrarse en el paisaje, pero sus ojos solo veían árboles y más árboles, y su mente volvía una y otra vez a la maravilla de estar pegada a un hombre tan formidable.

Instantes después, llegaron a lo alto de una colina desde la que se divisaba una casa modesta. Estaba demasiado lejos para apreciar sus detalles, pero era obvio que parte del tejado se había consumido en un incendio.

—¿Dónde estamos?

En respuesta, Rabbie espoleó a su montura y pasó un brazo alrededor del cuerpo de Bernadette para que no perdiera el equilibrio.

Cuando llegaron a su destino, él saltó a tierra y la ayudó a desmontar. La puerta del edificio estaba abierta, de tal manera que Bernadette podía ver el interior. La luz del sol se filtraba por el tejado hundido.

—Sígame.

Ella lo siguió, y se llevó una sorpresa al ver que aún había unos pocos muebles en el salón de la casa: una mesa partida por la mitad, un sillón bocabajo, un taburete tirado en una esquina y una lámpara rota que yacía en el suelo. Por lo demás, todo estaba lleno de cenizas y escombros.

—Este era el hogar de Seona.

Bernadette notó que las paredes tenían las mismas muescas que había visto en Killeaven, señal inequívoca de disparos. Rabbie la llevó a otra habitación y le señaló una enorme mancha de color marrón.

—¿Qué es? —preguntó ella.

—Sangre.

—¿Cómo? —dijo, atónita.

—Sangre —repitió él.

Bernadette sintió náuseas. Era una mancha gigantesca, que se extendía por media habitación, como si hubieran arrastrado a alguien mientras se desangraba. Y no era la única, ni mucho menos.

Cualquiera se habría dado cuenta de que aquel lugar había sido escenario de una tragedia terrible.

—Oh, Dios mío...

Bernadette se mareó de repente, pero él le pasó un brazo alrededor de la cintura y la sacó de la casa antes de que las fuerzas le fallaran por completo. Luego, la llevó a un banco que estaba en el exterior, se quitó la capa y se la puso por encima de los hombros.

—Siéntese —dijo.

Ella se sentó, y él se acomodó a su lado.

Si hubiera podido, Bernadette le habría dicho que entendía su dolor, que había sufrido una tragedia parecida y que también se había hundido en la desolación; pero no podía hablar, así que se limitó a apretarle la mano mientras se encogía bajo la capa, que olía a caballo y a hombre.

—¿Se encuentra bien? —preguntó Rabbie, alarmado.

Ella sacudió la cabeza, profundamente arrepentida de haberlo juzgado tan mal. Y, en su desesperación, alzó una mano y le acarició la mejilla.

Él se estremeció.

—Lo siento mucho, señor Mackenzie.

Bernadette le pasó los brazos alrededor del cuello y se apretó contra él de tal manera que la capa se le cayó. Solo pretendía abrazarlo, pero se sorprendió a sí misma besándolo con ternura.

Tras unos momentos de perplejidad, él le dejó hacer y permitió que insistiera en sus atenciones y le acariciara el cabello. Luego, Rabbie le puso una mano en la cintura, y Bernadette perdió su contención y lo besó apasionadamente, sin poder evitarlo.

Había pasado mucho tiempo desde la última vez que había estado tan excitada. Su cuerpo ardía por dentro. Su piel ansiaba el contacto de la piel de Rabbie. Se estaba deshaciendo en una espiral de deseo y necesidad que escapaba a su control y, de repente, sintió pánico y se apartó.

Él se levantó de inmediato y se pasó una mano por el pelo.

—Lo lamento mucho —dijo ella, levantándose a su vez—. No pretendía… Solo quería…

Rabbie no dijo nada y, tras unos segundos de silencio, Bernadette preguntó con debilidad:

—¿Solo estaban ella y sus hermanos?

—Ella, su madre y sus dos hermanas. Sus hermanos murieron en Culloden —le informó, sacudiendo la cabeza—. Pensamos que ya había pasado todo, ¿sabe? Que el fin de la guerra sería el fin de las matanzas. Pero solo fue el principio, y luego ahorcaron a su padre.

—Qué horror…

—La gente huyó tan deprisa como pudo. Una de las hermanas de Seona tenía dos hijos, que apenas eran bebés por entonces… los enviaron a casa de un primo, para que cuidara de ellos, y ni Fiona ni Ualan volvieron a ver su familia —dijo, clavando la vista en sus ojos—. ¿Comprende ahora que no me quiera casar con una inglesita miedosa?

Bernadette quiso defender a su amiga, pero no pudo. Él estaba en lo cierto. Avaline no tenía la fuerza necesaria para afrontar una tragedia de semejante magnitud. Era demasiado frágil. De hecho, lo era tanto que ella misma había optado por no contarle lo de Albert.

—No debería haberla traído.

—Al contrario. Ha hecho bien —dijo—. Estaba muy equivocada.

—Vamos. La llevaré a Killeaven —replicó con brusquedad.

Rabbie se puso la capa y se alejó sin asegurarse de que lo seguía, ansioso por marcharse de aquel lugar. Al llegar a su caballo, la montó, se sentó detrás y sacudió las riendas.

Cabalgaron en silencio, sin más sonidos que la pesada respiración del caballo, aunque Bernadette llegó a pensar que era la suya. Estaba muy alterada. No dejaba de pensar en la casa. No dejaba de pensar en lo sucedido. Y no podía olvidar el sabor de la boca de Rabbie.

Cuando llegaron al camino de Killeaven, ella le pidió que se detuviera porque no se podía permitir el lujo de que la vieran con él.

—Seguiré andando —dijo.

Rabbie la ayudó a desmontar y, a continuación, señaló el cielo, que se estaba cubriendo de nubes.

—Será mejor que se dé prisa —le recomendó.

—Me la daré.

Bernadette empezó a caminar a buen paso, sin acordarse siquiera del miedo que había pasado esa mañana cuando se encontró con el jinete desconocido. Le habría gustado despedirse de Rabbie Mackenzie y desearle un buen día, pero no podía desear eso a un hombre que no había pasado ni un día bueno en mucho tiempo.

Además, solo quería huir y reflexionar sobre los motivos que la habían llevado a besarlo y a traicionar de nuevo a Avaline, porque ni ella misma lo entendía. ¿Qué demonios estaba haciendo?

Al llegar al punto donde el camino giraba hacia el este, se detuvo y miró hacia atrás. Él seguía donde lo había dejado, mirándola; pero después tiró de las riendas y se marchó.

Bernadette llegó a Killeaven al cabo de unos minutos. Le dolían los pies, y se le habían soltado varias horquillas del pelo.

—¿Qué le ha pasado? —preguntó Charles cuando le abrió la puerta.

—Nada. Solo he salido a dar un paseo —respondió, entrando en la mansión—. ¿Dónde está la señorita Kent?

—En el saloncito, con su madre. ¿Seguro que está bien?

—Sí, seguro. Solo tengo un poco de frío —mintió.

Bernadette subió a su habitación a quitarse las botas y arreglarse el pelo. Luego, se dirigió al saloncito y llamó a la puerta antes de entrar. Avaline se estaba probando un vestido de color azul pálido, mientras una de las doncellas ponía alfileres en el dobladillo.

—Es precioso, ¿verdad? —dijo la muchacha—. Es mi vestido de boda.

—Ah —replicó Bernadette, con el corazón súbitamente desbocado.

—¿No te gusta?

—¿Cómo? Sí, sí, claro que me gusta. Es una maravilla —replicó, intentando recuperar el aplomo.

—Mi madre lo compró en Inglaterra, pero lo guardó en secreto porque me quería dar una sorpresa —le explicó.

Lady Kent sonrió.

—Será la más guapa de las novias. Mañana se anunciará el compromiso.

A Bernadette se le encogió el corazón.

—A fin de cuentas, solo faltan quince días para el gran acontecimiento —continuó lady Kent.

—¿Solo quince días? —preguntó Bernadette, pálida—. ¿Se va a casar tan pronto?

—¿Qué te pasa? Tienes mal aspecto —dijo Avaline.

—No, es que he salido a dar un paseo y...

—Caminas demasiado, y eso no puede ser bueno —afirmó, alcanzando unos guantes blancos, de seda—. ¿Qué te parecen? ¿Te gustan? No sé si debería ponerme estos o los azules.

—Los azules —respondió, haciendo un esfuerzo por sonreír—. Pero, ¿estás segura de que quieres casarte?

Avaline miró a su madre antes de contestar.

—Estoy segura de que no tengo elección.

—Claro que la tienes —declaró con voz temblorosa—. Puedes romper el compromiso.

—¿Romper el compromiso? —intervino lady Kent—. ¡De ninguna manera!

Avaline dio la espalda a Bernadette antes de volver a hablar.

—Si pudiera, lo rompería; pero no puedo. Será mejor que lo asumas de una vez.

Bernadette sacudió la cabeza, porque no estaba dispuesta a asumir nada. Por lo menos, de momento.

Capítulo 12

Rompe a llover, y rompe tan deprisa que no les da tiempo a buscar abrigo. Rabbie toma de la mano a Seona y corre con ella hacia una pequeña cueva que está en la ladera de la colina. Es tan diminuta que casi no caben dentro, pero se abrazan y contemplan entre risas la feroz tormenta.

Cualquiera diría que los cielos se han enfadado por la rebelión de las Tierras Altas e intentan ahogarlos.

—Si pudiera, me quedaría aquí toda la vida —dice ella, apoyando la cabeza en su hombro—. Tú y yo solos, sin nada más.

—Te entraría hambre, y me echarías para que fuera a cazarte algo —bromea él.

—Para eso y para que volvieras con una jarra de cerveza.

Seona vuelve a reír, pero su risa suena algo forzada, y él le pregunta si se encuentra bien. Ella responde que sí, que no le pasa nada. Él sabe que está preocupada por sus hermanos, porque no han vuelto todavía. Nadie sabe nada de ellos.

—¿Cuánto tiempo estarás en el extranjero? —pregunta Seona, cuyos dulces ojos marrones brillan contra la oscuridad de la tormenta.

Rabbie no quiere hablar de su viaje. Se marcha a finales de semana, y ni se quiere ir ni quiere pensar en la acalorada discusión que ha tenido esa mañana con su padre.

—No lo sé. Espero que poco.

—Yo también lo espero. No puedo vivir sin ti. Dios sabe que no puedo.

—Ni yo sin ti, mo ghraidh.

Es cierto. Cuando piensa en dejarla, siente una angustia tan profunda en el pecho como si el corazón le estuviera fallando.

Cierra los ojos, porque no es capaz de mirarla a sabiendas de que la tiene que abandonar. Besa sus labios y acaricia su cuerpo, memorizando hasta la última de sus curvas. Las conoce todas; conoce cada milímetro de su piel, pero tiene miedo de que se le olvide algo.

Después, se tumba con ella en la suave tierra de la cueva. La lluvia cae con fuerza, borrando el mundo que se extiende más allá.

Los Kent se presentaron en Balhaire al completo, es decir, con lord Ramsey y Bernadette. Estaban allí por invitación de la madre de Rabbie, quien quería celebrar el anuncio de la boda. También los acompañaba el estoico Niall MacDonald, quien informó a Arran, Auley, Rabbie y Catriona de que lord Kent quería comprar las tierras que estaban entre Balhaire y Killeaven.

Los terrenos en cuestión pertenecían al clan de los MacGregor y, como su situación era tan precaria como la de la mayoría de los habitantes de las Tierras Altas, estaban dispuestos a venderlos. Sin embargo, había un problema: al parecer, los Buchanan también tenían interés en la propiedad. Y los Buchanan no eran precisamente amigos de los Mackenzie.

La noticia no extrañó a los Mackenzie, porque sabían que Kent tenía intención de dedicarse al comercio, y que competiría con ellos y con los Buchanan si conseguía esas tierras o llegaba a algún tipo de acuerdo de usufructo, lo cual le permitiría exportar la lana de las ovejas que pensaba criar.

Por desgracia, Balhaire no tenía campos tan apropiados para las ovejas como Killeaven y la propiedad de los Buchanan, así que también estaban interesados en los terrenos en cuestión. Pero solo los podrían conseguir si uno de los Mackenzie se casaba con la señorita Kent.

Cuando llegó la hora de prepararse para la velada, Rabbie subió a su habitación y se vistió de tartán. Llevar la tradicional tela escocesa se había convertido en un delito, pero no le preocupó en absoluto. Si querían castigarlo, que lo castigaran. Los ingleses ya le habían quitado todo lo que le podían quitar, y no estaba dispuesto a que también le arrebataran el orgullo de ser de las Tierras Altas.

Al terminar de vestirse, se miró en el espejo con desapasionamiento. Se había recogido el pelo en una coleta, se había puesto una casaca y había complementado el conjunto con un fajín que llevaba el emblema del clan. Tenía la imagen de un verdadero escocés, pero con unas profundas ojeras, tan negras como el vacío de su alma.

Bernadette había visto ese vacío cuando la llevó a la casa de los MacBee y supo que las manchas del suelo eran de sangre. Rabbie pensó que se iba a desmayar, y corrió en su ayuda antes de que cayera al suelo. Luego, ella lo miró a los ojos, y él se dio cuenta de que empezaba a comprender sus sentimientos.

Lamentablemente, también se dio cuenta de que le daba lástima, algo que no podía soportar. Lo notó hasta en su beso, tan dulce e inesperado que se estremeció. Pero no quería pensar ni en sus cálidos y húmedos labios ni el embriagador contacto de sus dedos cuando le acarició la mejilla ni en la presión de sus senos contra su cuerpo ni en las ganas que tuvo de tocarla. De tocarla de verdad.

Su beso había sido sorprendentemente erótico, y él había reaccionado de la misma manera, dominado por el deseo.

Al recordarlo, le pareció de lo más desconcertante. Le habían partido el corazón, pero su mente seguía intacta, y no le gustaba que la gente sintiera pena de él, aunque fuera en un beso. Era casi peor que haberse excitado en el mismo lugar donde probablemente habían matado a Seona. Tenía la sensación de haberla traicionado.

Esa era la razón de que no quisiera ver a Bernadette aquella noche. No quería que le recordaran su momento de debilidad. No quería ver a ninguno de esos malditos ingleses; y mucho menos, a ella.

—¿Rabbie?

La voz de Auley, que estaba al otro lado de la puerta, lo sacó de sus pensamientos.

—Adelante —dijo.

Su hermano entró en la habitación con su indumentaria de capitán, consistente en una casaca y unos pantalones negros. Al igual que él, se había recogido el pelo en una coleta, con una cinta del mismo color que sus prendas. Rabbie siempre lo había considerado el más elegante de los hermanos Mackenzie, y supuso que llamaría la atención de todas las invitadas.

—Dios mío —soltó Auley cuando vio su ropa.

—¿Qué pasa? ¿Es que no lo apruebas?

—Al contrario. Me sorprende mucho, pero creo que eres increíblemente valiente —respondió.

—¿Por llevar tartán en la casa de mi padre? —ironizó Rabbie—. Eso no es valentía.

—No me refería solo a tu aspecto, sino también a tu decisión de seguir adelante con ese matrimonio.

Rabbie lo miró con extrañeza, porque era la primera vez que Auley hablaba con él de su compromiso. Cailean, su hermano mayor, lo había mencionado durante su última visita a Balhaire, cuando se debatió entre su deseo de protegerlo y el de que hiciera lo más conveniente para la familia; pero Auley no había dicho nada hasta entonces.

—No se puede decir que la decisión sea mía. Las circunstancias me han obligado a tomarla.

Auley asintió.

—Habrá sido muy difícil para ti.

—Desde luego —dijo—. ¿Qué habrías hecho tú de haber estado en mi lugar?

Su hermano se encogió de hombros.

—No lo sé, y supongo que no lo sabré nunca. Mi destino tampoco está en mis manos. El comercio es lo único que nos queda y, si no salgo a la mar, ¿quién lo hará? —declaró—. Como ves, tengo tan poca libertad como tú. La diferencia es que yo no temo por mi futuro. Pero no sé qué haría si no pudiera navegar. Sinceramente, lo desconozco.

Rabbie asintió y soltó un suspiro de cansancio. Los dos se debían por entero al clan, aunque Auley tuviera la suerte de hacer lo que le gustaba y él fuera un desdichado.

—Recuerda que lo estás haciendo por la familia, y que te estamos inmensamente agradecidos —declaró Auley, acercándose a la ventana—. Creo que Seona lo habría comprendido.

Rabbie se giró hacia su hermano. Casi nadie se atrevía a mencionar a Seona delante de él. Y era lógico que no se atrevieran, porque siempre reaccionaba del mismo modo, es decir, como en ese mismo momento: quedándose sin habla.

—Sí, lo habría entendido —insistió Auley, mirándolo otra vez—. Sabes mejor que nadie que hizo todo lo posible por salvar a su familia. Fue ella quien envió a esos niños a un lugar seguro. Estoy convencido de que esperaría lo mismo de ti.

Rabbie guardó silencio, atenazado por la angustia. ¿Tendría razón su hermano? ¿Habría querido Seona que se casara con Avaline Kent para salvar a los Mackenzie? ¿Habría hecho ella algo parecido de haber estado en esa misma situación?

—Tienes que superarlo, Rabbie.

Rabbie sacudió la cabeza con obstinación. Auley se acercó a él y le puso una mano en el hombro.

—Seona, que en paz descanse, se ha ido. No puedes hacer nada al respecto. No puedes cambiar lo que pasó. No debes dejar de vivir —le dijo—. Ella habría querido que vivieras, como tú bien sabes. Es hora de que pongas fin a tu luto. Si quieres seguir honrando su memoria, si quieres tener un pedazo de lo que fue, ayuda a sus sobrinos.

Rabbie abrió la boca, pero no dijo nada.

—No soporto la idea de que te hundas en la depresión, hermano —prosiguió Auley—. La señorita Kent es una muchacha encantadora, y será una buena esposa con el tiempo. Serías feliz con ella si le dieras una oportunidad.

Rabbie estuvo a punto de decir que era demasiado tarde, que su vida había terminado cuando regresó a Balhaire y vio la inmensa tristeza de los ojos de su padre, anunciando la tragedia de Seona; pero siguió en silencio.

—Piénsalo. Y ahora, ven conmigo —dijo con una sonrisa—. Los malditos *sassenach* están invadiendo nuestro hogar.

Los ingleses estaban en la fortaleza con sus mejores galas, aparentemente ajenos a la hostilidad que despertaron cuando se dirigieron al gran salón. La velada empezó con una pequeña ceremonia para presentar a los novios, que terminó con el aplauso de los presentes; pero fue un aplauso breve y casi obligado, muy distinto al sonido atronador que se habría escuchado en otra época.

Nadie les deseó suerte a gritos. No hubo carcajadas ni sonrisas de verdadera felicidad. No se mostró entusiasmo alguno por la boda, aunque fuera beneficiosa para el clan de los Mackenzie.

¿Cómo iban a estar contentos, si el clan no estaba mucho mejor que el propio Rabbie?

El banquete comenzó después. Avaline Kent se sentó junto a su madre, en busca de seguridad; lord Kent y su hermano se dieron rápidamente a la bebida, como solían hacer; Catriona susurró cosas a Avaline, quizá explicándole que Rabbie detestaba los guisantes desde un desafortunado problema que había tenido a los seis años, y Rabbie maldijo a Catriona para sus adentros.

Conociendo como conocía a su hermana, sabía que no dejaría anécdota alguna sin contar; sobre todo, con una audiencia nueva y fácilmente impresionable. Pero lo pasó por alto porque no tenía energías ni para enfadarse con ella. De hecho, ni siquiera la había reprendido por revelar la causa de su dolor a Avaline Kent.

Entre tanto, Margot Mackenzie miraba con esperanza a los invitados, para sorpresa de Rabbie. Desde su punto de vista, su madre podía hacerse todas las ilusiones que quisiera, pero los Mackenzie que habían sobrevivido a la guerra no aceptarían jamás a una *sassenach*. Comprenderían la necesidad de que se casara con ella, pero no la considerarían de los suyos.

Rabbie apartó la mirada de su madre y la clavó en Bernadette Holly, sentada junto a Niall MacDonald. Llevaba un tocado alto que le despejaba el cuello y un vestido de color verde oscuro con un corpiño tan ajustado que sus pechos parecían a punto de salirse por el escote.

Estaba tan deseable que Rabbie fracasó en el intento de no prestarle atención. No quería pensar en sus besos. No quería ni mirarla. Sin embargo, seguía siendo un hombre, y no podía negar que una parte de él se había despertado por ella y estaba más viva que nunca.

Aún estaba dolido por la humillación de que lo hubiera besado por pena, por la vergüenza de que fuera inglesa y por la arrogancia que había demostrado al creer que podía entender sus sentimientos. Pero también estaba desesperado por el simple y puro hecho de que la deseaba. Por lo visto, se había engañado a sí mismo al pensar que no volvería a sentir nada por ninguna mujer.

Los músicos empezaron a tocar cuando los lacayos sirvieron la cena y, al cabo de un rato, Auley invitó a bailar a la señorita Kent. Varias personas los imitaron, y Margot se inclinó hacia Rabbie y le susurró al oído:

—¿Lo ves? Están empezando a disfrutar de la fiesta. Necesitábamos algo así, algo que nos anime a seguir adelante.

Él no se lo discutió. En el pasado, daban fiestas con frecuencia; pero ahora no tenían demasiados motivos para celebrar nada.

Una vez más, Rabbie clavó la vista en Bernadette. Estaba mirando a los bailarines como una institutriz remilgada a la que hubieran prohibido bailar, y parecía tan infeliz que él se levantó de su silla, alcanzó su jarra de cerveza y caminó hacia ella.

Al llegar, dejó la jarra en la mesa y se sentó a su lado sin mirarla. Luego, se giró y admiró su regio perfil.

—¿Disfrutando de la velada?

Bernadette, que tampoco lo había mirado a él hasta entonces, respondió:

—No. ¿Y usted?

—Ni mucho menos.

—Observo que se ha vestido de escocés...

—Porque soy un maldito escocés.

Rabbie alcanzó la cerveza y echó un trago.

—Sabe que Avaline no quiere casarse, ¿verdad? —dijo ella.

—¿Siempre va directa al grano?

—¿Preferiría que fuera de otra forma? Pensaba que mi franqueza le gustaba.

Él ladeó la cabeza.

—Permítame explicarle una cosa, señorita Holly. Es un poco tarde para que a su amiga le entren dudas.

—¿Lo es? —preguntó Bernadette, mirándolo directamente a los ojos—. Usted también tiene dudas, si no recuerdo mal.

Rabbie suspiró con impaciencia.

—No, ya no las tengo. Es demasiado tarde para ella y es demasiado tarde para mí —replicó.

—No mienta, señor Mackenzie. Avaline no le gusta nada.

Rabbie se arrepintió de haberse sentado con ella, y ya se disponía a levantarse cuando Bernadette comentó:

—Podría darle una razón para romper el acuerdo.

—¿Qué tonterías está diciendo? Ya se ha anunciado la boda. El proceso está en marcha.

—Bueno, no sería la primera pareja que cambia de idea después de anunciar su boda —alegó ella—. Solo tiene que darle una buena razón.

Rabbie frunció el ceño y echó otro trago.

—Si me está diciendo que la señorita Kent no se quiere casar, seré yo quien rompa el compromiso.

—¡No! —replicó, aunque bajó rápidamente su tono de voz—. No puede hacer eso

—Claro que puedo.

—Si lo rompe usted, destrozará su reputación en Inglaterra.

Rabbie tardó un momento en comprender lo que estaba diciendo y, cuando lo comprendió, sintió una ira tan intensa que apenas se pudo contener. Pero ella mantuvo el aplomo, claramente preparada para hacerle frente.

–Sé que no tendrá una buena opinión de mí en este momento, pero me he limitado a decir la verdad. Todo el mundo sabe que la señorita Kent se marchó a Escocia para casarse con un escocés –prosiguió ella–. Si la repudia y se ve obligada a volver a Inglaterra, no encontrará marido en toda su vida. Ningún inglés se casaría con una mujer a la que rechazaron en las Tierras Altas.

–A la que rechazaron unos salvajes, querrá decir –bramó él.

–Yo no les considero unos salvajes.

Rabbie se tranquilizó un poco.

–¿Cree que me importa lo que le pase a esa cabeza de chorlito?

–Sí –contestó ella con firmeza–. Creo que le importa.

Él se la quedó mirando, sin decir nada.

–Sé que no es tan insensible como parece –insistió Bernadette.

–¿Que no lo soy? Usted no sabe nada de mí.

–Diga lo que quiera, pero dudo que esté dispuesto a arruinar la vida a una joven solo porque otras personas han arruinado la suya –afirmó–. Usted es muchas cosas, pero no lo considero una persona cruel. Y tengo entendido que, si fuera ella la que rompiera el compromiso, ningún Mackenzie le podría reprochar nada, ¿verdad?

Rabbie odió a Bernadette, odió su razonamiento, odio a todos los que estaban en el gran salón. Pero, después de mirar a su prometida, que seguía bailando con Auley, pensó que tenía razón.

Avaline Kent era una niña inocente, incapaz de entender lo que pasaba a su alrededor. Ni siquiera notaba el resentimiento de los miembros del clan. Y desde luego, no significaba nada para él; nada en absoluto. Pero no podía destrozar su vida por el simple hecho de que odiara a los ingleses. Habría sido como descargar su ira con una liebre y tirarla por un acantilado.

Además, Bernadette también estaba en lo cierto en lo tocante a su afirmación sobre los Mackenzie. Si era la señorita Kent quien suspendía la boda, Arran no se lo podría echar en cara. Por supuesto, seguirían con la necesidad de unir fuerzas con los Kent para parar los pies a los Buchanan; pero Rabbie estaba tan harto que decidió interesarse por su propuesta.

—¿Qué tendría que hacer? —le preguntó.

—Darle una razón, cualquier razón.

—Eso no me dice nada. No tengo experiencia en el arte de conseguir que las jovencitas suspendan sus bodas.

Bernadette se ruborizó un poco, y él sintió el deseo de acariciarle la mejilla.

—No sé... Dígale que se buscará una amante en cuanto estén casados.

—No —replicó él—. Eso es absurdo. Nadie que me conozca lo creería.

—Pero Avaline no lo conoce bien, y es la única persona que tiene que creerlo —le recordó—. No se haga el ofendido, señor Mackenzie. ¿O es que quiere casarse con ella?

Él respiró hondo, intentando refrenar su enfado.

—Sea tajante con ella. Y no se eche atrás cuando rompa a llorar —le recomendó—. Avaline es de lágrima fácil.

—Descuide. No me he echado atrás en toda mi vida.

Rabbie se levantó de repente, porque necesitaba alejarse del tentador rubor de la piel de Bernadette.

—Me extraña un poco su actitud, señorita Holly —continuó, intentando comprenderla—. Su trabajo consiste en cuidar de esa muchacha, pero parece que está acostumbrada a engañarla.

Bernadette se ruborizó aún más, y él supo que su comentario le había dolido.

—Usted mismo lo dijo. Es demasiado inocente. Cree que tiene la obligación moral de casarse con usted, y ni siquiera se ha planteado las consecuencias. No ha pensado que se condenaría a muchos años de infelicidad.

Rabbie tampoco se quería casar con Avaline, pero las palabras de Bernadette le molestaron profundamente, porque parecía insinuar que era una especie de monstruo. Aun así, se plantó entre los bailarines y dijo a su hermano:

—¿Me permites?

Auley asintió y lo dejó con su prometida tras darle las gracias.

—Ha sido un placer, Avaline.

A Rabbie le extrañó que la llamara por su nombre de pila, y le extrañó doblemente que ella respondiera del mismo modo:

—El placer es todo mío, Auley.

Por suerte para Rabbie, el *reel* que los músicos estaban tocando terminó poco después de que Auley se marchara, y solo tuvo que bailar unos momentos.

—¿Puedo hablar con usted, señorita Kent? —le preguntó entonces.

—¿Hablar? —dijo con timidez.

—No se asuste. No la voy a morder.

Rabbie la tomó de la mano, la sacó del gran salón y la llevó a una salita vacía en cuya chimenea ardía un fuego. En cuanto la soltó, ella puso tierra de por medio y se le quedó mirando con terror, temblando. Él se apoyó en la puerta cerrada, se cruzó de brazos y la miró detenidamente. No era mucho mayor que su sobrina Maira.

—Nos vamos a casar, señorita.

—Sí, ya lo sé...

—Y tendremos que establecer algunas normas.

—¿Normas? —dijo, frunciendo el ceño.

—Sí. Para empezar, gobernará Killeaven como lo haría la esposa de cualquier noble.

Ella asintió sin gran entusiasmo.

—Por supuesto. Mi madre me ha enseñado lo que debo hacer.

—No obstante, me quedaré con Arrandale.

—¿Cómo? No le entiendo.

—¿Que no me entiende? —Rabbie se apartó de la puerta y caminó hacia ella, sin descruzar los brazos—. Intentaré ser claro, señorita Kent.

—Por favor, llámeme *Avaline*. Lo de *señorita Kent* suena demasiado formal, ¿no le parece?

—Como quiera, Avaline —replicó—. Me quedaré con Arrandale para cedérsela a mi amante.

Avaline se quedó pálida, boquiabierta y con los ojos como platos, sin saber qué decir.

—He pensado que debería saberlo —continuó él.

Avaline tragó saliva y echó un vistazo a su alrededor, como buscando un sitio por donde poder huir. Estaba tan desconcertada que Rabbie se arrepintió de haber seguido el consejo de Bernadette. No pretendía hacerle daño, pero se lo estaba haciendo.

—Bueno, ¿no va a decir nada? ¿Le parece mal?

Ella sacudió la cabeza, para sorpresa de Rabbie. ¿Cómo era posible que no le pareciera mal? No era precisamente la respuesta que esperaba.

—Claro que se lo parece —dijo, irritado—. Si quiere, puede contarle a su padre lo que le he dicho. A mí no me importa.

—No, no será necesario...

Rabbie empezó a pensar que aquella criatura había perdido la cabeza.

—¡Por supuesto que lo es!

—No, en absoluto —respondió—. Además, tampoco puedo decir que su anuncio me pille por sorpresa.

Esta vez fue Rabbie quien se quedó perplejo. ¿Es que no entendía que lo que le estaba proponiendo era indignante? Se suponía que debía esperar fidelidad. ¿Qué demonios le pasaba?

—Si ese es su deseo, lo acataré —prosiguió ella—. Es mi obligación como esposa... bueno, como la esposa que voy a ser.

—*Diah*, Avaline... —replicó él, soltando un suspiro de resignación—. No puede aceptar eso. Debe romper nuestro compromiso. ¡A mí no me importará!

—No se preocupe tanto, señor Mackenzie. ¿O puedo llamarlo *Rabbie*? Le aseguro que puede confiar en mí. Es una de mis mejores virtudes. Soy una mujer leal y de confianza.

Rabbie se sintió completamente derrotado.

—Está bien. Si es su deseo...

—¿Cómo se llama?

—¿Cómo se llama quién?

—Su amante —respondió—. ¿La conozco?

Rabbie, que ya no entendía nada de nada, se acercó

a la puerta, la abrió y dijo, haciéndole un gesto para que saliera:

—Venga, vuelva con su madre.

Ella dudó un momento, pero terminó por salir. Rabbie la acompañó de vuelta al gran salón y la dejó en la mesa de lady Kent, donde la joven se llevó la mano al corazón como si no pudiera con tantas emociones.

Rabbie no se lo podía creer. ¿Por qué había hecho caso a Bernadette Holly?

Aún estaba asombrado con lo sucedido cuando abandonó la fiesta y tomó el corredor que llevaba a las habitaciones de su familia. Pero, mientras caminaba, vio que Bernadette lo estaba esperando en las sombras, junto a una ventana abierta.

Él se detuvo y miró a su alrededor.

—No se preocupe. Estoy sola —dijo ella, adivinando sus pensamientos.

Bernadette se apoyó en el alféizar de la ventana y respiró hondo, llenándose los pulmones con el aire fresco de la noche.

Frustrado, Rabbie le puso una mano en el hombro y la giró hacia él.

—Su plan no ha salido bien.

—¿Cómo es posible? —preguntó ella.

En lugar de contestar a su pregunta, Rabbie contraatacó con otra, de carácter muy diferente:

—¿Por qué me besó?

—¿Qué?

—¿Por qué? —repitió—. ¿Me desea de verdad? ¿O fue porque le doy lástima?

—No me da lástima.

Rabbie la tomó entre sus brazos, la apretó contra la pared y la besó. Pero no fue un beso tierno, como el que ella le había dado, sino un beso tórrido. Le mordió el labio inferior, le metió la lengua en la boca y le inclinó la cabeza para tener más libertad de movimientos.

Ella suspiró y, aunque Rabbie no supo si era un suspiro de deseo o de sorpresa, le excitó tanto que apretó la cadera contra su estómago, para que pudiera sentir su erección.

Bernadette podría haberle parado los pies. Podría haberse apartado, podría haberlo empujado, podría haber hecho cualquier cosa parecida; pero, en lugar de eso, le acarició el pecho brevemente y le pasó los brazos alrededor del cuello, encantada.

Rabbie pensó que era la mujer más sorprendente que había conocido y, tras llevar las manos a sus caderas, las cerró sobre sus nalgas. Estaba tan excitado y tenía tanto calor que deseó quitarse la ropa. Quería tumbarla de espaldas y tomarla allí mismo.

Nunca había estado tan fuera de sí. Nunca.

Y, por si fuera poco, Bernadette alimentó su fuego interior por el procedimiento de pasarle las manos por la cara y acariciarle el pelo.

Rabbie no pudo más. Alzó un brazo, llevó los dedos a uno de sus pechos, se lo sacó por el amplio escote del vestido y, a continuación, cerró el índice y el pulgar sobre el pezón y se lo pellizcó con suavidad.

Bernadette gimió de nuevo, y miró hacia atrás como si tuviera miedo de que alguien lo descubriera.

—No podemos... —empezó a decir.

Él no le hizo caso. Le pasó un brazo alrededor de la cintura, le pasó el otro por debajo de las piernas y la llevó en vilo hasta el oscuro y desocupado espacio que estaba bajo las escaleras, donde la tumbó en el suelo y le succionó el pezón sin miramientos.

Bernadette apoyó la cabeza en la pared y cerró los ojos. Rabbie estaba llegando al límite de su aguante. Casi no podía más. Era como si hubiera abierto la puerta de sus emociones y estas salieran en tropel, llevándoselo todo por delante, cansadas de su largo encierro. Y, para empeorar las cosas, ella estuvo a punto de desequilibrarlo por completo cuando se frotó contra su erección.

O la tomaba ya o se marchaba de inmediato.

No tenía más opciones.

Con un esfuerzo sobrehumano, alzó la cabeza, respiró hondo y dijo, mirándola con intensidad:

—No me compadezca. No me compadezca nunca.

Luego, se levantó y se alejó a buen paso, con los dientes apretados y una sensación terrible de insatisfacción. Pero no le dedicó ni una última mirada; y no se la dedicó porque quería que lo tomara por un desalmado. Era la única forma de que se mantuviera lejos de él.

Capítulo 13

Se había enamorado.

Auley no había alimentado en modo alguno ese sentimiento, pero Avaline sabía que no lo había hecho por una simple y comprensible cuestión de honor. A fin de cuentas, se iba a casar con su hermano.

Sin embargo, la contención del capitán chocaba contra su disposición, que hizo todo lo posible por mostrarle su interés durante la fiesta. No contenta con sentarse a su lado, se colocó de tal forma que él pudiera ver su escote tanto y tan a fondo como quisiera; aunque no llegó a saber si lo miraba, porque también se estaba esforzando por parecer recatada.

Además, bailó con él, y ahora podía afirmar tajantemente que Auley era el mejor bailarín que había tenido por pareja. De pies ligeros y conversación apasionante, le hacía reír cada vez que abría la boca.

Sí, estaba enamorada. Tan enamorada que casi se olvidó de la barbaridad que le había dicho Rabbie Mackenzie.

¡Una amante!

¿Cómo se atrevía a ser tan insensible? Sobre todo,

teniendo en cuenta que había mentido. Rabbie no tenía ninguna amante. Catriona le había dicho que no se había interesado por ninguna mujer desde la desaparición de Seona. Pero, en tal caso, ¿por qué había dicho eso? Ni lo sabía ni le importaba.

En cambio, el capitán le interesaba bastante más. Y se quedó estupefacta cuando Catriona le contó que Auley no había salido en serio con ninguna mujer, quizá porque tenía una amante en cada puerto.

Avaline, que no estaba acostumbrada a que la gente hablara con tanta franqueza, tardó en reaccionar; pero luego llegó a la conclusión de que se estaba equivocando con su hermano. Auley no era de esa clase de personas. Si no había tenido ninguna relación duradera, sería porque estaba esperando a la mujer adecuada.

Al fin y al cabo, era algo relativamente habitual. El señor Kessler, uno de sus antiguos vecinos, le había dicho en cierta ocasión que no se había casado hasta los treinta y tantos porque tenía la esperanza de que apareciera la mujer de sus sueños, como al final ocurrió. ¿Quién podía afirmar entonces que Auley no la estaba esperando a ella?

—Oh, Auley... —se dijo en voz baja.

Habían bailado dos veces, a pesar de las objeciones de su madre. Lady Kent tenía miedo de que la gente se preguntara por qué pasaba tanto tiempo con el capitán; pero Avaline no le hizo caso, aunque podría haber alegado que todo el mundo conocía el motivo: que Rabbie Mackenzie era un hombre frío y arrogante, y que no había ni una sola muchacha en Escocia que quisiera estar con él.

Luego, su prometido apareció y puso fin a lo que,

hasta ese momento, había sido una velada maravillosa.

¿Cómo no lo iba a ser, si Auley era la perfección personificada? El hombre con el que siempre había soñado; un hombre que, desde su punto de vista, sería también un gran marido.

Mientras lo pensaba, se acordó de Bernadette, que había estado extrañamente silenciosa. Llevaba varios días así, y empezaba a creer que Escocia no le sentaba bien. Hasta consideró la posibilidad de que sintiera envidia de su inminente matrimonio, porque ella no podría casarse nunca.

¿Qué le había pasado? Avaline no recordaba los detalles de su historia. ¿Se había fugado con un hombre? ¿O solo lo había intentado? Fuera como fuera, su madre le había dicho que se quedaría soltera irremediablemente, porque ningún caballero querría por esposa a una mujer de mala reputación.

Avaline sintió lástima de ella. La quería mucho, y le habría gustado que fuera feliz. Pero, a decir verdad, habría dado cualquier cosa con tal de vivir lo que ella había vivido.

En el fondo de su alma, estaba deseando que Auley Mackenzie destrozara su reputación y la dejara en una situación parecida a la de Bernadette. Al menos, no tendría que casarse con su hermano.

Al pensar en Rabbie, le pareció increíble que la hubiera intentado convencer de que rompiera su compromiso. Si quería romperlo, tendría que hacer algo más que inventarse una amante. Para empezar, porque ella no se atrevía a desafiar a su padre y, para continuar, porque no haría nada que la forzara a dejar las Tierras Altas y alejarse de Auley.

Solo había dos formas de anular la boda: que uno de los dos muriera o que fuera él quien la repudiara.

¿O había una tercera?

La idea se le ocurrió de repente, mientras reflexionaba en la oscuridad de su habitación. Si seducía al capitán, su reputación quedaría destrozada y Auley no tendría más remedio que casarse con ella. Se organizaría un escándalo, y Rabbie se enfadaría mucho, pero ya no estaría obligado a convertirla en su esposa. Y la alianza de los Mackenzie y los Kent seguiría adelante, porque solo sería un cambio de novio.

Avaline se llevó las manos a su desbocado corazón. ¿Sería capaz de hacerlo? No era precisamente una experta en el arte de seducir. Pero Bernadette sabía de esas cosas. Hasta se había fugado con un hombre. Y la podía enseñar.

Sin embargo, necesitaba una excusa. Bernadette era una mujer inteligente y, si se lo planteaba a la ligera, sospecharía que estaba tramando algo.

¿Qué le podía decir?

Avaline sonrió cuando se dio cuenta de que tenía la solución perfecta: le contaría que Rabbie Mackenzie la había amenazado con tener una amante en Arrandale y, a continuación, le rogaría que la enseñara a seducir a su marido para que no tuviera que buscar placer en los brazos de otra.

Era un plan brillante. Era tan bueno que no podía creer que fuera suyo. Aunque el tiempo jugaba en su contra. Si no se daba prisa, terminaría en el altar con el Mackenzie equivocado.

Nerviosa, se tumbó en la cama e intentó dormir, pero no pudo. Cada vez que cerraba los ojos, se imaginaba con Auley, haciendo el amor.

Capítulo 14

Bernadette estaba desesperada. En algún momento de los días pasados, había abandonado la moral y la decencia y se había entregado al deseo más libidinoso. Pero no estaba desesperada porque se sintiera mal al respecto, sino porque echaba de menos los besos de Rabbie Mackenzie. La habían dejado una huella profunda, y quería más.

Como no soportaba estar bajo el mismo techo de Avaline, a quien había traicionado varias veces desde su llegada a Escocia, se puso la capa y las botas para salir a dar un paseo.

Necesitaba respirar, pensar.

Por suerte, Avaline no había bajado a desayunar, así que no había coincidido con ella. No la había visto desde la noche anterior, cuando volvieron de Balhaire. Pero se había comportado de forma extraña durante el viaje de vuelta. Había estado muy callada y, por si eso fuera poco sospechoso, no había apartado la vista de la ventanilla del carruaje.

¿Se habría enterado de que Rabbie y ella se habían besado en un corredor de la fortaleza?

Bernadette no lo creía posible, porque estaban solos en ese momento. Pero, por otra parte, algunas personas tenían una especie de sexto sentido para esas cosas. Y, aunque Avaline no se distinguía precisamente por ser intuitiva, tampoco era una posibilidad descabellada.

En cualquier caso, necesitaba salir de allí y poner en orden sus pensamientos. Ya se preocuparía después por la muchacha.

Sin embargo, no llegó a salir de la mansión. Estaba a punto de abrir la puerta principal cuando oyó un ruido en lo alto de la escalera y cometió el error de girarse y alzar la cabeza.

–Buenos días, Bernadette.

Era Avaline, quien bostezó y empezó a bajar con paso elegante, pasando una mano por la barandilla. Solo llevaba una bata, pero tenía un aspecto casi etéreo, como una princesa de cuento de hadas.

–Buenos días –replicó.

–¿Adónde vas? –preguntó la joven al ver su capa.

–A dar un paseo –respondió, nerviosa.

–Ah, tú y tus paseos –dijo, suspirando–. Si caminas demasiado, acabarás con piernas de hombre.

Bernadette intentó sonreír.

–Si necesitas algo, no te preocupes. Volveré enseguida.

–¿Puedo hablar contigo antes de que te vayas?

A Bernadette se le encogió el corazón.

–¿Ahora?

–Sí, ahora –contestó Avaline, que pasó ante ella para dirigirse al comedor–. ¿Renard me ha dejado algo para desayunar?

–Creo que sí.

Bernadette la siguió, sopesando lo que le iba a decir si se había enterado de sus escarceos amorosos. Quizá, que la vida era muy complicada. Quizá, que la voluntad de las personas flaqueaba cuando se encontraban en determinado tipo de situaciones, sometidas a fuerzas que no podían controlar.

Al llegar al comedor, Avaline se sirvió un plato de pescado y llamo al mayordomo usando el tirador. Luego, se sentó a la mesa y probó un bocado.

—Está frío —protestó—. Lo prefiero caliente.

Renard apareció momentos después, con un servicio de té.

—Buenos días, señorita Kent. ¿Le sirvo una taza?

—Sí, por favor. ¿Te apetece una a ti, Bernadette?

—No, gracias.

—No me gusta el pescado frío, Renard. Caliéntalo.

Renard le sirvió el té, se llevó el ofensivo pescado y las dejó a solas.

—¿De qué querías hablar? —preguntó Bernadette, que seguía de pie.

Avaline sonrió de repente.

—De seducción. Necesito que me enseñes a seducir a un hombre.

Bernadette parpadeó, perpleja.

—¿A seducirlo?

—Sí, en efecto. Quiero seducir a mi prometido.

Bernadette se quedó sin aire durante unos momentos. Dio media vuelta, avanzó un poco, se llevó la mano al estómago y se volvió a girar hacia Avaline.

—¿Sabes lo que estás diciendo?

—Por supuesto que lo sé. Debo conquistar su afecto, y no podré conquistarlo si no sé cómo.

—¿Conquistar su afecto? —dijo, sin entender nada—. ¿Por qué te sientes ahora en esa obligación?

—Porque ese pobre hombre me ha dicho que tendrá una amante cuando nos hayamos casado —respondió la joven—. Pero no necesitará una amante si satisfago sus necesidades.

Bernadette se acercó a la ventana, la abrió de par en par y respiró hondo varias veces, porque tenía miedo de desmayarse. Estaba atrapada entre el disgusto de que Avaline quisiera seducir a Rabbie Mackenzie y el alivio de saber que no estaba al tanto de su traición.

—Si ha dicho eso, deberías romper vuestro compromiso. Nadie debería llegar al matrimonio con intención de incumplir sus votos. Nadie se debería casar si no confía en la otra persona.

—Ya lo sé —dijo Avaline, sacudiendo la mano con desdén—. Pero no quiero anular la boda, sino conseguir que me desee para que no se acueste con otra. Y necesito que me enseñes.

—Yo no te puedo enseñar.

Avaline la miró a los ojos, sorprendida.

—¿Por qué no?

—Porque no sé nada de seducción —dijo, irritada—. Mi vida social es inexistente. No hago otra cosa que cuidar de ti.

En cuestión de segundos, Bernadette había pasado de la perplejidad más absoluta al enfado más feroz. Era una reacción absurda, pero no se podía decir que desconociera el motivo.

Rabbie Mackenzie había conseguido que se sintiera bella, deseable, única. Había conseguido que se sintiera verdaderamente libre, no una criada que ahora, para empeorarlo todo, tendría que enseñar el arte de la seducción a la jovencita que se iba a casar con él.

Era lo más demencial que había oído nunca. ¿Casarse con él? ¿Es que no se daba cuenta de que se condenaría a la infelicidad? ¿Cómo podía ser tan estúpida? Aunque, en cuestión de estupidez, ella no le andaba a la zaga. Se había encaprichado de ese mismo hombre, de un hombre comprometido. Quería que la besara, que la acariciara, que le hiciera el amor.

—¿Qué ocurre? —preguntó Avaline, frunciendo el ceño—. Tienes mala cara.

—¿Cómo? —dijo, saliendo de sus pensamientos—. Ah, nada, nada... Es que tengo miedo de lo que te pueda pasar. Tengo miedo de que te cases con alguien que está decidido a traicionarte.

—Bueno, eso no es tan terrible. Los hombres siempre acaban por acostarse con otras, ¿no?

—No —respondió Bernadette.

Avaline se encogió de hombros. Ella cerró los puños y se clavó las uñas en las palmas de las manos en un esfuerzo por mantener la concentración.

—No te puedo ayudar. No sé cómo enseñarte a seducirlo.

La joven suspiró.

—Está bien. Entonces, tendré que descubrirlo por mi cuenta.

Bernadette tragó saliva.

—Si no quieres nada más, me iré a pasear.

—Y yo me volveré a la cama. Esta noche no he dormido bien.

Avaline se levantó con la taza de té en la mano y salió de la habitación. Renard regresó en ese momento con el pescado caliente y, al ver que la joven se había ido, se giró hacia Bernadette, que se encogió de hombros.

Bernadette cruzó los jardines de Killeaven, atravesó el bosque y se detuvo un instante al llegar a los páramos, para asegurarse de que no había nadie sospechoso en los alrededores.

Como no vio a nadie, tomó el deteriorado camino y siguió hasta el mar, donde dudó. Podía girar a la derecha, en dirección a Balhaire y al sitio donde había visto dos veces a Rabbie Mackenzie; o podía girar a la izquierda, alejándose de él y del problema que se había buscado ella misma al dejarse llevar por el deseo.

Sin embargo, huir de aquel hombre era tan absurdo como huir de Avaline. ¿Hasta dónde podía llegar antes de que la encontraran? La única forma de quitárselos de encima era marcharse para siempre, y no se quería marchar.

Al final, giró a la derecha.

Minutos después, se encontró en el punto desde el que se podía ver la parte alta del acantilado. Rabbie Mackenzie estaba allí; pero no le sorprendió, porque ya imaginaba que se lo encontraría. En cambio, le sorprendió bastante que no estuviera en el borde, sino junto a su caballo y con la espalda apoyada en un árbol.

Bernadette supo que la estaba esperando, y el corazón se le desbocó. ¿Habría perdido el juicio definitivamente? No se le ocurría otra explicación. Se había encaprichado de un hombre sombrío y desesperado que, para empeorar las cosas, se iba a casar con la misma mujer de la que ella debía cuidar.

Pero cada vez que lo miraba, se excitaba sin remedio. Lo deseaba tanto que se sentía como si la hubiera besado y acariciado segundos antes, aunque habían pasado muchas horas desde la última vez.

Rabbie se apartó entonces del árbol y, al ver que Bernadette no se movía, salió a su encuentro con paso lento, como si tuviera miedo de asustarla.

—¿Qué está haciendo aquí? —preguntó ella, súbita e inexplicablemente enfadada.

Él ladeó la cabeza y frunció el ceño.

—Lo sabe de sobra. La estaba esperando.

Bernadette se estremeció, y se odió a sí misma por ello. No quería estremecerse. No quería desearlo. Era consciente de que su relación no tenía ningún futuro. Y, sin embargo, se quedó.

—No sé qué le dijo exactamente a Avaline, pero no ha salido bien —dijo con frialdad—. ¡Ahora está empeñada en seducirlo!

Él soltó una carcajada.

—No tiene ninguna gracia —continuó ella, cruzándose de brazos—. No sabe lo que está haciendo, aunque supongo que yo me encuentro en el mismo caso. ¿Cómo he podido permitir que me besara tres veces?

—Discúlpeme, pero yo solo la he besado dos. La otra fue cosa suya.

—Pues dos, qué más da —replicó, ruborizándose—. ¡Soy la doncella de Avaline! ¡Esto va a terminar mal!

Rabbie se acercó y le apartó el pelo de la cara.

—Tranquilícese, Bernadette.

Ella sintió una descarga de placer. Era la primera vez que la llamaba por su nombre de pila.

—No me diga que me tranquilice —espetó, al borde de la histeria—. Y, por cierto, ¿por qué se cree con derecho a llamarme por mi nombre? ¿Es que no se da cuenta de que su actitud lo ha complicado todo?

Él sonrió y le acarició la mejilla.

—Si quiere, puede llamarme Rabbie. Aquí no somos tan formales como en Inglaterra —respondió—. Y, en cuanto a las complicaciones que dice, ¿está segura de que son culpa mía? Fue usted quien me aconsejó que rompiera mi compromiso con esa muchacha.

—Sabe que no me refería a eso —replicó, apartándole la mano—. Es un grosero, un cabezota perpetuamente abatido que se niega a ver la gravedad de la situación y que...

Rabbie la tomó entre sus brazos y la besó. Fue un beso apasionado, un beso que exigía silencio, un beso al que ella se sumó con tanto ahínco como él. Pero, al cabo de unos momentos, Bernadette recobró el sentido común y se apartó.

—¿Qué está haciendo? ¡No podemos seguir así!

Él la miró, pero no le dedicó una mirada oscura y fría, como ella esperaba, sino una cargada de humor.

—No, no podemos —prosiguió Bernadette, con voz temblorosa—. ¡Nos hemos vuelto a besar! ¡Hemos traicionado a Avaline por cuarta vez!

—Cierto. Pero tengo una idea que solventará el asunto.

Ella parpadeó.

—¿Cuál?

—Le explicaré a su señorita que los Mackenzie nos dedicamos al comercio libre, por así decirlo. Seguro que eso la espanta.

—¿Que se dedican a qué?

—Al contrabando, querida mía.

Bernadette rompió a reír, y él esperó pacientemente a que se calmara.

—¿Lo está diciendo en serio? ¡Nadie creería semejante estupidez!

—Ah, ¿no se lo cree?

—Por supuesto que no. ¡Contrabandistas! —exclamó, soltando una carcajada—. ¡Es absurdo!

—¿Absurdo? —dijo él, arqueando una ceja—. Sígame y se lo enseñaré.

Rabbie se giró hacia su caballo, pero Bernadette no movió un músculo.

—Se ha vuelto loco si piensa que voy a montar con usted.

—No sea tan obstinada.

—No voy a montar.

—Claro que sí —Rabbie la agarró de la muñeca y tiró de ella—. Tiene que verlo con sus propios ojos, para que le pueda decir a la señorita Kent que somos contrabandistas de verdad.

Rabbie la subió al caballo y se acomodó detrás, como en la ocasión anterior. Pero, esta vez, no le dijo como se tenía que sentar; sencillamente, le pasó un brazo alrededor del cuerpo y la apretó contra su pecho antes de azuzar al animal, que se puso al trote.

—¡No puede echar a la gente en una silla de montar como si fuera un saco de patatas! —declaró ella—. Si quiere enseñarme algo, pídamelo con cortesía.

Bernadette siguió protestando durante los minutos siguientes, pero él se mantuvo en silencio, lo cual aumentó su enfado.

—¿Es que no va a decir nada?

—¿Qué quiere que diga? ¿Que está parloteando sin sentido porque nos hemos besado otra vez y se siente incómoda?

Rabbie la apretó con más fuerza, para que no se

pudiera mover y para que fuera aún más consciente del contacto de su cuerpo. Y el truco funcionó, porque Bernadette dejó de protestar y cambió de táctica.

—¿Qué me quiere enseñar? ¿No podría limitarse a contármelo? No sé si se ha dado cuenta, pero mi situación es insostenible. He traicionado a Avaline. He traicionado a una amiga.

—Sí, la ha traicionado.

—Pero es culpa suya, señor —se defendió.

Rabbie se inclinó sobre ella y le susurró al oído:

—Esto es culpa de los dos, y será mejor que lo asuma de una vez. Admita que lo disfruta tanto como yo. Admítalo.

—No, no es verdad...

—Por supuesto que lo es. Le encanta. No lo niegue —dijo Rabbie—. Mire, ya estamos llegando.

Bernadette vio una columna de humo que se alzaba sobre los árboles y, al cabo de unos momentos, descubrió que salía de la chimenea de una mansión escondida en el bosque. Desde luego, no era tan grande como Killeaven, pero pensó que tenía su encanto.

—¿Dónde estamos?

—En Arrandale, la casa que construyó Cailean, mi hermano mayor. Es el señor de estas tierras.

—¿De todas estas tierras? —preguntó ella, sorprendida.

Rabbie sonrió.

—No, solo de Arrandale. Pero es su señor de todas formas.

Rabbie detuvo el caballo en una pradera de hierba perfectamente cortada, y Bernadette desmontó antes de que la pudiera ayudar, ansiosa por alejarse de él. Luego, se secó sus húmedas manos en el vestido y se giró hacia el edificio. Era de dos pisos, con una torre pequeña y un ala que se curvaba alrededor de los jardines.

Mientras lo admiraba, una mujer salió de su interior con una escoba. Rabbie se dirigió a ella en gaélico, y la mujer miró a Bernadette con curiosidad antes de volver sobre sus pasos.

Bernadette gimió, se tapó la cara con las manos y soltó un suspiro de vergüenza, convencida de que aquello era el final. Fuera quien fuera la desconocida, le contaría a todo el mundo que la había visto a solas con Rabbie Mackenzie, y su reputación quedaría definitivamente destrozada.

–No se preocupe por la señora Brock –dijo él, adivinando sus pensamientos–. Es leal a mí. No se lo dirá a nadie.

Bernadette no le creyó. La experiencia le decía que la gente hablaba en cualquier caso, siempre deseosa de contar algo interesante a sus conocidos. Y, cuando Rabbie le pasó un brazo por encima de los hombros, se apartó inmediatamente.

–¿Va a estar enfadada todo el día?

–Solo intento mantener las distancias. Veré lo que me quiere enseñar y, a continuación, me iré a Killeaven.

–Como desee.

En lugar de invitarla a entrar en la casa, Rabbie la llevó por los jardines y tomó un sendero que terminaba en un lago; pero, antes de llegar a la orilla, giró a la derecha y empezó a subir por una colina, en dirección al mar.

Momentos más tarde, entró en un bosquecillo de serbales y dio la vuelta a una formación rocosa antes de detenerse junto a un pequeño arbusto.

—Ya hemos llegado.

Rabbie apartó el arbusto, que escondía la entrada de una cueva. El paso era tan estrecho como oscuro, y Bernadette no vio nada hasta que él alcanzó un farol que estaba en el suelo y lo encendió.

Tras avanzar unos cuantos metros, Rabbie alzó la luz para que ella echara un vistazo a su alrededor. Habían llegado a una caverna bastante grande, que estaba llena de cajas.

—¿Qué es eso? —se interesó Bernadette.

—Brandy, tabaco, té, vino francés y algunas piezas de seda, según creo.

Bernadette lo miró, desconcertada. Le parecía un lugar extraño para guardar ese tipo de cosas.

—¿Y qué hacen en una cueva? ¿Por qué no están en Balhaire?

—Porque los recaudadores de impuestos las podrían encontrar —respondió—. Pero aquí, no.

Ella se llevó una mano a la boca. Empezaba a creer que había dicho la verdad al afirmar que eran contrabandistas.

—Eso es ilegal, ¿no?

—Lo es —dijo, encogiéndose de hombros.

Bernadette volvió a mirar las cajas, intentando entender por qué hacían algo tan peligroso.

—¿Es que no les importa lo que les pueda pasar?

—¿Me lo pregunta en serio? Pensaba que ya conocía la respuesta.

—Pero...

—Si no nos dedicáramos al contrabando, no podríamos mantener a nuestro clan —la interrumpió—. Es lo único que podemos hacer.

—¿Desobedecer la ley es lo único que pueden hacer?

—No lo entiende, Bernadette —dijo Rabbie, sacudiendo la cabeza—. Cuando Inglaterra y Escocia se unificaron, la Corona aprovechó la oportunidad para imponernos unos impuestos tan abusivos que nuestra gente ya no podía sobrevivir. Velas, vino, tabaco.... Todo. Por suerte, mi padre encontró la forma de solventar el problema.

—El contrabando —dijo ella, cada vez más alarmada.

—En efecto.

—¿Y qué pasará si le descubren?

Él se volvió a encoger de hombros.

—Si me descubren, me habrán descubierto. No tengo nada que perder.

Bernadette salió corriendo de la cueva, dominada por la súbita y desesperada necesidad de respirar aire fresco. Rabbie la siguió, volvió a tapar la entrada con el arbusto y preguntó:

—¿Se encuentra bien?

—¿Cómo me voy a encontrar bien? Estoy escandalizada.

Él chasqueó la lengua.

—No tiene derecho a juzgarnos. Usted no ha sufrido lo que hemos sufrido nosotros. No ha visto cómo desaparecían aldeas enteras. No ha visto a los miembros de su clan huyendo de sus hogares por miedo al hambre o a las tropas inglesas. Su vida ha sido muy fácil.

—Usted no sabe cómo ha sido mi vida.

—No, pero me hago una idea. Mi madre es inglesa, igual que usted.

—¿Por eso cree que me conoce? Pues se equivoca por completo.

Bernadette empezó a bajar por la colina y, cuando volvieron al camino, Rabbie la tomó de la mano. Pero, esta vez, ella no intentó apartarla. Le gustaba el contacto de sus dedos.

—Venga conmigo.

—¿Adónde vamos? —preguntó con inseguridad—. Debería volver a Killeaven. Llevo fuera demasiado tiempo, y ya me ha enseñado bastantes cosas.

—Quiero enseñarle otra.

Rabbie la llevó al lago, continuó por la orilla y tomó otro sendero, que llevaba a lo alto de otra colina. En la cumbre, se alzaba un solitario roble. Parecía que lo hubieran abandonado ahí, como si el bosque que antaño lo rodeaba se hubiera marchado.

Él alzó la cabeza y lo miró.

Ella hizo lo mismo y, un segundo después, supo por qué la había llevado a ese lugar. No hizo falta que se lo explicara. Era el árbol donde las tropas inglesas habían ahorcado al padre de Seona, para que todo el mundo lo viera y supiera lo que les podía pasar si apoyaban a los rebeldes.

—¿Por qué viene aquí? —le preguntó.

—Vengo a recordar, a no olvidar.

—Eso es... muy triste.

—Supongo que sí. La tristeza se ha convertido en una forma de vida.

Bernadette asintió. Lo comprendía de sobra, porque ella misma había vivido con pesar durante mucho tiempo.

—No tiene por qué ser así —comentó.

Rabbie admiró brevemente su rostro.

—¿Y qué quiere que haga? ¿Que lo olvide? ¿Que me convenza de que no pasó lo que pasó o, peor aún, de que no importa?

Bernadette sacudió la cabeza.

—No, ni mucho menos. Sin embargo, creo que debería seguir adelante... vivir pensando en el futuro, no en el pasado.

Él soltó un suspiro, como si no fuera la primera vez que le aconsejaban eso y estuviera cansado de oírlo. Sin embargo, Bernadette insistió; no quería que sus palabras se quedaran colgando entre ellos, en imitación del hombre al que habían ahorcado allí.

—No es la única persona que ha perdido a alguien o ha sufrido una tragedia terrible —dijo—. Son cosas que desgraciadamente pasan. Y, si quiere honrar la memoria de los que se fueron, ¿qué mejor forma de hacerlo que esforzarse por vivir?

—¿Cree que es tan fácil?

—No. Sé por experiencia que no es nada fácil.

—¿Y qué experiencia es esa?

Bernadette no sentía el menor deseo de contar su vida a nadie, empezando por él. Pero Rabbie Mackenzie había sufrido mucho, y quería hacerle entender que no estaba solo.

—¿Sabe por qué soy doncella de Avaline Kent en lugar de ser señora de mi propia casa? Mi padre es un hombre rico, y yo podría haber tenido un esposo de cierta alcurnia. Pero hice algo que le disgustó, y él me destrozó la vida.

Rabbie la miró con intensidad. Aparentemente, se había ganado su atención.

—¿Qué hizo?

A ella se le hizo un nudo en la garganta. En parte, porque hacía tiempo que no hablaba de su tragedia personal.

—Me enamoré de un hombre que no contaba con la

aprobación de mi padre. Me enamoré y nos fugamos –dijo, apartando la mirada con vergüenza–. Mi padre envió a sus hombres a buscarnos, y nos encontraron pocos días después de que nos casáramos.

Rabbie se dio cuenta de lo mucho que le costaba hablar, e intentó detenerla.

–No es necesario que siga, Bernadette –dijo con afecto.

–Por supuesto que lo es –afirmó, armándose de valor–. Estábamos en una posada de Penrith, muy cerca de la frontera escocesa, cuando llegaron. Sobornaron a la posadera para que les dijera si estábamos allí. Y luego, entraron en la habitación como un grupo de salvajes.

–No diga más, por favor –insistió él.

Bernadette ya no se podía detener, y siguió hablando a pesar de las lágrimas que resbalaban por sus mejillas.

–Se lo llevaron, ¿sabe? Lo encerraron en un barco, y yo no supe lo que había pasado hasta varios meses después, cuando mi tía me confesó que había fallecido en el mar.

Ella tragó saliva. Solo había contado esa historia dos veces; la primera, a su hermana y ahora, a Rabbie Mackenzie.

–Murió en el mar, lejos de mí. No pude hablar ni una sola vez con él desde aquella terrible mañana en Penrith. Mi padre anuló nuestro matrimonio, y me exigió que me comportara como si no hubiera pasado nada –declaró, al borde de los sollozos–. Como ve, nos parecemos más de lo que piensa. Pero yo me niego a seguir de luto toda mi vida.

Rabbie guardó silencio durante unos segundos que

a Bernadette se le hicieron eternos. A pesar de lo que acababa de decir, deseó salir corriendo y llorar eternamente a Albert. Nunca olvidaría su pérdida. Nunca olvidaría su dolor. Aunque no necesitaba olvidar para seguir adelante.

—Tiene razón, *leannan*. Vivo aferrado a mi pesar. Cuando supe que Seona ya no estaba, me resigné a no volver a sentirme vivo —le confesó—. De hecho, no quería vivir. Ansiaba la muerte.

Bernadette sacudió la cabeza, profundamente perturbada por su confesión.

—Pero hace poco, pasó una cosa que me devolvió la esperanza —prosiguió él.

Ella parpadeó, tan desconcertada con su afirmación como por el súbito brillo que tenían sus ojos.

—¿En serio?

—Sí —respondió, cerrando las manos sobre su talle—. Ni yo mismo lo entiendo, pero usted ha desafiado mi dolor de tal manera que me siento como si hubiera vuelto a nacer.

Rabbie la miró con anhelo, y ella lo deseó más que nunca.

—Yo siento lo mismo —replicó.

Rabbie la tomó entre sus brazos y la besó, arrojándola a un delirio sensual que no dejaba espacio al pensamiento racional. Sabía que estaba traicionando a Avaline, pero era incapaz de refrenarse. Anhelaba sus caricias con toda su alma. Lo deseaba de un modo tan absoluto que se sintió flotar, y se aferró a una de sus muñecas como si tuviera miedo de que el viento la arrastrara.

Acabaron en el suelo, debajo del roble. Rabbie apretó las caderas contra su cuerpo y, al notar el contacto de su erección, Bernadette notó que algo urgente y primario se despertaba en su interior. Luego, él cerró la mano sobre uno de sus senos, y ella acarició la dura y musculosa superficie de su pecho, sin dejar de besarlo.

La densa sensación del placer, que a Bernadette le pareció similar a verse arrastrada por una ola, la azotaba constantemente. Se estaba hundiendo en el mar del deseo, y se alejaba cada vez más de la superficie donde flotaban sus preocupaciones y conceptos morales.

Rabbie alzó la cabeza y clavó en ella sus atormentados ojos grises, devorándola con la mirada. Para entonces, Bernadette ya había perdido cualquier asomo de racionalidad, y solo le quedaba el ansia de tocarlo, de sentirlo, de besarlo, de fundirse con él.

Desesperada, lo tumbó de espaldas y se puso encima. Rabbie soltó un gemido de sorpresa, pero esperó unos segundos antes de retomar el control, cuando le levantó el vestido y le pasó una mano por la desnuda piel de sus piernas, hasta encontrar lo que buscaba.

Bernadette no se resistió. Permitió que la frotara lenta y maravillosamente. Permitió que entrara en ella. Le dejó hacer, y empezó a jadear ante la potencia del placer que sentía, dominada por un deseo que había reprimido durante años y que ahora, por fin, había liberado.

Sin vergüenza alguna, se arqueó contra la mano que aumentaba poco a poco su tensión. Fue brevemente consciente de que el pelo se le había soltado de algún modo, y de que le caía sobre los hombros como una cascada de rizos revueltos; pero insistió en sus besos y caricias mientras él insistía en aquella tortura deliciosa.

El orgasmo llegó de repente y, como ya había perdido el miedo a expresar sus emociones, soltó un grito de satisfacción.

Después, cerró los ojos y se concentró en la cálida boca de Rabbie, que le estaba succionando un pezón. No tenía fuerzas para nada más. Pero se alegró de abrirlos momentos más tarde, porque descubrió que él la estaba mirando y que ya no tenía su sempiterna expresión tormentosa, sino una muy distinta, de deseo apenas contenido.

—Será mejor que te apartes de mí —dijo entonces Rabbie, a regañadientes—. Quiero tocarte, poseerte, hacerte mía.

Bernadette también lo quería, y se asustó tanto que se levantó, se limpió la hierba y las hojas que se le habían pegado al vestido y se recogió el pelo como pudo. Él se incorporó con la misma rapidez, y la observó detenidamente mientras ella intentaba borrar cualquier huella de lo que había pasado.

—¿Qué estamos haciendo? —preguntó Bernadette al cabo de unos segundos.

—No lo sé —admitió él.

—La boda es la semana que viene...

Rabbie no dijo nada.

—No podemos seguir así. Que Dios me perdone por lo que he hecho, pero no lo volveré a hacer. No puedo, señor Mackenzie.

—Rabbie —la corrigió—. Me llamo Rabbie.

Ella asintió. Efectivamente, no tenía sentido que siguieran manteniendo las distancias. Habían compartido momentos demasiado íntimos como para seguir tratándose de usted.

—No lo entiendes, Rabbie.

—¿Que no lo entiendo? Lo entiendo de sobra, y tú

también. ¿O es que vas a negar que hay algo entre nosotros? —le preguntó—. ¿Quieres fingir que no ha pasado nada?

—¿Cómo podría?

Rabbie la tomó de la mano.

—Lo dijiste tú misma, Bernadette. Nos parecemos más de lo que pensábamos, ¿verdad? Y merecemos...

—No —lo interrumpió—, no lo digas. Si yo no puedo fingir que lo nuestro no existe, tú no puedes fingir que estamos solos contra el mundo. Nuestros actos tienen repercusiones en la vida de otras personas. No podemos vernos más. No podemos.

Bernadette lo dijo en tono de ruego, pero Rabbie se limitó a cruzarse de brazos y a mirarla en silencio, lo cual aumentó su incomodidad. ¿Por qué tenía que haberse encaprichado de él, con todos los hombres que había en el mundo? ¿Cómo era capaz de traicionar una y otra vez a la pobre Avaline?

Por desgracia, no lo podía evitar. Se sentía como si estuviera hechizada, sometida a una fuerza sobrenatural que los unía inexorablemente.

—Me tengo que ir —dijo.

Rabbie no se lo discutió. La llevó de vuelta a Arrandale y, una vez allí, la montó en su caballo.

No hablaron en todo el trayecto. Bernadette se inclinaba hacia delante para no sentir el contacto de su cuerpo, porque tenía miedo de lo que pudiera pasar; y cuando por fin llegaron al acantilado, desmontó rápidamente. Pero Rabbie le acarició el pelo como si fuera una niña y dijo:

—No me voy a disculpar por lo que está pasando entre nosotros. Me has devuelto la alegría, Bernadette, y no me arrepiento en absoluto.

—Entonces, tendré que ser yo quien se arrepienta.

Bernadette le dio la espalda y se alejó por el camino.

Su corazón seguía tan desbocado como antes; pero no por el deseo, sino por el arrepentimiento del que acababan de hablar. Se arrepentía, sí, de muchas cosas y en muchos sentidos. Y la estaba destrozando.

Capítulo 15

El viento está en su contra, y pasan varias horas antes de que Auley pueda cambiar de rumbo, entrar en la caleta y echar el ancla. Rabbie, al que la espera se le ha hecho interminable, echa un bote al agua y salta a él con ansiedad, porque han pasado casi dos años desde que dejó su hogar.

Dos largos años de sobrevivir en el frío y desolador Bergen, levantándose todos los días con la esperanza de recibir noticias de su padre, de que le diga que las cosas se han calmado y que ya puede volver a Escocia.

Como tiene prisa, pide a dos hombres que le acompañen y les ordena que remen. Mientras se aproximan a la orilla, ve que Cailean y su padre lo están esperando. Su hermano está tan ansioso como él, y salta al agua con alegría antes de que el bote toque tierra. Le abraza, le sonríe, le hace sentir que ha vuelto a casa y que todo está bien.

Entonces, Cailean y su padre se miran de forma extraña, y Rabbie se da cuenta de que ha pasado algo malo. ¿Qué puede ser? Cuando empiezan a hablar, piensa que se trata de su madre, y tarda un poco en comprender que no se refieren a ella, sino a Seona y su familia.

Desesperado, les pregunta por qué no le han dicho nada en todo ese tiempo. Cailean responde que no podían, porque él se habría empeñado en volver y se habría jugado la vida inútilmente. Sin embargo, Rabbie no los puede creer. Está convencido de que Seona sigue allí, escondida en alguna parte, y de que le habrá dejado alguna pista para que la pueda encontrar.

Se aleja de ellos y empieza a correr. Hay más de tres kilómetros hasta la casa de Seona, pero sigue corriendo de todas formas, a pesar del cansancio y de la inseguridad de sus piernas, que se han acostumbrado a la cubierta del barco y vacilan en tierra firme.

Cuando llega a la casa, respira hondo y contempla el tejado hundido, las ventanas rotas y la abierta puerta principal. Luego, entra como una exhalación y llama a Seona, aunque ahora sabe que su padre y su hermano le han dicho la verdad. Y, si le queda alguna duda, los restos de sangre la disipan.

Desesperado, se arrodilla en el suelo y brama contra Dios, contra los sassenach *y, especialmente, contra sí mismo, por haberla abandonado.*

Nadie lo va a buscar. Nadie lo saca de la casa. Ya se está haciendo de noche cuando se levanta y toma el camino de su hogar. No ve nada. No oye nada. Se limita a imaginar las terribles escenas de lo que debió de ocurrir en su ausencia. Quiere creer que Seona ha escapado, aunque es consciente de que, si hubiera escapado, habría ido a Balhaire y lo estaría esperando allí.

La verdad es tan dura que se niega a aceptarla.

Sencillamente, no la puede soportar. Pero el corazón se le ha partido en dos, y se siente como si el dolor y el sentimiento de culpabilidad lo estuvieran devorando por dentro.

Nada volverá a ser lo mismo. Su vida ya no tiene sentido.

Rabbie entró en la fortaleza a toda prisa, como si las tropas inglesas le estuvieran pisando los talones; pero, a decir verdad, lo único que le perseguía era su *diabhal* interno. Jamás se había sentido tan frustrado. Su cuerpo ansiaba una satisfacción que no le podía dar.

Tras desmontar, dejó el caballo a uno de los mozos de cuadra y se dirigió a la entrada del edificio, aunque se detuvo al oír risas de niños en el jardín. Eran sus sobrinos, los hermanos MacBee y la hija de Cailean y Daisy, Georgina.

—¿Mi hermano está aquí? —preguntó al mozo, extrañado.

—Sí, llegó esta mañana, milord.

Rabbie se dirigió al jardín porque tenía ganas de ver a Georgina, a quien no había visto en mucho tiempo. ¿Cuántos años tendría ya? ¿Tres? ¿Cuatro? Fueran los que fueran, había heredado los ojos verdes y el cabello rubio de su madre.

—¡Tío Rabbie! —exclamó el pequeño Bruce.

Los niños corrieron hacia él y, aunque intentó quitárselos de encima, eran tantos y estaban tan entusiasmados que lo tiraron al suelo. O quizá fue él quien se dejó caer. Y quizá se dejó porque quería reír con ellos como si no hubiera pasado nada, como antes de que Seona desapareciera. Pero no pudo.

Sin embargo, jugó y bromeó con unos y otros hasta que se levantó y contempló sus caras, sin rastro alguno de desesperación o tragedia. Estaba seguro de que el tiempo los cambiaría; pero, de momento, eran tan inocentes como bellos.

–¿Estás triste, tío? –preguntó Nira, una de las hijas de Vivienne.

–No. Hoy, no –respondió, alcanzando a Georgina y tomándola entre sus brazos–. ¿Sabes quién soy? Soy tu tío Rabbie. ¿No me conoces?

–No –contestó Georgina–. ¡Suéltame!

Maira se acercó, tomó de la mano a la pequeña y se la llevó con el resto de los niños, que ya se habían cansado de él. Pero Fiona se quedó, y Rabbie decidió seguir el consejo de Auley, quien le había recomendado que cuidara de los sobrinos de Seona.

–Estás cada vez más guapa –le dijo–. Te pareces mucho a tu madre.

–¿De verdad? –replicó Fiona, encantada.

Rabbie pensó que tenía los ojos de su tía, y tuvo la sensación de que la propia Seona lo estaba mirando.

–¿Cómo era mi madre? ¿Su pelo era tan largo como el mío?

–Sí, tan largo como el tuyo.

–¿Tenía perros?

–Dos –contestó con una sonrisa.

–¿Qué más sabes de ella?

–Tengo una idea. ¿Qué te parece si damos un paseo y te cuento todo lo que sé de tus padres? ¿Dónde está tu hermano, por cierto?

Fiona lo señaló.

Ualan estaba a unos metros de distancia, mirándolos. Rabbie supo que se sentía inseguro y le hizo un gesto para que se acercara, cosa que hizo. Luego, le puso las manos en los hombros y preguntó:

—*Ciamar a tha thu*?

—Muy bien —contestó el chico, mirándose los pies.

—Bonito día, ¿no?

Ualan se encogió de hombros.

—Fiona y yo vamos a dar un paseo para que le hable de vuestros padres. ¿Nos quieres acompañar?

El niño asintió. A diferencia de Fiona, no sonreía casi nunca. Sus ojos tenían un fondo de desolación que Rabbie conocía muy bien, porque él estaba en la misma situación.

—No te preocupes, muchacho —dijo, acariciándole el pelo—. No pasa nada.

Rabbie no supo si Ualan había entendido lo que le quería decir. Ni siquiera supo por qué le había dicho eso. A fin de cuentas, nadie podía reconfortar a un niño que había perdido a su familia y que ahora estaba obligado a cuidar de su hermana. Pero se reconocía en él, y quería darle un poco de esperanza.

—Venga, vamos a pasear.

Mientras caminaban, les contó todo lo que pudo recordar de Gavina MacLeod. Por desgracia, no recordaba mucho y, para empeorar las cosas, tuvo la sensación de que todo lo que decía era inadecuado.

Rabbie llegó a considerar la posibilidad de llevárselos a Arrandale y cuidar de ellos hasta que se tomara una decisión sobre su futuro. Sin embargo, la rechazó porque no quería que vivieran con un hombre cuya desesperación lo llevaba frecuentemente a la bebida y al desinterés más melancólico.

No merecían eso. Ya habían sufrido demasiado.

Estuvo una hora con ellos, y dijo más de lo que

había dicho a nadie en un año. Contestó a las múltiples preguntas de Fiona y observó subrepticiamente a su hermano para ver si había conseguido animarlo. Hasta que, en determinado momento, Ualan declaró que Barabel los estaba esperando en las cocinas y que tenían que volver.

Rabbie asintió, aunque no le gustaba la idea de que acabaran de pinches. Y, cuando ya estaban a punto de llegar a la fortaleza, dijo:

—¿Cómo os va con Barabel?

—Bien. Nos está enseñando a hacer pasteles —respondió Fiona—. De mayor, me dedicaré a preparar dulces.

—No te acordarás de nada —intervino Ualan, rompiendo su silencio.

—¡Claro que sí!

—Claro que no. Nos iremos a Inverness dentro de poco, y allí no podrás hacer pasteles.

—¡No te creo!

—¿Inverness? —se interesó Rabbie.

—Sí, nos vamos a ir con el señor y la señora Tawley. Eran conocidos de mi padre —respondió Ualan, bajando la vista—. Pero se nos está haciendo tarde, señor. Tenemos que trabajar.

—Está bien, marchaos.

Ualan y Fiona desaparecieron por una de las puertas laterales, y Rabbie se quedó pensando en el destino que les aguardaba. Los distantes señor y señora Tawley no le parecían la mejor opción para los pequeños.

Después, entró en el gran salón de Balhaire, y se llevó una alegría al oír las carcajadas de su hermano mayor. Toda la familia estaba junta, como en los viejos tiempos, cuando eran más jóvenes y no tenían ninguna preocupación verdaderamente importante.

Rabbie miró a sus padres y, a continuación, a los demás: Catriona estaba balanceando las piernas por debajo de la mesa; Marcas hablaba cariñosamente con Vivienne; Auley descansaba con los pies apoyados en una silla y, entre tanto, Cailean y Daisy comían con toda tranquilidad. Pero fue Ellis, el hijo de Daisy, quien advirtió su presencia en primer lugar.

—¡Tío Rabbie! —exclamó el joven lord Chatwick.

Rabbie se llevó una sorpresa cuando se le acercó a toda prisa y lo abrazó. Había crecido mucho, y era casi tan alto como él, aunque seguía siendo tan delgado como un junco.

—*Feasgar mhath*, Ellis —dijo, dándole una palmada en la espalda—. Has crecido medio metro...

—Sí, es verdad —replicó el muchacho, que no había perdido totalmente su acento inglés—. Cumplo diecisiete años el mes que viene.

—¿Tantos? —preguntó Rabbie, sonriendo.

Su preciosa cuñada se levantó de su asiento y extendió los brazos hacia él.

—¡Rabbie! ¡Qué buen aspecto tienes!

Rabbie le dio un beso en la mejilla.

—Y que lo digas —se sumó Cailean, fundiéndose con su hermano en un abrazo—. Parece que el verano te sienta bien. La última vez que te vi, me quedé preocupado.

Rabbie pensó que hizo bien en preocuparse, porque solo era un saco de huesos que ansiaba morir. Pero hasta eso había cambiado. Ya no buscaba la muerte, sino algo muy distinto: la pasión de una mujer determinada.

—No esperaba verte tan pronto —le dijo a Cailean.

—¿Por qué no? Te vas a casar, y no queríamos arriesgarnos a perdernos tu boda —replicó.

Rabbie se sentó con el resto de sus familiares y escuchó a Cailean mientras les contaba las nuevas de Chatwick Hall. Daisy se interesó después por los Mackenzie, y Auley y Vivienne le dieron pelos y señales sobre quién se había ido de Escocia y quién se había marchado a Glasgow o Edimburgo.

—Me temo que cada vez somos menos —sentenció.

Entonces, Cailean se giró hacia Rabbie y le dio una palmadita.

—¡Te vas a casar, hermano!

Rabbie intentó mostrarse entusiasta, pero no pudo.

—Sí —se limitó a decir.

—Rabbie no se quiere casar —intervino Catriona.

—No te metas en conversaciones ajenas —protestó su madre—. Deja que Rabbie hable por sí mismo.

—Da igual, que diga lo que quiera —declaró Rabbie—. Además, yo siempre he sido parco en palabras, y a Cat le sobran.

Vivienne soltó una risita, pero Catriona miró a Rabbie con cara de pocos amigos.

—Di la verdad de una vez. Avaline Kent no te gusta. ¿Por qué te empeñas en guardarlo en secreto?

—No entiendo nada —dijo Cailean, sorprendido—. Creía que estabas de acuerdo con ese matrimonio.

—Y lo estoy —afirmó Rabbie, antes de suspirar—. Di mi palabra de que me casaría con ella, y la pienso cumplir.

Rabbie se sintió peor que nunca. Quizá estuviera dispuesto a casarse con Avaline, pero la había traicionado con Bernadette y, al traicionarla, había faltado a su palabra y le había fallado a su propia familia. De hecho, se sintió tan mal que se levantó de forma abrupta y se dirigió a la mesa donde Frang había dejado la bebida y la comida.

Una vez allí, se sirvió una buena jarra de cerveza. Y, cuando se dio la vuelta, descubrió que Cailean lo había seguido.

—Déjalo en paz, Cailean —lo instó Catriona—. Siempre está de mal humor. Es como un viejo gato callejero.

—¡*Diah*, Cat! —la reprendió Vivienne—. ¡Deja de meterte donde no te llaman! No es asunto tuyo.

—¿Que no es asunto mío? ¿Quién se ve obligada a acompañarlo cada vez que va a Killeaven? Y no es precisamente placentero, la verdad. Arrastrar una peña sería más fácil.

Rabbie se encogió de hombros.

—Sí, supongo que es cierto.

—Anda, vamos a dar un paseo —dijo Cailean.

—Me acabo de servir una cerveza —protestó.

Cailean lo miró con tanta dureza que Rabbie dejó la jarra a un lado.

—Bueno, si no hay más remedio...

—Cualquiera diría que te llevo al patíbulo —bromeó su hermano mayor mientras salían de la estancia.

—¿Y no es así?

—*Diah*, Rabbie, no es necesario que te cases con esa muchacha. Si no quieres, solo tienes que decirlo.

—No quiero casarme con ella, pero es mi obligación —afirmó—. Lo sabes tan bien como yo.

Rabbie se dio cuenta en ese momento de que, por muy firmes que fueran sus palabras, su corazón estaba buscando la forma de anular la boda. Pero su familia necesitaba a los Kent, y no les podía dejar en la estacada.

Tenso, se pasó una mano por el pelo y apartó la vista. ¿Qué podía hacer? Si se casaba con Avaline, se condenaría a la infelicidad y si no se casaba, condenaría a los Mackenzie.

Cailean lo miró con tanta preocupación que dijo:

—Maldita sea, no me mires como si me hubiera vuelto loco. ¿Qué será de nosotros si rompo el compromiso? Estamos rodeados de *sassenach*, y no tenemos gente suficiente ni para mantener Balhaire.

Su hermano guardó silencio.

—El comercio va de mal en peor, y nuestras tierras no dan para alimentar a los rebaños de ovejas —continuó—. Me guste o no, ese matrimonio es nuestra única esperanza.

—Bueno, en el peor de los casos, os podríais venir a Chatwick Hall —dijo Cailean, sorprendiéndolo por completo—. Es tan grande que cabría un ejército.

—¿Que nos vayamos? ¿Todos?

—Sí, todos.

—¿Llevarnos a nuestros padres de las Tierras Altas?

—La supervivencia siempre ha sido lo más importante. Mucho más importante que el orgullo.

—No —dijo Rabbie, tajante—. Y, en cualquier caso, ya es tarde para eso. La boda está anunciada. Me voy a casar.

Cailean se inclinó y acarició a un perro que se les había acercado.

—¿Tan mala es esa muchacha? A mí me parece bonita.

Rabbie sacudió la cabeza.

—Avaline es efectivamente atractiva, aunque demasiado ingenua para mi gusto. Pero ella no es el problema.

Cailean asintió como si empezara a entender lo que sucedía.

—A veces tenernos que dormir con el diablo para salvar nuestras almas —comentó en voz baja.

Los dos hermanos salieron al exterior, donde estaban jugando los niños; y, cuando Georgina vio a su padre, corrió hacia él.

—¡Papá! ¡Papá!

El rostro de Cailean se iluminó de tal forma que Rabbie sintió envidia. Quizá fuera esa la solución. Si tenía hijos con Avaline, sería un consuelo. Los convertiría en verdaderos escoceses. Estaría tan ocupado con ellos que se olvidaría de su esposa. Y hasta podría cuidar de Fiona y Ualan.

—Será mejor que te lleve con tu madre —dijo Cailean a Georgina.

Volvieron al gran salón a paso de tortuga, para que la niña pudiera caminar y examinar todo lo que veía. Cuando llegaron, descubrieron que sus hermanas se habían retirado a sus habitaciones, al igual que Daisy. Solo se habían quedado sus padres y Auley, quien estaba hablando con Arran sobre su intención de viajar a Noruega después de la boda.

—Rabbie, querido, he enviado un mensajero a Killeaven para que los Kent vengan mañana a cenar —le informó su madre de repente—. Como es lógico, querrán conocer a Cailean y a Daisy. Pero, esta noche, solo estaremos los Mackenzie... Podré disfrutar de mi hijo antes de que se case y se olvide de mí.

Margot le acarició la mejilla, y Cailean le dedicó una sonrisa irónica.

—No te preocupes, *maither*. Estaré contigo más a menudo de lo que crees.

Rabbie salió a montar al día siguiente con Cailean, Daisy y lord Chatwick, que deseaban echar un vistazo a Arrandale y Auchenard.

Ya en Arrandale, Cailean se llevó a su hermano a la cueva donde guardaban los bienes de contrabando. Cailean examinó el contenido de las cajas y declaró que lo podían vender en Inverness o Glasgow, como si creyera que las Tierras Altas no eran mercado suficiente.

Rabbie intentó prestarle atención, pero tenía la cabeza en otras cosas. La noche anterior, estaba decidido a hacer lo que tuviera que hacer para salvar a su familia, aunque no dejara de pensar en Bernadette; y aquella mañana, tras haber pasado junto al roble donde habían ahorcado al padre de Seona, era un mar de dudas.

Ya no podía mirar ese árbol sin acordarse de lo que había pasado allí, de cómo se habían besado, de cómo había respondido a sus caricias la morena que ocupaba sus pensamientos.

En su desesperación, coqueteó con la idea de casarse con Avaline y tener a Bernadette de amante; quizá en Arrandale, como en la historia que se había inventado para espantar a su prometida. Pero, naturalmente, no lo pensó en serio. Conociéndola, sabía que se negaría.

—¿Me estás escuchando? —preguntó Cailean.
—¿Cómo?
—No has oído ni una palabra de lo que he dicho, ¿verdad?

—Sí, por supuesto que sí —mintió—. Pero se está haciendo tarde, y aún tenemos que ir a Auchenard.

Cailean entrecerró los ojos y lo acompañó a Arrandale, donde los estaban esperando Daisy y el joven lord Chatwick.

Daisy se mostró especialmente contenta de volver a Auchenard, y dio las gracias a Rabbie por haber cuidado del jardín que había arreglado ella ocho años antes, cuando pisó las Tierras Altas por primera vez.

—No merezco tu agradecimiento —replicó—. Ha sido cosa del señor Brock.

—Pues está precioso —dijo, echando un vistazo a su alrededor—. No sabes en qué estado se encontraba cuando llegué. ¿Te acuerdas de tu perra, Cailean?

—Sí, claro. Fabienne era una gran cazadora —respondió con nostalgia, porque había desaparecido como muchos perros de la zona.

—Os vi besándoos una vez —intervino Ellis, mientras jugueteaba con los pétalos de una rosa—. Os vi desde mi ventana.

Daisy soltó una carcajada, y Cailean le susurró:

—Menos mal que solo vio eso.

—Cuando sea mayor de edad, pasaré todos los veranos en Auchenard —anunció el joven.

—¿Lo dices en serio? —preguntó Daisy, sonriendo a su hijo—. Me alegra mucho, porque esta casa siempre tendrá un lugar especial en nuestros corazones.

Rabbie no dijo nada, pero pensó que Ellis solo iría allí de vez en cuando. A fin de cuentas, era un aristócrata y, cuando fuera mayor, querría lo que querían todos los aristócratas ingleses: dejarse ver en sociedad, estar con damas de vestidos de seda y disfrutar de la bebida y el juego.

—Al final no me llevaste a seguir pistas de ciervos —dijo Ellis a Cailean—. Y me lo prometiste.

—Sí, es verdad. Y también lo es que no dejas de recordármelo —comentó Cailean—. Pero iremos uno de estos días. Tu madre me enseñó que, cuando deseas algo, hay que intentar conseguirlo.

Daisy sonrió a su marido con tanto afecto que, una vez más, Rabbie sintió envidia de su hermano mayor.

—Te costó entenderlo, querido.

Cailean rio y la tomó entre sus brazos.

—Y tanto, *leannan*.

La pareja rompió a reír como si hubieran compartido un chiste que solo podían entender ellos y, acto seguido, se besaron apasionadamente, lo cual provocó una protesta de Rabbie:

—No es momento de ponerse acaramelados. Mirad lo que tengáis que mirar, porque debemos volver a Balhaire. Los Kent llegarán dentro de unas horas.

Cailean y Ellis entraron en la casa, seguidos a cierta distancia por Daisy y Rabbie. Y, mientras los primeros hablaban sobre una ventana rota que el señor Brock debía reparar, Daisy preguntó a su cuñado:

—¿Cuántos Kent han venido a Escocia, además de la señorita Avaline y de su madre, que supongo la acompañará?

—Solo lord Kent y su hermano, lord Ramsey, aunque llegaron en compañía de un montón de criados y de la doncella de mi prometida, la señorita Bernadette Holly —respondió.

—Ese nombre me suena, aunque no sé de que —dijo Daisy—. Bernadette Holly... ¡Ah, claro, ya me acuerdo! Es la hija del señor Theodore Holly. Se vio envuelta en un escándalo importante.

—Sí, esto tengo entendido.

—¿Sabes que se fugó?

Rabbie asintió en silencio.

—Pobre muchacha. Debía de estar muy enamorada para fugarse. En su día, se rumoreó que se había quedado embarazada, pero quién sabe si sería cierto.

Rabbie se encogió de hombros y fingió no estar interesado en el asunto, aunque su mención de un embarazo lo dejó atónito. ¿Habría tenido un niño? Y, si lo había tenido, ¿dónde estaba?

Aún se lo estaba preguntando cuando salieron de Auchenard con intención de volver a Balhaire.

Al llegar a la fortaleza, Cailean se fue a hablar con Arran sobre asuntos relacionados con el contrabando y Rabbie se retiró a las habitaciones que utilizaba cuando estaba allí.

Se tumbó en la cama y se quedó mirando el techo. Algo había cambiado en su interior. El oscuro y estrecho universo en el que había vivido durante tanto tiempo se había abierto de repente. Ya no quería morir. Quería lo que Cailean y Daisy tenían, lo que Vivienne y Marcas compartían. Quería una esposa y unos hijos a los que poder amar.

Hasta entonces, Rabbie estaba convencido de que ese deseo había muerto con la desaparición de Seona; pero seguía tan vivo como siempre, por mucho que se hubiera empeñado en enterrarlo. Y su revelación estaba directamente relacionada con el descubrimiento de que Bernadette podía haber tenido un hijo.

Ni siquiera sabía si era verdad. Solo sabía que había despertado su interés, y que lo había despertado hasta el extremo de hacerle pensar otra vez en ser padre. ¿Quién lo habría imaginado, teniendo en cuenta que había estado a punto de arrojarse al mar? Pero ahí estaba, considerando la posibilidad de encontrar el amor y traer niños al mundo.

Desgraciadamente, Avaline Kent no era la mujer adecuada para él. Y eso lo sacaba de quicio.

Cuando llegó la hora de cenar, se vistió otra vez de tartán. Sabía que era una provocación, y que no faltaría alguien que lo mirara con mala cara. De hecho, Cailean arqueó una ceja, pero no se atrevió a decir nada.

Los Kent aparecieron en tropel, como de costumbre. Lord Kent entró el primero y empezó a hablar de inmediato, siempre encantado de oírse a sí mismo. Su hermano y él habían estado degustando el whisky que les habían comprado a los Buchanan, y se pusieron a interrogar al patriarca de los Mackenzie sobre esto y aquello.

Rabbie lanzó una mirada rápida a su prometida y su madre, que iban vestidas de gris y azul, respectivamente. Suponía que Bernadette aparecería a continuación, pero aún no había llegado cuando se empezaron a servir las bebidas.

Preocupado, se dirigió a la señorita Kent, que se había puesto a charlar con Auley.

–*Feasgar math* –la saludó.

Avaline se llevó una sorpresa al oírlo, y se ruborizó un poco.

–Buenas tardes –replicó ella, haciéndole una reverencia–. Le estaba contando a su hermano que nos ha faltado poco para perder un caballo. ¿Se lo puede creer?

Avaline se giró hacia Auley y continuó con su historia, que a Rabbie no le interesaba en absoluto. Y, cuando terminó, le dijo a su hermano:

—¿Te importa dejarme un momento con la señorita?

—Ni mucho menos.

Auley se fue, y Avaline miró a Rabbie.

—¿Qué ocurre?

—Ha venido sin su doncella, ¿verdad?

—¿Se refiere a Bernadette? Sí, me temo que está indispuesta.

—¿Indispuesta? –dijo, preocupado–. Espero que no sea grave.

—No, solo le dolía la cabeza... ¡Ah, veo que su hermana se encuentra entre nosotros! Discúlpeme, por favor. Quiero darle las gracias por el regalo de bodas que me ha enviado.

Avaline se marchó, dejándolo a solas con sus pensamientos.

No creía que a Bernadette le doliera la cabeza. Evidentemente, se había inventado una excusa para ahorrarse la velada y mantenerse tan lejos de él como fuera posible.

Pero no se saldría con la suya con tanta facilidad. Faltaba hora y media para que los criados empezaran a servir la cena. Tenía tiempo de sobra para reventar sus planes.

Rabbie no lo dudó. Se fue sin mirar atrás y sin decir nada a nadie.

Capítulo 16

Bernadette había tomado la decisión de decirle a Avaline la verdad sobre lo que había pasado entre Rabbie y ella. Suponía que se enfadaría mucho, y que era capaz de echarla de Killeaven, pero no le importaba. Si tenía que vagar por las Tierras Altas hasta el fin de sus días, vagaría.

No podía vivir con lo que había hecho. No soportaba la idea de verla subir al altar y prometer fidelidad al hombre con el que la había traicionado, al hombre que ella deseaba.

Sin embargo, su decisión se estrellaba constantemente contra el carácter de Avaline. Cada vez que se quedaban a solas, se ponía a hablar como un loro e impedía que metiera baza. Y aquella tarde, se estrelló contra su alegría, porque estaba verdaderamente contenta cuando la vio.

—¿Sabes quién está en Balhaire? Lady Chatwick y su marido. ¡Y nos han invitado a cenar mañana! —dijo con entusiasmo—. ¿Qué me puedo poner? ¿El vestido dorado? ¿El azul?

Avaline adoraba a lady Chatwick desde que se había presentado en Bothing con la propuesta de matrimonio. Bernadette no había tenido el placer de conocerla, pero la muchacha le había comentado en más de una ocasión que era una dama asombrosamente elegante, y que tenía una sonrisa para todo el mundo, incluso para los criados más humildes.

De hecho, le había gustado tanto que no parecía ser consciente de que su padre la iba a casar con un escocés al que ni siquiera conocía. La esposa de Cailean Mackenzie se había convertido en su modelo a seguir, y no pensaba en otra cosa que llegar a ser como ella.

—Me han dicho que Chatwick Hall es enorme, pero que lady Chatwick prefiere vivir en una casa más pequeña porque le parece más acogedora y familiar —declaró entonces.

—¿Lady Chatwick? Creo que la forma correcta de referirse a ella es señora Mackenzie.

—Sí, supongo que ahora sí, pero le queda mejor el *lady*. Es una verdadera dama. Y se casó por amor, ¿sabes? Desafió a todo el mundo.

En su momento, Bernadette se preguntó a quién habría desafiado su heroína y, por supuesto, cómo era posible que Avaline admirara a una mujer que se había casado por amor cuando ella había aceptado un matrimonio de compromiso por no atreverse a disgustar a su padre.

Fuera como fuera, su admiración llegaba a tal extremo que el día anterior a la cena de Balhaire había pasado varias horas intentando elegir un vestido para la ocasión. Y todo porque quería causar buena impresión a la dama que, según lady Kent, tenía una modista francesa y solo se ponía ropa de París.

—Avaline, tengo que hablar contigo de una cosa –dijo Bernadette, intentando captar su atención.

—¿De qué se trata? ¡Ah, casi lo olvidaba! ¿Qué hago con mi pelo? ¿Me lo pongo como ella? Lo lleva trenzado y sujeto con horquillas.

—Como iba diciendo...

—Oh, no. Me acabo de acordar de otra cosa. ¿Puedes esperar un momento? Tengo que hablar con mi madre.

Avaline se marchó, dejando a Bernadette ante el montón de vestidos que había tirado al suelo mientras intentaba demostrarle cómo llevaba el pelo la dama en cuestión.

Naturalmente, aquello puso fin a su enésimo intento de sincerarse con ella. Y, a la mañana siguiente, cuando llegó el momento de dirigirse a Balhaire, Bernadette estaba tan desesperada que decidió ahorrarse la cena.

—Me voy a quedar aquí. No me encuentro bien –les dijo.

—¿Qué ocurre? No será contagioso, ¿verdad? –replicó lady Kent, apartándose rápidamente.

—No, es una simple jaqueca –mintió, frotándose las sienes.

—¡Tienes que venir, Bernadette! –protestó Avaline–. Eres la única que sabe tratar a mi prometido.

El comentario de la joven solo sirvió para que Bernadette se sintiera peor.

—Lo siento, querida. Tendrás que ir sin mí.

Avaline volvió a protestar, pero lady Kent intervino en defensa de su doncella.

—Que se quede si quiere –dijo–. Además, tienes que acostumbrarte a hablar al señor Mackenzie. No puedes depender eternamente de Bernadette. Te vas a casar con él.

Los Kent se fueron sin ella, dejando a Bernadette en compañía de Renard y de Charles, quién preguntó con sorna:

—¿Qué ha hecho para que la dejen en Killeaven, señorita Holly?

—Rogárselo —respondió.

Charles soltó una carcajada.

—Pues, si no tiene nada que hacer, la invito a jugar con nosotros.

Bernadette los miró con sorpresa.

—¿A jugar?

—Sí, ya sabe. Cuando el gato se va, los ratones bailan... —intervino Renard, quien la miró de arriba abajo—. Si tiene dinero, estaremos en el salón de los criados a las siete y media. Pero le advierto que jugamos en serio. Si no está dispuesta a perder, no venga.

Renard entró en la mansión, y Bernadette dijo a Charles:

—¿A eso se dedican cuando nos vamos a Balhaire?

—¿A qué si no? —dijo Charles, encogiéndose de hombros—. Estamos en medio de ninguna parte, y no tenemos más diversión que jugar a las cartas o preguntarnos qué pretenderán esos dos.

Charles se giró hacia la colina, señaló a los dos jinetes que estaban pasando en ese momento y siguió hablando.

—Pasan varias veces a la semana, lo cual nos tiene perplejos. ¿Por qué estarán tan interesados en Killeaven? —dijo—. En fin, ¿está preparada para perder hasta la última libra esterlina que lleve encima?

Ella sacudió la cabeza.

—¿Perder? Tengo la sensación de que ya he perdido todo lo que tenía y de que, para empeorar las cosas, me han desterrado al infierno.

Charles volvió a reír.

—En ese caso, solo puede ganar.

Su amigo se fue a toda prisa, aparentemente ansioso por jugar; pero Bernadette se quedó unos minutos en el exterior, mirando a los jinetes que se alejaban. No sabía quién eran. Solo sabía que le daban escalofríos.

Después, volvió a su habitación e intentó leer un libro de poemas, pero le parecieron demasiado sensibleros y perdió el interés enseguida, así que intentó arreglar un vestido que se le había desgarrado.

Como tampoco tenía cabeza para coser, lo dio por imposible y se puso las botas para salir a caminar.

Quince minutos después, ya estaba en el camino que tomaba casi todos los días. El cielo se estaba encapotando, y amenazaba lluvia. Bernadette hizo lo posible por no pensar en nada, pero se empezó a arrepentir de no haber ido a Balhaire. Sencillamente, era incapaz de sacarse a Rabbie de la cabeza. Lo deseaba demasiado.

Bernadette no se había sentido así desde la desaparición de Albert. Estaba como hechizada. No encontraba otra forma de describirlo. Al principio, le había parecido el hombre más frío del mundo, aunque cambió de opinión al saber lo que le había pasado. Y luego, cuando la tocó por primera vez, se supo completamente perdida.

Era algo inexplicable, porque había intentado ser muy cuidadosa desde que destrozaron su reputación. Evitaba todas las situaciones que pudieran dar que hablar. Pero, en cuestión de semanas, había dejado de huir de cualquier asomo de escándalo y había empezado a correr hacia el desastre.

Era como si hubiera perdido el control de sus emociones. Se arrepentía de lo que había hecho y, sin embargo, era incapaz de refrenarse. Rabbie Mackenzie había conquistado su corazón.

Consternada, se detuvo un momento y cerró los ojos. Fue un error, porque solo consiguió que su mente le devolviera el recuerdo de lo que había pasado bajo aquel roble. Y, cuando los volvió a abrir, estaba furiosa. ¿Qué demonios estaba haciendo? ¿Por qué se torturaba de esa manera?

Aunque Avaline decidiera romper su compromiso matrimonial, Rabbie seguiría estando fuera de su alcance. No se podía casar con él. No se podía casar con nadie porque, al perder el bebé, también había perdido la capacidad de tener hijos. Sus sueños y esperanzas eran ilusiones sin sentido. Se estaba engañando a sí misma.

Rabbie y Avaline se iban a casar, y ella quedaría como una estúpida por haber creído que podía evitar ese desenlace. Incluso era posible que la echaran de Killeaven antes de la boda y la devolvieran a Highfield, donde su padre le pegaría una paliza o haría algo peor.

Al llegar al punto desde el que se veía el mar, Bernadette giró a la derecha, dando por sentado que Rabbie estaría en Balhaire y que no se encontrarían en el acantilado de costumbre. Las nubes anunciaban lluvia inminente, así que se puso la capucha de la capa y siguió caminando, aunque se arriesgaba a que la pillara la tormenta.

Y entonces, lo vio.

Rabbie estaba allí, en el camino, justo enfrente de ella.

Bernadette frunció el ceño; en parte, porque parecía preocupado y, en parte, porque su presencia la desconcertó. ¿Qué hacía en ese lugar? Se suponía que estaba con los Kent y su familia.

–¿Es que te has vuelto loco? –preguntó, inexplicablemente enfadada–. ¿Qué estás haciendo aquí?

–¿Y tú? Tendrías que estar en Balhaire.

–¡No! No pienso asistir a una cena que...

–¿Por qué?

–¡Maldita sea! ¿No te das cuenta de lo que podría pasar si alguien sale a buscarte y te encuentra conmigo?

–Que me encuentren si quieren. Me da igual.

–Sí, a ti te da igual; pero a mí, no. ¡Por el amor de Dios, haz el favor de volver a Balhaire, al sitio al que perteneces!

–Dime por qué no has venido –insistió él, implacable.

Ella pensó que se iba a desmayar. De repente, estaba atrapada entre el miedo, el sentimiento de culpabilidad y la alegría de verlo. Estaba abochornada y entusiasmada a la vez. Le parecía indignante que Rabbie hubiera dejado a Avaline en Balhaire y se hubiera ido; pero, al mismo tiempo, se sentía profundamente aliviada.

¿Qué iba a hacer con ese hombre?

Bernadette lo miró. Tenía los brazos cruzados y las piernas, separadas. Se había puesto un *kilt*, y sus musculosas pantorrillas, que se veían con toda claridad, despertaron en ella el deseo de tocarlo.

Al parecer, estaba tan loca como él.

—Estoy esperando a que contestes. ¿Por qué no has venido?

—Lo sabes de sobra.

—No, no lo sé —dijo, dando un paso hacia ella.

—Márchate, Rabbie. Avaline llegará en cualquier momento.

—Ya ha llegado.

—¡Esto es absurdo! —estalló—. ¡Te vas a casar con ella! ¡Vas a empezar una nueva vida!

—Esto no tiene nada de absurdo. Es lo que quiero, lo que tú también quieres —replicó.

—¡No es verdad! —exclamó sin convicción alguna—. No lo entiendes. Estoy al borde del desastre absoluto, y tú estás a punto de destrozar a una muchacha inocente. ¿Crees que el riesgo merece la pena? ¿Por un simple encaprichamiento? ¡Tienes que estar con Avaline! ¡Tienes que salvarnos de la locura que nos amenaza a los dos!

En respuesta, Rabbie le puso una mano en el brazo, la apretó contra su cuerpo y, tras acariciarle brevemente el cabello, la besó.

Bernadette perdió toda su fuerza de voluntad. Se puso de puntillas y le devolvió el beso con una pasión que, en otros tiempos, le habría parecido impropia de ella. Estaban tan pegados que notaba los latidos de su corazón en el pecho.

—Te deseo, Bernadette —le susurró al oído, clavando la vista en sus ojos—. Sí, es verdad. Te deseo, y tú me deseas a mí. Has traicionado a Avaline. Yo he traicionado el recuerdo de Seona. Somos un par de traidores, pero no quiero que nos traicionemos el uno al otro.

—Vuelve a Balhaire y déjame en paz —le rogó—. Pon fin a esta situación.

Rabbie sonrió.

—Si eso fuera posible, me marcharía de inmediato. Pero sabes tan bien como yo que solo avivaría las llamas de nuestros sentimientos.

Bernadette pensó que tenía razón, por mucho que le disgustara. Habían ido demasiado lejos. Y se llevó una sorpresa cuando Rabbie la tomó de la mano y tiró de ella.

—¿Qué estás haciendo?

En lugar de responder, él siguió colina arriba. Y, como tantas veces, Bernadette se dejó llevar. Era incapaz de resistirse. Sus besos la habían dejado sin fuerza de voluntad.

Tras entrar en el bosque donde había dejado su montura, se detuvo en un pequeño claro, se quitó la copa y la tendió en el suelo. Después, se giró hacia ella y la miró con deseo.

Bernadette no pudo creer que estuviera a punto de hacer lo que evidentemente le estaba pidiendo, pero se puso sobre la capa de todas formas, se quitó la suya y la dejó caer.

Rabbie se acercó y la ayudó a tumbarse.

—*Soirbh*... —susurró, notando su ansiedad—. Relájate, *mo chridha*.

Cuando ya se había puesto sobre ella, Bernadette le apartó el pelo de la cara y le acarició la mejilla. Rabbie se inclinó, liberó uno de sus pechos y le succionó el pezón.

—Tengo que decírselo a Avaline —declaró ella entre suspiros de placer—. Si no se lo digo, me sentiré culpable eternamente.

O Rabbie no la escuchó o no le importó, porque siguió succionando mientras le acariciaba los muslos.

Bernadette clavó la vista en el círculo de cielo gris que se veía sobre sus cabezas, rendida del todo a sus atenciones, a la dureza de su cuerpo y la potencia de las piernas que se cerraban sobre las suyas. Estaban cruzando el umbral de la intimidad, y las sensaciones que tenía eran tan intensas que no podía pensar en otra cosa.

Excitada, apretó los pechos contra él y lo exploró con las manos, pasándolas por sus anchos brazos, su musculosa espalda, su estrecha cadera y, por fin, su dura erección. Rabbie gimió al sentir el contacto y abrió la boca como si quisiera hablar, pero se limitó a decir, sacudiendo la cabeza:

—*Alainn*...

Bernadette no sabía lo que significaba eso; pero, fuera lo que fuera, lo había dicho en la más apasionada de las circunstancias, y le provocó una explosión de placer y deseo que se combinó con otra emoción: un afecto intenso, innegable, extremo.

Rabbie le dio un beso en el cuello, le volvió a acariciar las piernas y, a continuación, se apretó con fuerza contra ella.

—*Diah, leannan*.

Súbitamente, se tumbó de espaldas y se la puso encima. Ella se levantó las faldas del vestido y le alzó el *kilt* hasta la cintura mientras pasaba las manos por sus recios y nervudos muslos. Pero no se contentó con tan poco. Instantes después, cerró los dedos sobre su sexo y, al sentir su anhelante pálpito, se excitó de tal manera que se inclinó y se lo introdujo en la boca.

Desgraciadamente para ella, Rabbie estaba tan ansioso por tomarla que, en lugar de dejarla hacer, la volvió a tumbar de espaldas y le separó las piernas.

Bernadette respiró hondo, dominada por una repentina y primaria descarga de deseo que eliminó en ella cualquier resto de pensamiento racional, sometiéndolo todo a la necesidad de sentirlo dentro.

Sin embargo, Rabbie no la tomó inmediatamente. La acarició con la punta de su sexo, sin llegar a entrar. Y Bernadette, que ya no podía esperar ni un segundo más, alzó la cadera y le obligó a darle lo que quería.

Aun así, él la penetró con una calma maravillosamente desesperante, manteniendo la vista en sus ojos hasta que ella los cerró y se concentró en las exquisitas sensaciones. Los movimientos de Rabbie eran tan seguros como meticulosos y, por si eso no fuera suficiente, acariciaba sus húmedos pliegues con fervor.

Al cabo de unos momentos, se supo perdida. Clavó las uñas en el manto del suelo, desesperada por llegar de una vez al clímax que él alimentaba sin prisa alguna, regodeándose. Y entonces, tras una acometida particularmente poderosa, soltó un grito de satisfacción.

El orgasmo había derrumbado las anchas y densas paredes del deseo, empapándola con su lluvia torrencial y liberándola del polvo y los fragmentos de la existencia diaria.

Pero Rabbie, que no había llegado aún, dijo:
—Aguanta.

Sus movimientos se volvieron frenéticos. Bernadette le puso las manos en los hombros y besó sus labios, su cara y su cuello mientras él galopaba en busca de su propia liberación, que encontró enseguida.

Se había levantado viento, y el cielo estaba cada

vez más oscuro; pero, a pesar de ello, las nubes se abrieron un poco y dejaron pasar un rayo de sol que iluminó las copas de los árboles, atravesó el claro y los bañó con su luz dorada, en un momento absolutamente mágico.

Por desgracia, la realidad se coló por un claro diferente, el de la relajación posterior al éxtasis. Y Bernadette se sintió tan miserable y traidora que tuvo miedo de que su corazón se detuviera.

Rabbie se levantó y la ayudó a incorporarse y a colocarse bien el vestido antes de alcanzar su capa y ponérsela.

—No puedes volver a Balhaire con este aspecto –dijo ella, quitándole una ramita del hombro.

—No te preocupes por mí.

Rabbie le dio un beso en la frente, recogió su capa y añadió:

—Será mejor que vuelvas a Killeaven, *leannan*. Va a empezar a llover, y no quiero que te pille la tormenta.

Bernadette asintió y se puso la capucha.

—Esto no cambia nada, Rabbie. Nada en absoluto.

—¿A qué te refieres?

—A que tenemos un problema terrible. No sé qué piensas tú, pero yo no puedo sentir lo que siento por ti cuando te vas a casar con Avaline.

Él le acarició la mejilla en silencio.

—No sé qué hacer –prosiguió.

—Me encantaría poder decir que yo lo sé, pero me encuentro en tu misma situación. No tengo la menor idea –le confesó–. Aunque te prometo que encontraré la forma de solucionarlo.

Bernadette quiso creerle. Lo quiso con toda su alma.

—No sabes cuánto significas para mí –declaró él.

Ella asintió, pensando que le había quitado las palabras de la boca. Pero ninguno lo llegaría a saber si no hacían algo con urgencia.

Rabbie la tomó entre sus brazos, la besó de nuevo y la instó a darse prisa antes de despedirse y alejarse a buen paso. Bernadette se quedó allí hasta que él desapareció en la distancia, momento en el cual tomó el camino de Killeaven, aún vibrando con el eco del placer.

Pero, cuanto más se acercaba a la mansión de los Kent, más frío tenía. El sentimiento de culpabilidad se estaba imponiendo al deseo, y no lo podía evitar. Se sentía como un cometa que hubiera cruzado brevemente el firmamento para estrellarse después en la tierra.

No tenía más opción que decírselo a Avaline. Hablaría con ella esa misma noche, cuando volviera.

Y, justo entonces, empezó a llover.

Capítulo 17

Rabbie se encontró con Auley al llegar a Balhaire.

—¿Dónde te habías metido? —preguntó, mientras su hermano se quitaba la empapada capa.

—Necesitaba tomar el aire —respondió, sintiéndose culpable.

Rabbie pasó a su lado tan rápidamente como pudo, porque tenía miedo de que detectara el aroma de Bernadette o de que adivinara la verdad en sus ojos. Pero Auley lo agarró del brazo y lo detuvo en seco.

—¿Que necesitabas tomar el aire? ¿A quién pretendes engañar? Sé dónde has estado. Sé lo que estás haciendo.

Rabbie se sintió casi aliviado al saberse descubierto. Incluso quiso confesarle que, por primera vez en mucho tiempo, volvía a sentir algo por una mujer. Algo profundo, intenso, algo que creía haber perdido.

—No lo vuelvas a hacer —continuó Auley—. Hasta ahora, me he estado haciendo cargo de tu prometida. Pero es tu prometida, no la mía. Es tu responsabilidad.

Rabbie asintió, sin deseo alguno de discutir con él. Al menos, su secreto parecía estar a salvo. Con un poco de suerte, tendría el tiempo que necesitaba para reflexionar y encontrar la solución de su problema.

Cuando llegaron al gran salón, lord Kent alzó su vaso de whisky y dijo ruidosamente:

—¡Vaya, aquí está nuestro chico! ¡Empezábamos a pensar que se había fugado, señor! Aunque lo comprendo perfectamente... hasta yo estuve a punto de huir antes de casarme.

Su hermano y él rompieron a reír, aunque su esposa se quedó pálida.

—Discúlpenme, por favor —dijo Rabbie—. Tenía un asunto urgente que solucionar.

Rabbie notó que sus padres se cruzaban una mirada de escepticismo, y supo que estaban lejos de aprobar su comportamiento. Y Avaline tampoco debía de estar muy contenta, porque se limitó a hacerle una cortesía y saludarlo con frialdad antes de girarse hacia Auley, a quien dedicó la mejor de sus sonrisas.

Entonces, Arran le hizo un gesto para que se sentara con ellos, y Rabbie obedeció a su padre.

—¿Dónde estabas? —le preguntó.

—Necesitaba tomar el aire —replicó Rabbie, utilizando la misma excusa que le había dado a su hermano.

—No vuelvas a desaparecer.

Frang apareció en ese momento, caminó hacia la señora de la casa y le susurró algo al oído.

—Por fin —dijo Margot Mackenzie, levantándose—. ¿Me pueden prestar un momento de atención? La cena está preparada.

Margot señaló la mesa que habían instalado en mitad del gran salón y, mientras todos se dirigían hacia ella, miró a Rabbie con el ceño fruncido.

Naturalmente, las dos familias cenaron allí. Rabbie se acomodó enfrente de Avaline, que a su vez se sentó entre Catriona y Ellis. Y, cuando la muchacha no estaba charlando con Catriona, con quien susurraba como si fueran un par de ladronas, hablaba con el joven lord Chatwick.

A Rabbie le pareció perfecto, porque no estaba de humor para entablar una conversación con su prometida. Ni siquiera soportaba mirarla. Su mente y su corazón eran de otra mujer, Bernadette.

Desconcertado, se preguntó cómo era posible que se hubieran encariñado tanto en tan poco tiempo. Al principio, ella lo despreciaba, y a él le molestaba su arrogancia. Pero algo había cambiado. La brisa del mar había convertido una chispa en un incendio que amenazaba con devorarlos a los dos.

Sus pensamientos se vieron interrumpidos por una súbita y estridente carcajada de lord Kent, que no parecía capaz de beber sin emborracharse. Rara era la vez que no terminaba dormido sobre la mesa. Y a su hermano, lord Ramsey, le pasaba lo mismo.

—¡Por cierto! —exclamó el inglés entonces, dejando a un lado su whisky—. Gracias a mi amigo Buchanan, he conseguido llegar a un acuerdo con el viejo MacGregor. Me ha ofrecido un precio justo por las tierras que separan nuestras propiedades, milord. Pero, ¿quién me construirá el barco que necesito?

Rabbie miró a Arran Mackenzie, que respondió con expresión estoica.

—¿Qué tipo de barco necesita, milord?

—Uno como el que tiene usted. Me gusta lo que está haciendo, Mackenzie. A decir verdad, me gustaría hacer lo mismo.

—¿A qué se refiere? ¿A ser el señor de un clan? ¿A asegurarme de que los míos tengan comida y empleo?

—No, en absoluto. Me refiero al comercio —respondió—. Es una buena inversión. Hay mucha demanda de lana, y tengo intención de llevarla a Inglaterra y venderla allí.

—En ese caso, debería hablar con los MacDonald —dijo, girándose hacia Niall—. Siempre han sido armadores, aunque los han echado de Skye.

—¿Y adónde han ido? No pueden estar muy lejos —declaró, mirando también a Niall.

—No le sabría decir, milord. Quizá estén en Glasgow.

Lord Kent soltó un bufido.

—Bueno, ya encontraré a alguien que me construya un barco aquí, en las Tierras Altas. Y, cuando lo tenga, puede que lo deje en sus expertas manos, Mackenzie. En las suyas, o en las de sus hijos.

—Brindo por ello —dijo Arran, alzando su vaso—. Frang, saca una botella de Erbusaig y sirve a milord. Estoy seguro de que ese whisky le encantará.

—¡Espléndida idea! —bramó lord Kent.

Arran entrecerró los ojos y miró a lord Kent de forma amenazadora cuando este dejó de prestarle atención. Si Rabbie no hubiera conocido bien a su padre, habría pensado que lo iba a matar.

Concluida la cena, las dos familias se dirigieron a un salón más cómodo, donde Rabbie cruzó los dedos para que su prometida no cantara. Ya estaba bastante aburrido.

Avaline se puso a charlar con Auley en una esquina. Parecía muy animada, a diferencia de él. Y, mientras los miraba, se volvió a repetir que no tenía más remedio que casarse con ella; especialmente, después de que lord Kent llegara a un acuerdo con los Buchanan para conseguir las tierras que le darían acceso al mar.

Era la única forma de que los Mackenzie recobraran el control. Como esposo de Avaline, podría impedir que los Buchanan manipularan al inglés en su propio beneficio y, por supuesto, estaría en una posición perfecta para moderar el deseo de lord Kent de competir con ellos en el comercio de la lana.

Pero, por muy consciente que fuera de la situación, no dejaba de pensar en Bernadette. Y no estaba dispuesto a perderla.

Angustiado por la decisión que acababa de tomar, se dirigió hacia la muchacha, quien seguía charlando con su hermano. Iba a poner en peligro el bienestar de su clan. Lo sabía de sobra. Pero Bernadette lo había sacado del infierno en el que vivía hasta entonces y, sencillamente, no se imaginaba sin ella.

–¿Señorita Kent? –dijo, interrumpiéndolos.

–¿Sí? –replicó ella, sobresaltada.

–¿Puedo hablar con usted?

Avaline miró a Rabbie y, a continuación, a Auley. Pero en silencio.

–Por favor.

–Está bien –dijo, sin moverse del sitio.

–Preferiría que habláramos en otro lugar. Es un asunto de carácter privado.

–Ah...

Avaline se giró hacia su madre, que la estaba observando con detenimiento, y Rabbie perdió la paciencia con ella.

–¿Siempre tiene que pedir permiso para todo? –dijo en voz baja.

Ella se ruborizó.

—No, claro que no. Es que... en fin, ¿adónde vamos?

—Fuera de aquí.

Rabbie la tomó de la mano y, antes de marcharse, anunció que tenían que hablar y que regresarían enseguida. Lord Kent les dio su aprobación y soltó una carcajada de lo más sórdida, como si pensara que tenían intención de hacer algo escandaloso.

Mientras salían, Rabbie lamentó no haber roto aún su compromiso matrimonial, porque ardía en deseos de pegarle un buen puñetazo. Pero ahora tenía algo más importante que hacer. Tenía que hablar con Avaline, así que la llevó al despacho de su padre y cerró la puerta.

La joven lo miró con nerviosismo, aunque no le sorprendió. Siempre se ponía nerviosa cuando se quedaban a solas. ¿Tan terrible era?

—Tengo que decirle algo importante —empezó—. Como sabe, los Mackenzie nos dedicamos al comercio. Pero quizá no sepa que nuestras actividades no son del todo recomendables.

Ella ladeó la cabeza.

—¿Qué quiere decir con eso?

—Que somos contrabandistas.

Avaline parpadeó y se llevó una mano al cuello.

—Ah. Comprendo.

Rabbie pensó que estaba lejos de comprender nada.

—¿Es consciente de que el contrabando es ilegal?

—Lo soy, pero no sé por qué habla en plural cuando el contrabandista es usted. Estoy segura de que no todos los Mackenzie se dedican a esa... práctica, por así decirlo.

—Bueno, es cierto que mi madre y mis hermanas se mantienen al margen, pero los demás hacen lo mismo que yo.

Avaline asintió lentamente, como empezando a entender.

—¿Incluido Auley? —se atrevió a preguntar.

Rabbie se preguntó si era tan corta de entendederas como parecía. Se lo había explicado con toda claridad y, sin embargo, no se daba por enterada.

—Mi hermano es el capitán del barco que usamos para traer los bienes a Escocia —contestó.

—Ya, pero eso no implica que... Es decir, no significa...

—¿Quiere hacer el favor de hacerme caso? Le estoy diciendo que está a punto de casarse con un contrabandista.

Ella lo miró en silencio durante unos segundos, parpadeó una vez más y dijo, dejándolo totalmente desconcertado:

—Me parece bien.

—¿Que le parece bien? *Diah*, Avaline... No le puede parecer bien. No está bien en absoluto —dijo, desesperado—. ¿Es que no entiende que le estoy dando la excusa perfecta para romper nuestro compromiso? ¡Es lo que quería!

—¡En absoluto! —exclamó ella, apretándose una mano contra el pecho—. ¡No quiero anular nuestra boda! ¡No así!

—¿Así? —replicó Rabbie, sin salir de su asombro.

—Efectivamente. Puede que usted se dedique al contrabando, pero yo no. Mi conciencia está limpia, y no veo razón alguna para anular la boda.

Rabbie no supo qué decir.

—¿Ya ha terminado? ¿Me puedo marchar? —continuó ella.

—No —dijo él, buscando la forma de explicárselo de nuevo—. Si nos casamos, tendrá que prometer que me obedecerá y me será fiel hasta que la muerte nos separe. Lo entiende, ¿no?

—Naturalmente.

Rabbie dio un paso hacia ella.

—Estará con un hombre que no desea estar con usted, Avaline. Estará con un contrabandista, con un rebelde de las Tierras Altas —insistió—. ¿Seguro que quiere seguir adelante con este matrimonio?

Avaline soltó una carcajada nerviosa.

—No, bueno, yo... ¿Y usted?

—No, yo tampoco quiero.

—Pero nos hemos comprometido.

—Los compromisos se pueden romper.

Ella sacudió la cabeza.

—Mire, señor Mackenzie... Si no me caso, mi padre me devolverá a Bothing, y mi vida no será precisamente feliz. Prefiero quedarme en Killeaven. Al menos, tendría algo mío.

Por primera vez desde que se habían conocido, Rabbie pensó que la empezaba a comprender. Por lo visto, estaba tan atrapada como él. Y le emocionó tanto que se quedó sin habla.

—¿Ya me puedo ir?

Rabbie asintió, y ella corrió hacia la puerta como si el diablo la estuviera pisando los talones. Cualquiera se habría dado cuenta de que no lo soportaba; pero se iba a casar con él de todos modos, porque ese matrimonio era la única forma que tenía de escapar de lord Kent.

Definitivamente, la vida no podía ser más injusta. Justo entonces, cuando empezaba a recuperar la alegría, cuando empezaba a salir del pozo en el que se había hundido tras la desaparición de Seona, llegaba Avaline y destrozaba sus ilusiones.

La siguió hasta el gran salón y la vio dirigirse hacia sus familiares, que se habían reunido junto a la chimenea. Pero, antes de que llegara a ellos, lord Chatwick la interceptó.

Rabbie se sumió en una mezcla de tristeza, rabia e incredulidad que le duró toda la velada. Y ya estaba pensando que no terminaría nunca cuando lord Kent declaró que había llegado el momento de volver a Killeaven, aunque no se marcharía si los Mackenzie no se comprometían a cenar la noche siguiente en su mansión.

Margot dijo que sería un placer, y su hijo pensó que solo lo había dicho para que se marcharan de una vez por todas.

—No nos queda mucho tiempo, ¿verdad? —declaró lord Kent con jovialidad—. La cena de mañana, la boda de pasado y después, dejaremos a nuestra hija en sus manos y regresaremos a Inglaterra.

—El tiempo pasa volando —comentó Margot, dándole su capa a lady Kent.

—Desgraciadamente, no tengo más remedio que volver a Bothing. Es una propiedad grande, mucho más grande e importante que las que tienen ustedes en las Tierras Altas.

—Me lo imagino —dijo la madre de Rabbie—. Si yo fuera usted, me iría tan pronto como fuera posible.

Cuando los Kent se subieron al carruaje, los Mackenzie se despidieron de ellos y volvieron al salón.

—¡Qué gente! –protestó entonces Margot–. ¡Y encima, tenemos que ir a Killeaven! ¡No recuerdo una boda que me haya dado tanto trabajo!

Su esposo caminó hasta una silla, apoyándose en el bastón que siempre llevaba y se sentó.

—Sabía que el viejo MacGregror le vendería esas tierras –dijo.

—Kent no tiene barcos –intervino Cailean, restándole importancia.

—Pero tiene mucho dinero –le recordó Arran–. Comprará uno y encontrará la tripulación que necesita, porque la gente necesita trabajo. No se lo podemos impedir.

Arran guardó silencio durante unos instantes y, luego, miró a Rabbie.

—¿Y tú? ¿No tienes nada que decir?

—¿Qué quieres que diga?

—¿Sigues decidido a casarte?

Rabbie estuvo a punto de decir la verdad, pero cambió de opinión.

—Sí. Creo que he sido bastante claro al respecto.

—Lo has sido, pero también es obvio que no te quieres casar.

Toda la familia se giró hacia Rabbie, quien tuvo la incómoda sensación de que habían estado hablando de él a sus espaldas. Y le conocían demasiado bien. No los podía engañar.

—No, no quiero –les confesó.

—Entonces, no…

—¿Cómo que no, Arran? –lo interrumpió su esposa–. ¡Es demasiado tarde! ¡Ya no hay nada que hacer! La boda está anunciada. ¡Si la anulamos, destrozaremos la reputación de esa muchacha!

—¿Y por qué deberíamos preocuparnos por ella? –dijo Auley.

—Porque está completamente desamparada, Auley. Nosotros podremos seguir con nuestra vida, pero Avaline...

—Me casaré con ella, *maither* –dijo Rabbie–. No es lo que deseo, pero encontraré la forma de sobrellevarlo.

Su madre palideció de repente y se sentó.

—Oh, Rabbie. Es culpa nuestra, de tu padre y mía. No teníamos derecho a pedirte que la hicieras tu esposa. Aunque, pensándolo bien, la culpa es toda mía –les confesó–. Forcé la situación porque creía que esa joven te sacaría de tu desesperación y te devolvería la esperanza.

Rabbie se preguntó cómo podía haber creído que Avaline Kent podía sustituir a Seona. Era del todo imposible. Y, por supuesto, tampoco estaba a la altura de Bernadette.

—No es culpa tuya, *maither* –replicó–. El error fue mío, por haber dado mi consentimiento.

Rabbie dio media vuelta y salió de la habitación, porque no tenía fuerzas de enfrentarse a su familia. Si se hubiera quedado, se habrían dado cuenta de que se estaba derrumbando.

Capítulo 18

Avaline le había prometido a Bernadette que la despertaría cuando volvieran a Killeaven, pero incumplió su promesa. No quería hablar con nadie, porque tenía miedo de que una conversación le hiciera olvidar los detalles de la maravillosa velada.

Mientras se cepillaba y recogía el cabello, recordó todas las sonrisas del capitán, todo lo que había dicho y todas las miradas que le había dedicado. Estaba convencida de que sentía por ella lo mismo que ella sentía por él; y también lo estaba de que la única razón por la que no se lo había confesado era el respeto que Rabbie le merecía.

A fin de cuentas, un caballero como Auley no podía declarar su amor a la mujer con quien su hermano se iba a casar. Avaline lo sabía perfectamente, y por eso le había dicho en determinado momento, aprovechando que se habían quedado a solas:

—Oh, Auley, ojalá pudiéramos sorprenderlos a todos.

—¿Sorprender a quién? —replicó él.

—A nuestras familias —respondió con una mirada

intensa, para hacerle entender que comprendía su dilema–. A mí me gustaría mucho, desde luego. ¿Y a ti?

Auley tomó un poco de vino antes de hablar.

–¿Y cómo les sorprenderías?

–Con una boda inesperada.

Auley sonrió, aunque apartó la vista.

–¿Tienes algo en mente?

–A decir verdad, sí.

Avaline se inclinó hacia él para decírselo, y fue justo entonces cuando apareció Rabbie. ¿Cómo podía ser tan inoportuno? Ni siquiera había tenido la cortesía de esperar a que terminaran la conversación. Y, por si eso fuera poco, el destino impidió que siguiera hablando con Auley al volver del despacho, porque lord Chatwick se empeñó en que se sentara con él.

Avaline estaba al tanto de las intenciones de Ellis, naturalmente románticas. Se lo había insinuado de todas las maneras posibles. Incluso le había dicho que estaba a punto de cumplir diecisiete años, haciéndose el adulto; pero ella ya tenía diecisiete y, desde su punto de vista, eso implicaba que era superior a él en experiencia y sabiduría.

Lamentablemente, el joven era tan obtuso que no se daba por enterado y, cada vez que surgía la ocasión, la invitaba de nuevo a Chatwick Hall.

–Es una de las mayores y más importantes mansiones del norte de Inglaterra –le dijo con jactancia.

–Lo sé –afirmó, orgullosa.

–¿Le gusta montar? Porque tenemos una cuadra llena de caballos. ¿O quizá prefiere el tiro con arco? En Chatwick Hall hay de todo.

–Sí, me gusta montar y me gusta tirar con arco –respondió, hablándole como si fuera un niño.

Avaline intentó captar la atención de Catriona y charlar con ella, pero lord Chatwick la interrumpía constantemente. Le dijo que la podía enseñar a disparar. Le dijo que la podía enseñar a cazar. Le dijo que su padre le había enseñado a él y que, en cualquier caso, siempre contarían con la ayuda de Cailean Mackenzie, que por lo visto tenía la mejor rehala de perros de Inglaterra.

A ella le pareció desconcertante, porque ni siquiera le gustaban los perros. De hecho, estaba decidida a sacarlos de Balhaire cuando se casara con Auley, como pretendía. Había tantos que se los encontraba por todas partes. Y encima, le manchaban el dobladillo de los vestidos con sus húmedos hocicos.

Sin embargo, Avaline intentó olvidarse de lord Chatwick y concentrarse en la oportunidad que se le había presentado cuando su padre invitó a los Mackenzie a cenar en Killeaven.

Se estaba quedando sin tiempo. Tenía que hablar con Auley y convencerlo de las bondades de su plan, porque solo se trataba de cambiar de novio. ¿Qué importaba si se casaba con su hermano o con él? Sería un Mackenzie de todas formas. Y, si surgía algún problema, lo solucionarían sobre la marcha. Como decía su padre, el dinero lo compraba todo.

Avaline se quedó dormida con la imagen de Auley y ella en el altar.

Bernadette la despertó a la mañana siguiente, y Avaline estuvo a punto de soltar un grito cuando abrió los ojos y la miró.

—¡Dios mío! ¡Qué mal aspecto tienes?

—¿En serio? —dijo Bernadette, tocándose la cara—. Es que no he dormido bien.

Avaline, que había dormido como un tronco, se estiró.

—¿Qué hora es?

—Las ocho.

—¡Las ocho!

La joven se empezó a quejar, pero Bernadette la interrumpió.

—Tengo que hablar contigo.

—De acuerdo, pero tendrá que ser en el desayuno.

Avaline intentó seguir durmiendo, y su amiga se lo impidió.

—Tiene que ser ahora.

—¿Ahora?

—Sí, ahora.

La joven suspiró, porque no le gustaba hablar cuando acababa de despertarse. Pero se sentó en la cama, se echó la coleta hacia atrás y preguntó, visiblemente molesta:

—¿Y bien? ¿De qué se trata?

Bernadette empezó a caminar de un lado a otro. Tenía el pelo revuelto, como si no se lo hubiera recogido antes de acostarse; y le pareció de lo más extraño, porque no permitía que nada escapara a su control, empezando por su melena. Era una mujer tan organizada como segura.

Segundos después, dejó de caminar y la miró a los ojos.

—No hay ninguna forma fácil de decirlo, así que lo diré sin más. El señor Mackenzie y yo nos hemos...

—¿Qué? ¿Os habéis enfadado? ¿Habéis discutido?

—Nos hemos besado.

Avaline se quedó boquiabierta, aunque no supo

qué había querido decir. ¿Se habían besado en la mejilla? ¿O se estaba refiriendo a algo más íntimo?

—¿Cómo?

—Que nos hemos besado —repitió.

El rubor de Bernadette fue bastante más explícito que sus palabras, pero no bastó para sacar a Avaline de dudas. No entendía que una mujer quisiera besar a Rabbie Mackenzie, salvo que fuera estrictamente necesario.

—¿Por qué?

—No estoy segura —respondió, apartándose el pelo de la cara.

Los ojos de Bernadette se llenaron súbitamente de lágrimas, lo cual la desconcertó del todo. Bernadette no lloraba nunca.

—¿Sientes algo por él? Creía que no te gustaba...

—Y, al principio, era verdad —acertó a decir—. Pero el motivo de mi disgusto eras tú, porque no soportaba la idea de que te casaras con un hombre tan aparentemente cruel.

—Entonces, ¿por qué lo has besado? —preguntó, confundida—. ¿Lo has hecho para salvarme?

—No, me temo que no —le confesó, derramando una lágrima—. No sé cómo pasó, pero pasó. Y, para empeorar las cosas, nos hemos besado más de una vez. Ni yo misma lo entiendo. Es algo... indescriptible.

Avaline parpadeó en silencio, aunque habría dado cualquier cosa por saber qué era eso que ni siquiera podía describir.

—Es horrible, lo sé —prosiguió Bernadette—. He llegado a quererlo de un modo que desafía toda lógica.

—¿Te has enamorado de él? —preguntó, horrorizada.

—¡Claro que no!

Ni la propia Bernadette creyó lo que había dicho. Era cierto que no quería estar enamorada, pero lo estaba.

—Soy consciente de que te he traicionado de la peor manera posible, y te ruego que me perdones. Si pudiera cambiar el pasado, lo cambiaría. No sé qué mal me aflige. Solo sé que nunca había sentido nada tan intenso, tan absolutamente abrumador.

Bernadette se llevó las manos a la cara, pero Avaline se las apartó con una enorme sonrisa en los labios. Su amiga le acababa de dar el instrumento que necesitaba para seguir adelante con su plan. Y si se quería quedar con Rabbie Mackenzie, ella no pondría ninguna objeción.

—Oh, no estés tan triste. No es tan importante.

—No lo puedo evitar. Me siento tan mal...

—Bueno, es lógico que te sientas así –dijo con suavidad–. Supongo que te entregaste a él porque te pareció que era la única oportunidad que tendrías de experimentar el amor.

—¿Cómo? –dijo Bernadette.

—Si yo hubiera estado en tu lugar, también habría caído en la tentación.

—¿En serio? –preguntó, frunciendo el ceño.

—No le des más vueltas, Bernadette. Comprendo que necesitaras un poco de cariño. Y te perdono.

Avaline se sintió como si fuera una santa. Estaba convencida de que Bernadette no tenía ninguna posibilidad de encontrar la felicidad con un hombre, porque su reputación estaba por los suelos; y le pareció normal que hubiera intentado robarle parte de la suya. Aunque, a decir verdad, no le había robado nada.

—Lo siento tanto, Avaline...

—No es necesario que te disculpes. Como bien sabes, mi relación con él no es precisamente buena.

Bernadette se secó las lágrimas.

—Bueno, iré a recoger mis cosas.

—¿Para qué? —preguntó la joven, nuevamente confundida.

Bernadette volvió a fruncir el ceño.

—Para marcharme, claro. No tienes más opción que prescindir de mis servicios y devolverme a Highfield.

—¿Devolverte a Highfield? ¡De ninguna manera! —exclamó, asustada ante la perspectiva de quedarse sola en las Tierras Altas.

—Pero...

Avaline sacudió la cabeza y se levantó de la cama.

—No permitiré que te vayas, Bernadette —dijo, caminando hacia el tocador—. Solo te pido que no vuelvas a hacerlo. Y ahora, si ya has dicho todo lo que tenías que decir, me gustaría estar a solas.

Bernadette la miró con verdadero asombro, pensando que Avaline era la mujer más bondadosa y comprensiva de la tierra.

Sin embargo, los motivos de Avaline no eran ni mucho menos filantrópicos. En otras circunstancias, se habría enfadado con ella y habría hablado con su padre para que la echara inmediatamente de Killeaven. Pero su desliz amoroso le venía de perlas. Solo tenía que encontrar la forma de aprovecharlo en su propio beneficio.

—Ah, antes de que lo olvide...

Bernadette se detuvo en el umbral.

—Cenarás esta noche con los Mackenzie, ¿no?

—¿Es que van a venir?

—Sí, todos ellos.

—Preferiría no tener que...

—Me da igual lo que prefieras. Estarás presente —le ordenó.

—¿Te parece adecuado, después de lo que te he dicho?

Avaline suspiró y la miró a los ojos.

—Quiero que estés en la cena. Puede que te necesite.

—Está bien.

—No pongas esa cara, Bernadette —dijo la muchacha, sonriendo de nuevo—. Será una velada de lo más interesante.

Bernadette salió de la habitación, y Avaline se miró en el espejo sin dejar de sonreír.

Aún no sabía lo que iba a hacer. Solo sabía que la indiscreción de Bernadette y el señor Rabbie Mackenzie podía ser lo que necesitaba para romper su compromiso matrimonial y casarse con Auley.

Estaba deseando que llegara la noche.

Capítulo 19

Bernadette no tuvo tiempo de reflexionar sobre su conversación con Avaline y, mucho menos, de hacer nada al respecto. Lord Kent no se lo permitió, porque estaba de mal humor y se dedicó a gritar a todo el mundo para que hicieran esto o aquello.

Cuando llegó la hora del almuerzo, se vieron obligados a esperar en el comedor mientras él terminaba de comer. Bernadette intentó ahorrárselo, pero él le ordenó que estuviera presente, y no se atrevió a desobedecerlo por miedo a lo que Avaline pudiera decir. Siendo tan inocente, era capaz de meter la pata y confesarle que había besado a su prometido.

Resignada, se quedó junto al aparador, donde también estaba Charles, a quien le correspondía la desagradable tarea de servir a su señor.

—¡Reconozco que me sentiré aliviado cuando te cases! ¡Por fin podré abandonar este maldito sitio y regresar a Bothing! —exclamó lord Kent tras llevarse unas patatas a la boca.

—No me gusta la idea de que os marchéis —replicó Avaline.

Bernadette se preguntó por qué habría dicho eso. Para empezar, porque estaba encantada de que se fueran y para continuar, porque no era tan tonta como para no darse cuenta de que provocaría a su padre.

—¿Quieres que me enfade contigo, Avaline? Sabes de sobra que no soporto tus constantes quejas.

—Mis constantes...

—¡Basta ya! —bramó, apuntándola con el tenedor—. ¡Como empieces con esas, llegarás al altar con un labio partido!

Naturalmente, Avaline salió llorando de la habitación. Lord Kent se secó el sudor de la frente con la servilleta, mientras Bernadette se quedaba tan inmóvil como la propia lady Kent, lo cual no impidió que su esposo la tomara con ellas.

—Lo has conseguido, ¿eh? ¡Has logrado que nuestra hija se convierta en una idiota! ¿Cómo es posible que esperara algo más de ti? Y, en cuanto a usted, Bernadette, le recuerdo que la llevé a mi hogar para que despabilara a esa criatura. ¿Y qué es lo que ha hecho? ¡Nada en absoluto! ¡Es tan inútil como los demás!

Lord Kent se levantó y tiró la servilleta al suelo.

—En fin, asegúrese de que esté presentable antes de que lleguen los invitados. No quiero que la vean con la cara hinchada de tanto llorar. Empiezo a estar harto de todo esto. ¿Qué habré hecho para que los cielos me castiguen con las mujeres más estúpidas de Inglaterra?

Lady Kent guardó silencio; pero, cuando su marido salió del comedor pegando un portazo, se levantó de su silla y se fue corriendo.

Bernadette miró a Charles, que comentó con sorna:

—Pues sí que está de mal humor.
—Habrá bebido demasiado.

Bernadette también se fue, aunque no precisamente a asegurarse de que Avaline estuviera presentable, como le habían ordenado. Su conversación con la joven la había dejado perpleja. Le parecía increíble que le hubiera perdonado su traición con tanta facilidad.

¿Qué estaba pasando allí? La reacción de Avaline no tenía ni pies ni cabeza. Se lo había tomado como si fuera lo más normal del mundo, y no lo era.

Presa de un mal presentimiento, se metió en una de las salitas vacías y cerró la puerta. Luego, se apoyó en una pared, cerró los ojos y se puso a pensar en los ojos de Rabbie y en la mirada de adoración que había visto en ellos. No podía permitir que se casara con Avaline. No soportaría que subiera con ella al altar y le prometiera amor eterno.

Hasta entonces, estaba convencida de haber sufrido todo lo que podía sufrir, de estar definitivamente curada de espanto. Pero, si no hacía nada al respecto, se vería obligada a ser la doncella de la esposa de Rabbie, quien le contaría detalles íntimos sobre su relación y se jactaría de su buena suerte cuando se quedara embarazada de él.

—No, no me puedo quedar aquí –se dijo en voz alta.

Bernadette tomó la única decisión que podía tomar. Aún tenía la esperanza de que la muchacha entrara en razón y suspendiera la boda; pero, si no la suspendía, dejaría el trabajo y volvería a Highfield, por muy difícil que fuera. Los castigos de su padre nunca serían tan dolorosos como quedarse en Killeaven mientras Rabbie se acostaba todas las noches con Avaline.

Momentos después, se apartó de la pared, se alisó

un poco el vestido y se arregló el cabello. Se quedaría una noche más e intentaría sobrevivir a la velada con los Mackenzie. Pero, a la mañana siguiente, haría las maletas y presentaría su dimisión a lord Kent.

Bernadette se las arregló para pasar la tarde con cierta tranquilidad, aunque su mente distaba de estar tranquila. Arregló el dobladillo del vestido que Avaline se iba a poner, después de que la joven se lo pidiera con una sonrisa en los labios, como si no le hubiera contado lo de Rabbie. E incluso estuvo hablando con ella sobre la boda y los platos que se iban a servir.

Un observador de fuera habría pensado que Avaline ardía en deseos de casarse. Y, en su inseguridad, Bernadette pensó que quizá había cambiado de opinión sobre su prometido, que quizá había visto en él lo mismo que ella.

Tras arreglar el vestido, ayudó a lady Kent con la lista de invitados de la boda y su colocación en las mesas. Tuvo que escribir bastantes nombres, y le pareció asombroso que su letra resultara legible, teniendo en cuenta que estaba completamente desconcentrada. No dejaba de pensar en Rabbie.

Luego, se bañó, se lavó el pelo y se vistió para la cena. Eligió un vestido de color gris pálido, con bordados de hilo dorado y rosas de tela, cosidas en el corpiño y en el borde de las mangas.

Era el mejor de los que tenía, el que reservaba para ocasiones especiales. Había tomado la decisión de ponérselo en cuanto supo que Avaline se iba a casar, pero ahora tenía un motivo más importante: quería que Rabbie la viera con él y que la recordara así, con ese aspecto, durante los años venideros. Si es que se acordaba de ella.

La idea de que la olvidara le resultó terriblemente dolorosa. Pero no era descabellada. Cabía la posibilidad de que se enamorara de Avaline con el transcurso del tiempo; en cuyo caso, solo pensaría en ella cuando paseara por lo alto del acantilado.

Momentos después, Charles llamó a la puerta.

—Los invitados están a punto de llegar —le informó.

Bernadette se miró en el espejo, respiró hondo y salió de la habitación, pensando que no parecía tan afligida como estaba.

Los Mackenzie se presentaron a caballo. Y Catriona, que iba en cabeza, les explicó que su hermana y su marido no podían asistir a la cena porque uno de sus hijos se encontraba mal.

A continuación, llegaron Arran y Margot Mackenzie, en compañía de Daisy. Bernadette pensó que las dos mujeres tenían un aspecto maravillosamente fresco para haber estado montando; y, mientras las miraba, aparecieron Cailean, Auley, lord Chatwick y Rabbie.

Esta vez, Rabbie no llevaba la indumentaria tradicional escocesa, sino una ropa que podría haber llevado cualquier caballero inglés. El nudo de su pañuelo era sencillamente perfecto y, aunque su chaleco carecía de ornamento alguno, su calidad saltaba a la vista.

A Bernadette le pareció el hombre más atractivo de la tierra. Siempre se lo había parecido. Aunque, a decir verdad, ella lo prefería cuando mostraba su lado más duro y rebelde.

Sus miradas se encontraron entonces, y tuvo miedo de que le dirigiera la palabra. Pero, afortunadamente, se giró hacia sus anfitriones y los saludó.

Lord Kent debía de haber estado bebiendo en el despacho, porque su peluca y su pañuelo estaban ligeramente descolocados. Hasta sonó más rimbombante de lo habitual cuando se empezó a quejar sobre la dificultad de encontrar buenos criados en las Tierras Altas y preguntó a los Mackenzie si a ellos les pasaba lo mismo.

Expresados los saludos de rigor, las damas se dirigieron a la entrada de la mansión. Los caballeros las siguieron, naturalmente. Y Rabbie, que iba el último, se comió a Bernadette con los ojos y dijo:

–*Feasgar math*.

Bernadette tuvo que hacer un esfuerzo para limitarse a dedicarle una reverencia, porque ardía en deseos de tocarlo.

–Buenas tardes, señor.

–¡Ah, señorita Holly! –dijo lady Mackenzie, deteniéndose en el umbral–. Creo que aún no ha tenido el placer de conocer a mi hijo mayor y a su esposa.

Margot se los presentó, y Cailean sonrió con amabilidad y le hizo unas cuantas preguntas sobre su vida en Escocia. Mientras las respondía, Bernadette se fijó en que Avaline huía de Rabbie y buscaba la compañía del capitán como si no soportara a su prometido. Pero eso no tenía ni pies ni cabeza. Si no lo soportaba, ¿por qué quería casarse con él?

Al llegar al salón, se quedó a un lado e intentó no mirar a Rabbie. Lord Kent cambió de queja entonces y se puso a criticar a la cocinera, para desconcierto de Bernadette. ¿Qué habría pasado? No lo sabía, pero el padre de Avaline estaba fuera de sí.

Las damas se sentaron en los divanes, y los hombres se repartieron por la habitación. Lord Chatwick fue el único que se sentó y, por supuesto, eligió el sitio que estaba junto a Avaline.

Bernadette, que empezaba a ser víctima de una jaqueca, tuvo la sensación de que todo el mundo estaba extrañamente tenso. Si hubiera podido, se habría marchado sin dudarlo; pero no podía, así que volvió a mirar a Rabbie, quien había entablado una conversación con la esposa de Cailean.

Justo entonces, Daisy y él la miraron, aumentando su incomodidad. Pero Charles la salvó inadvertidamente por el procedimiento de detenerse a su lado, ofrecerle una copa de vino y decir:

—La cocinera se va.

—¿Que se va? —preguntó, atónita.

—Eso me temo. Ha discutido con Renard.

Charles se fue y, en ese preciso momento, Rabbie caminó hacia ella.

Bernadette sintió pánico. Se giró hacia lady Kent como buscando ayuda, pero no consiguió llamar su atención. Y, al no poder escapar, no se le ocurrió otra cosa que hacer otra reverencia.

—No seas tan formal conmigo —dijo él en voz baja.

—¿Que no sea tan formal? Ni siquiera deberíamos hablar.

Bernadette intentó no mirarlo a los ojos, y fracasó en el intento. Cualquiera habría notado que la deseaba. Era tan evidente que se sintió más frustrada que nunca. ¿Quién la iba a mirar así cuando se casara con Avaline? ¿Quién sería capaz de querer a una mujer que había perdido su reputación?

A falta de respuestas, sumó una duda más al preguntarse si Rabbie habría estado tan interesado por ella de haber sabido que ya no podía tener hijos. Pero era improbable que lo llegara a saber. Cuando se casara, dejaría de estar interesado en sus secretos.

–Puede que no, pero no puedo estar en la misma habitación que tú y no dirigirte la palabra. Pienso en ti constantemente, Bernadette. No puedo dormir. No puedo ni comer.

–Ni yo –susurró ella–, pero hemos complicado las cosas.

–¿Complicarlas? No, querida mía. Tú me has devuelto la esperanza.

–No digas eso –le rogó–. Lo nuestro es imposible.

Bernadette vio que Renard entraba en la habitación y susurraba algo al oído de lord Kent. Pero estaba preocupada por algo bastante más importante para ella, así que añadió:

–Se lo he contado a Avaline.

–¿Qué? –dijo Rabbie, en voz más alta.

Bernadette se apartó rápidamente de él, por miedo a que los demás los miraran y se dieran cuenta de lo que había entre ellos. Sin embargo, Rabbie la tomó del brazo, la llevó hacia la chimenea y, acto seguido, señaló la moldura del techo y declaró, más alto aún:

–Es obra del señor Abernathy, gran artesano.

Bernadette comprendió que solo había dicho eso para disimular y seguir hablando con ella sin levantar sospechas, de modo que le siguió el juego.

–¡Ah, qué interesante…!

–¿Por qué se lo has contado? –preguntó él, susurrando otra vez.

–Porque no podía guardar ese secreto. Me sentía una traidora.

–¿Y qué dijo?

—Que no le importa, que sigue decidida a...

—¡Señorita Holly! —se oyó la voz de lord Kent—. ¡Venga aquí ahora mismo!

A Bernadette se le encogió el corazón, creyendo que los habían descubierto a pesar de todo. Pero lord Kent se limitó a salir de la habitación en compañía de Renard y a hacerle un gesto para que los siguiese.

Acabaron en la cocina, donde la señora MacInerny, la cocinera de Killeaven, se estaba poniendo una capa con intención de marcharse.

—¿Adónde demonios cree que va? —preguntó lord Kent.

La señora MacInerny respondió con una airada parrafada en gaélico mientras apuntaba a lord Kent con el índice. Luego, dio media vuelta, salió de la habitación y se fue pegando un portazo.

De repente, se habían quedado a solas con la pinche de cocina, una niña aterrorizada que no era mucho más alta que la mesa.

—Tendrá que terminar usted, Bernadette —dijo lord Kent.

—¿Quiere que cocine? —replicó, espantada—. No sabría cómo...

—¡Pues aprenda! —la interrumpió—. ¡No pienso quedar como un idiota delante de esa panda de ladrones escoceses! Encárguese de la cena. Y, en cuanto a usted, Renard, ¡apártese de mi camino!

Renard se apartó para dejarlo salir, y Bernadette miró al mayordomo con impotencia.

—No soy cocinera. No sé qué hacer.

—Haga lo que pueda, señorita. Es nuestra única esperanza.

Renard se marchó tras su señor, y Bernadette miró

un momento su vestido de noche antes de girarse hacia la niña.

–¿Cómo te llamas?

–Ina –respondió, temblando.

–¿Sabes cocinar? –preguntó con desesperación.

–Un poco.

–¡Que los cielos nos asistan!

Bernadette alcanzó el delantal de la dimitida cocinera y se lo puso.

–Tendrás que enseñarme lo que sepas –siguió hablando–, porque yo sé aún menos que tú.

Afortunadamente, la señora MacInerny ya había preparado el cordero asado y las patatas cuando tuvo la discusión con Renard que la había llevado a abandonar el trabajo. Pero el pan seguía en el horno, y había dejado una sopa y un pastel sin terminar.

Bernadette e Ina se pusieron manos a la obra e hicieron lo que pudieron. Fue de lo más angustioso; especialmente, porque Renard aparecía cada cinco minutos para meterles prisa. Y, cuando se presentó por cuarta o quinta vez, Bernadette perdió la paciencia. Empezaba a comprender que la señora MacInerny se hubiera ido.

–¡Su insistencia no ayuda en absoluto, señor Renard!

–Quizá, pero se están poniendo nerviosos, señorita Holly. Han salido al jardín, y lord Kent está borracho.

–Siempre está borracho –le recordó–. Y ahora, deje que sigamos con lo nuestro. Ya le avisaré.

Renard asintió.

–Estaré en el jardín. Pero dese prisa, por favor.

–¿Qué pensara? ¿Que estamos cruzadas de brazos? –dijo Bernadette cuando el mayordomo se fue–.

En fin, ¿qué te parece la sopa? No es una maravilla, pero se puede comer, ¿no?

Ina sacó el pan del horno y probó la sopa.

—Sí, está comestible.

—Menos mal.

Al cabo de unos minutos, Bernadette se quitó el delantal, pidió a Ina que mantuviera caliente la sopa y se fue corriendo por la puerta de atrás, a sabiendas de que tardaría menos que atravesando la casa.

Al llegar a la esquina del edificio, vio que Avaline estaba junto a los setos, hablando con alguien. Bernadette no podía oír lo que decía, pero se dio cuenta de que hablaba en tono de ruego. ¿Estaría con Rabbie, discutiendo quizá sobre sus deslices amorosos?

Angustiada, redujo el ritmo de sus pasos, sin saber qué hacer. Pero, al acercarse más, observó que no estaba con Rabbie, sino con Auley, que se había cruzado de brazos y la miraba con el ceño fruncido, como si no estuviera contento con lo que decía.

Bernadette avanzó un poco más, decidida a advertirles de su presencia. Y, justo entonces, Avaline pasó los brazos alrededor del cuello del capitán y le dio un beso en los labios, dejándolo tan sorprendido como alarmado.

—¿Qué diablos le pasa? —exclamó él.

Avaline no llegó a responder, porque lord Kent apareció en ese instante, rojo de ira. Al parecer, había visto lo sucedido.

Los gritos del recién llegado alertaron a los demás, que se presentaron inmediatamente. Auley se apartó de Avaline, quien rompió a llorar. Lord Kent la tomó con Auley, que se defendió como pudo y dio explicaciones en gaélico a sus hermanos. Cailean no salía de su asombro. Y en cuanto a Rabbie, se limitó a mirar a su prometida con expresión estoica.

Luego, lord Kent agarró a su hija del brazo y se la llevó de mala manera. Bernadette intentó salir en su ayuda, pero Rabbie se le adelantó y, tras empujar al inglés contra la pared, dijo:

—Quítele las manos de encima.

Lord Kent estaba tan borracho que estuvo a punto de caerse al suelo; pero, cuando ya parecía que iba a perder el equilibrio, se enderezó. Y lord Ramsey, cuyo estado etílico era tan evidente como el de su hermano, se encontró ante el muro de Cailean cuando cometió el error de intentar golpear a Rabbie.

En pleno desconcierto, lord Chatwick se interpuso entre el resto de los hombres y extendió un brazo hacia Avaline con el propósito de ayudarla y quizá, de tranquilizarla un poco. Sin embargo, la muchacha lo rechazó y se fue con su madre, que se la llevó por el camino.

Auley las siguió, hablando aún en gaélico. Cailean siguió a Auley en compañía de Arran Mackenzie. Rabbie tomó del brazo a su madre y siguió a Cailean tras hablar unos momentos con Catriona, que los siguió a continuación. Y lord Kent y lord Ramsey los siguieron en último lugar tras darse cuenta de que se habían quedado solos.

Bernadette se había quedado tan perpleja que fue incapaz de moverse. Hasta que oyó gritos procedentes del salón y decidió entrar en la casa por uno de los balcones, sin que nadie se diera cuenta.

Killeaven era un verdadero caos. Todos se gritaban en inglés o gaélico mientras Charles y Renard contemplaban la escena con horror, medio escondidos en una esquina.

—¡Le colgarán por abusar de mi hija! —bramó lord Kent, dirigiéndose a Auley—. ¡Me batiré con usted!

—¡Yo no he abusado de su hija! —se defendió el capitán—. ¡Ha sido cosa suya! ¡Me ha besado sin que yo hiciera nada!

—¡Miente! —exclamó lady Kent, antes de girarse hacia Avaline—. Miente, ¿verdad?

Lejos de negar la acusación de Auley, Avaline se confesó culpable e hizo algo absolutamente impropio de ella: intentar justificar su comportamiento.

—El capitán no tiene la culpa de nada. Lo he besado yo, y lo he besado porque nos queremos tanto que...

—¡Maldita sea, señorita Kent! —protestó Auley—. No diga más tonterías. Puede que usted me quiera mucho, pero el sentimiento no es recíproco.

Avaline rompió a llorar desconsoladamente.

—No entiendo nada —continuó Auley, haciendo caso omiso de sus lágrimas—. No le he dado motivos para pensar otra cosa. ¡Pero si la doblo en edad! Sin mencionar el hecho de que soy capitán y me paso la vida en el mar. ¡Se ha inventado una fantasía y se la ha creído, señorita! ¿Cómo se le ocurre que quiero algo de usted? ¡Se va a casar con mi hermano!

—¡Yo no me quiero casar con él! ¡Quiero casarme con usted!

—Oh, Dios mío... —dijo Bernadette en voz baja.

De repente, su mal presentimiento tenía todo el sentido del mundo. Auley tenía razón. Por increíble y absurdo que fuera, Avaline se había creado una fantasía y había provocado un desastre. ¿Cómo podía ser tan obtusa?

Su mirada se cruzó entonces con la de Rabbie y, al ver su expresión de alivio, comprendió que el destino se había apiadado de ellos. Ni él se casaría con Avaline ni ella se vería obligada a ser su doncella mientras la joven se acostaba con el hombre de sus sueños. Ya no tendría que huir. Ya no tendría que dejar su trabajo.

—¡Tiene que haber hecho algo para que mi hija lo malinterprete de ese modo! —declaró lord Kent—. ¡Nadie es tan estúpido como para inventarse un afecto sin razón!

—No he hecho nada, nada en absoluto —dijo Auley—. Pregúnteselo a ella si no me cree.

Lord Kent miró a Avaline, que seguía llorando. Parecía completamente destrozada, y Bernadette sintió lástima de ella.

—Oh, no... Está diciendo la verdad, ¿no? ¡Maldita idiota! —bramó su padre—. ¡Lo has estropeado todo!

—¡Basta ya! —intervino lady Kent, sorprendiéndolos con un acceso de ira—. ¡El único idiota eres tú, Raymond! Has utilizado a tu propia hija. Te opusiste a sus deseos y la empujaste a un matrimonio insostenible.

Rabbie suspiró y miró al techo.

—¡Pero ya me he cansado! —prosiguió lady Kent—. ¡No lo voy a tolerar!

Por una vez en su vida, lord Kent se quedó sin habla. Pero no fue el caso de Arran Mackenzie, el hombre más imponente de la sala.

—Visto lo visto, no hay más remedio que suspender la boda —anunció, apoyándose pesadamente en su bastón—. Que alguien vaya a buscar a nuestros caballos. Nos iremos enseguida.

Cailean hizo un gesto a Ellis para que lo siguiera, y el joven obedeció a regañadientes, sin apartar la vista de Avaline. De hecho, estuvo a punto de chocar con una silla.

Entonces, Margot Mackenzie se acercó al diván donde se había sentado Avaline y la miró con tristeza, debatiéndose entre el impulso de animarla y el de dejarla en paz. Al final, optó por lo segundo y, tras despedirse de lady Kent, salió de la habitación con Catriona y Daisy.

Lord Kent, que estaba jadeando como si el disgusto lo hubiera dejado sin fuerzas, se derrumbó junto a su hermano, enfrente de la desdichada Avaline. Y Rabbie aprovechó la ocasión para hablar brevemente con la muchacha que había estado a punto de convertirse en su esposa.

–Lamento lo sucedido –le dijo–. Pero, si lo piensa bien, verá que es lo mejor para los dos.

Ella asintió en silencio, y Rabbie se fue con su padre, aunque no sin volver a mirar a Bernadette, que habría dado cualquier cosa por saber lo que estaba pensando.

Cuando los Mackenzie desaparecieron, lady Kent se sentó con su hija y lord Ramsey sirvió dos vasos de whisky, uno para él y otro para su hermano. Pero, sorprendentemente, lord Kent rechazó el ofrecimiento.

Bernadette no lo había visto tan hundido en todos los años que llevaba a su servicio. Se levantó con dificultad, se quitó la peluca del mismo modo y caminó hacia la puerta, arrastrando los pies.

–Papá... –dijo Avaline.

Su padre sacudió la mano donde llevaba la peluca.

–Ahora no puedo ni mirarte –replicó–. Ahórrame tus palabras, porque solo servirían para deprimirme más.

Lord Kent se fue lentamente, y su esposa y su hija lo imitaron al cabo de unos segundos. Las únicas personas que seguían en la habitación eran Charles, el mayordomo, Bernadette y lord Ramsey, que echó un trago de whisky y preguntó, mirándola a ella:

—¿Qué ha pasado con la cena?

Bernadette pensó dos cosas: la primera, que lo habría estrangulado de buena gana y la segunda, que esa no era la pregunta pertinente. La cena carecía de importancia; pero sus vidas, no.

Y no tenía ni la menor idea de lo que iba a pasar.

Capítulo 20

Los Mackenzie saciaron su hambre con una cena a base de pan y jamón. Todos estaban preocupados por lo sucedido, porque la anulación de la boda implicaba la pérdida de las tierras de MacGregor; pero, a pesar de ello, se sentían extrañamente liberados.

Por supuesto, Auley les dio explicaciones exhaustivas sobre lo que había pasado en el jardín de Killeaven, y reiteró su sorpresa al saber que Avaline se había encaprichado de él.

—Es culpa mía —intervino Rabbie—. La dejé a tu cargo demasiadas veces.

—Sí, eso es culpa tuya, pero tú no eres responsable de lo que ha pasado —dijo Auley, sacudiendo la cabeza—. Esa muchacha es imposible.

—Eres demasiado duro con ella —declaró su madre—. No es más que una jovencita inexperta, cuyo futuro se acaba de complicar terriblemente. Como la sociedad inglesa se entere de lo que ha ocurrido en Killeaven, no encontrará esposo en toda su vida.

—Eso es verdad. ¿Quién se querría casar con ella? —preguntó Catriona.

Arran Mackenzie soltó un bufido.

—Y se enterarán, no os quepa duda. Ramsey lo irá contando por ahí. Y, si no lo cuenta él, lo contará algún criado.

—Eso me temo —dijo Daisy—. Además, todo el mundo sabe que vino a las Tierras Altas para casarse y, si no se casa, se preguntarán por qué.

Los Mackenzie se sumieron en un silencio que Cailean rompió instantes más tarde.

—¿Qué pasará con Killeaven? Lord Kent había llegado a un acuerdo con MacGregor. ¿Qué va a hacer ahora?

—Niall afirma que los Buchanan han echado el ojo a Killeaven. Supongo que le harán una oferta que no pueda rechazar —comentó Rabbie—. Si se salen con la suya, podrán competir con nosotros; y, si lord Kent les echa una mano, podrán fletar un barco.

—Oh, no —dijo Margot—. Eso no nos conviene nada.

—No, nada en absoluto —sentenció su esposo—. Pero saldremos adelante. Los Mackenzie hemos sobrevivido a cosas peores.

Rabbie no dijo nada, porque no compartía el optimismo de Arran.

—¿Qué tal estás tú? —le preguntó su madre—. ¿Cómo te encuentras, después de lo que ha pasado?

—Bien —contestó—. Es un alivio.

—Sí, para ti y para todos —susurró Auley.

Rabbie no estaba de humor para añadir nada más, pero era cierto que se sentía mejor. Era como si le hubieran quitado un peso de encima y ahora, liberado al fin, se diera cuenta de hasta qué punto lo estaba aplastando.

—¿Quién iba a imaginar que Avaline se encapricharía precisamente de Auley? —preguntó Catriona.

—¿Qué quieres decir con eso de *precisamente*? —replicó Auley con una sonrisa—. Pero qué se yo... Esa joven tiene pájaros en la cabeza.

—Bueno, me alegro por ti, Rabbie —intervino Daisy—. Pensándolo bien, no me gustaría que formaras parte de esa familia. Ni siquiera sé por qué contrataron a una mujer de tan mala reputación como la señorita Holly... Los Kent son bastante chabacanos.

—¿La señorita Holly? —se interesó Cailean, confundido.

—No tiene importancia —dijo Daisy, mientras Auley miraba a Rabbie de soslayo—. Protagonizó un escándalo hace unos cuantos años, pero ha pasado mucho tiempo desde entonces. No debería haberlo mencionado.

—¡Olvidaos de eso, que nos hemos librado de los *sasennach*! —declaró Catriona, alzando su copa—. ¡Por los Mackenzie! ¡Por Balhaire!

—¡Por los Mackenzie! —brindaron todos al unísono.

La conversación cambió entonces de rumbo, y se pusieron a charlar sobre el próximo viaje de Auley y sobre la vuelta de Cailean, Daisy, Ellis y Georgina a Chatwick Hall.

Avaline desaparecería de su memoria en cuestión de semanas, y solo recordarían que se habían librado de los Kent. Por supuesto, tendrían que encontrar la forma de parar los pies a los Buchanan, y no iba a ser fácil; pero Arran tenía razón al afirmar que saldrían adelante.

Sin embargo, Rabbie no podía seguir con su vida

como si no hubiera pasado nada. Había pasado algo: Bernadette. Y no dejaba de pensar en ella.

A primera hora de la mañana siguiente, Rabbie salió de Balhaire con intención de regresar a Arrandale y reflexionar sobre lo que iba a hacer con Bernadette tras la suspensión de la boda. Pero, cuando ya estaba en camino, cambió de opinión y se dirigió al acantilado desde el que había estado a punto de saltar apenas quince días antes.

Una vez allí, se sentó a la sombra de un árbol y esperó, porque tenía la sospecha de que Bernadette aparecería en algún momento.

El sol ascendió lentamente y, al cabo de un rato, había perdido el sentido del tiempo. Solo sabía que empezaba a tener hambre y que hacía tanto calor que se tuvo que quitar la capa. ¿Qué hora sería?

Al final, se levantó y se limpió la ropa, pensando que su intuición le había fallado. Y, justo entonces, la vio aparecer en el camino, con las pesadas botas que le habían prestado en Killeaven. Iba con la cabeza gacha, avanzando a grandes zancadas.

De repente, Bernadette se detuvo y alzó la cabeza como si hubiera notado su presencia. Aún estaban lejos, pero eso no impidió que Rabbie sintiera una descarga de alivio, alegría y deseo.

Los dos empezaron a correr, y se fundieron en un abrazo al encontrarse.

—Ven conmigo —dijo él, cubriéndola de besos—. Hablaremos en Arrandale.

Por una vez, Bernadette no discutió con Rabbie. Lo tomó de la mano, dejó que la llevara hasta su caballo y, a continuación, galoparon tan deprisa que llegaron a su destino en mucho menos tiempo de lo habitual.

—¿Estaremos solos? —preguntó ella, insegura.

—Sí, los criados están en Auchenard, ocupados en sus labores matinales. No volverán hasta la tarde.

Rabbie la invitó a entrar en la casa, que ella miró con recelo, quizá esperando alguna sorpresa desagradable.

—¿Te encuentras bien, *leannan*? No te ha pasado nada, ¿verdad?

—¿Cómo? No, no, nada —respondió, mirándolo otra vez—. Estoy perfectamente.

Él frunció el ceño, porque no tenía buen aspecto. Parecía tan alterada como la noche anterior.

—¿Y Avaline? ¿Cómo se lo ha tomado? —se interesó, ayudándole a quitarse la capa.

Bernadette sacudió la cabeza.

—Killeaven es un caos. Lord Kent ha hablado con el tal Buchanan y le ha pedido que busque a alguien para que cuide de su propiedad. Su hermano y él tienen intención de volver a Inglaterra en el primer carruaje que tenga sitio. Está muy enfadado.

—¿Y Avaline y su madre?

—Lord Kent no quiere que lo acompañen. Dice que no las soporta y que, por lo que a él respecta, se pueden pudrir en Escocia. Como te puedes imaginar, están muy asustadas. No saben cuándo podrán volver a su país, y les aterroriza la idea de quedarse aquí sin protección.

Rabbie asintió, porque comprendía el problema. Estaban solas, sin amigos de ninguna clase y, para empeorar las cosas, carecían de la fortaleza necesaria para sobrevivir en las Tierras Altas.

—Hablaré con Auley y le pediré que las lleve a Inglaterra.

—¿Con Auley? —dijo ella, mirándolo con sorpresa.

—Sí, en efecto. Zarpa dentro de dos días, e irá a Inglaterra de todas formas porque tiene que llevar a Cailean y a su familia. Ellos se encargarán de que no les pase nada.

—¿Sería tan amable después de lo que ha pasado? Aunque, a decir verdad, no sé qué ha pasado exactamente... Avaline no quiere hablar de eso. Y, aunque quisiera, no deja de llorar.

—Yo tampoco lo sé con exactitud. Auley nos contó lo sucedido, pero sin entrar en detalles escabrosos. Solo dijo lo que ya sabes, que Avaline se había hecho ilusiones con él.

—¡Ah, estúpida criatura! —dijo Bernadette, apretando los puños con frustración—. ¿Qué será ahora de ella? Intenté advertírselo. Le rogué que suspendiera la boda y que...

—Es culpa mía —la interrumpió—. En lugar de hacerme cargo de ella, la deje al cuidado de mi hermano. Pero yo no me preocuparía por su futuro. Killeaven es una propiedad valiosa, y no le faltarán pretendientes en Escocia.

—No le faltarían si se quedaran, pero están decididas a volver a su casa —puntualizó Bernadette—. Avaline ha sufrido una humillación demasiado grande, y no se recuperará con tanta facilidad.

Ella se pasó una mano por el pelo, y luego la dejó caer. Estaba como ida, como si estuviera a muchos kilómetros de allí.

—¿Y qué será de ti? —preguntó Rabbie.

Bernadette se encogió de hombros.

—Me quedaré en Killeaven hasta que llegue el nuevo encargado de lord Kent.

—¿Y luego?

—No sé. Supongo que volveré a Highfield, con mis padres.

Rabbie se acercó a ella y le puso las manos en los hombros.

—No quiero que te marches. Me has devuelto las ganas de vivir, y no te quiero perder. No te puedo perder.

Sus labios se encontraron, y el placer fue tan intenso que Rabbie tuvo miedo de desintegrarse. Casi tuvo tanto miedo como ella, que pasó los brazos alrededor de su cuello y lo besó con toda la pasión de la que era capaz, abrazándolo con fuerza.

Ya no tenían inhibiciones de ninguna clase. El deseo se había liberado definitivamente de sus ataduras. Y Rabbie, que aún no podía creer lo que sentía, rompió el contacto, le besó la mano y se la llevó a la cara, sin dejar de mirarla a los ojos.

—¿De dónde has salido tú? ¿Cómo es posible que aparecieras en mi acantilado? —dijo.

Evidentemente, eran preguntas retóricas. Pero estaba sorprendido de verdad, porque aquella *sassenach* había aparecido en el momento preciso, cuando más lo necesitaba.

Rabbie la besó de nuevo, la llevó a un diván y, tras sentarse a su lado, insistió en sus caricias y le confesó:

—He intentado luchar contra lo que siento, pero no sirve de nada. Me tienes en tus manos.

—A mí me ocurre lo mismo.

Rabbie se la puso encima y la besó en la boca mientras acariciaba su cara, su cuello y su cuerpo. Estaba intoxicado con el sabor de sus labios, la suavidad de sus pechos y la curva de sus caderas. Ya no recordaba los problemas del día anterior. Su consciencia se limitaba al aroma de Bernadette y a la textura de su piel y su pelo.

Por fin, no tuvo más remedio que quitarle el vestido. Se incorporó, desabrochó los corchetes de la prenda, la liberó del petillo y, por último, soltó las cuerdas del corset.

Mientras la desvestía, ella le soltó el pañuelo del cuello y le quitó el chaleco y la camisa con tanta rapidez que, al cabo de unos segundos, sus senos ya estaban tan desnudos como el pecho de Rabbie. Entonces, él cerró las manos sobre ellos y se los frotó, arrancándole un suspiro.

Bernadette era un elixir para Rabbie. Había sanado las heridas de su alma, y ya no se podía imaginar con otra, ni siquiera con Seona. Era la mujer que necesitaba. La única.

Desesperado, la levantó del diván y la llevó a su dormitorio, donde la tumbó en la cama y le succionó un pezón. El instinto animal lo dominaba por completo. Acariciaba su cuerpo sin el menor asomo de pensamiento racional. Su deseo de tomarla era tan arrollador como el deseo de darle placer.

Sin embargo, Bernadette se impacientó y, tras quitarle rápidamente los pantalones, cerró una mano sobre su sexo y lo masturbó un poco. Rabbie la miró con asombro, preguntándose cómo podía ser tan bella. ¿Lo era ya cuando la vio por primera vez? Debía de serlo, porque no recordaba haber estado con ninguna mujer tan hermosa como ferozmente femenina.

En ese momento, ella le dedicó una mirada llena

de ternura y de una emoción que Rabbie reconoció al instante. Era amor, un amor intenso que destrozó del todo sus ya dañadas defensas.

—*Mo maise* —susurró, tomándola de la mano—. Mi bella.

Bernadette sonrió y se incorporó lo suficiente para apretar los senos contra su pecho y besarlo. Rabbie se sintió como si su corazón hubiera estado atado y ella deshiciera los nudos que lo comprimían. Se sintió renacer y, en su entusiasmo, pasó las manos por sus senos, las deslizó por su estómago y le separó las piernas con intenciones evidentes.

Cuando la penetró, Bernadette se arqueó hacia atrás y gimió de nuevo. Rabbie se empezó a mover, encantado con la bienvenida de su humedad y su calor; pero se lo tomó con calma, decidido a alargarlo tanto como fuera posible.

Lamentablemente, su excitación pudo más, y se dio cuenta de que no aguantaría mucho tiempo. Hacía años que no se sentía tan vivo. Hacía años que no sentía un deseo tan arrebatador.

Para empeorar las cosas, Bernadette se movía con él y lo instaba a acelerar el ritmo y la potencia de sus acometidas. De hecho, Rabbie tuvo miedo de hacerle daño, pero ella insistía una y otra vez, aferrándose a su cadera y forzándolo a penetrarla más.

Al oír sus jadeos, comprendió que estaba a punto de llegar al orgasmo e hizo un último esfuerzo. Bernadette gritó, y los temblores posteriores de su cuerpo lo arrastraron a él a su propio clímax.

Agotado, se tumbó de espaldas. Estaba tan desfallecido como ella, y tardó en darse cuenta de que lo había empezado a acariciar.

Rabbie giró la cabeza y la miró. Sus mejillas habían adquirido el color de las hojas en otoño, y él se preguntó qué se sentiría al despertar a su lado todas las mañanas, al pasear con ella por el lago, al tener hijos y verlos crecer, al envejecer juntos.

–¿Te pasa algo? –dijo ella.

Él sacudió la cabeza, afectado aún por el eco del placer y desconcertado con las ideas que se le estaban ocurriendo, porque nunca se había atrevido a plantearse ese tipo de cosas.

Bernadette le dio un beso en los labios y se sentó para volver a recogerse el pelo, que se le había soltado. Rabbie le acarició la espalda y se limitó a mirarla mientras ella se hacía una trenza con rapidez.

–¿En qué estás pensando? –preguntó cuando terminó.

Rabbie estaba pensando que la deseaba con toda su alma y quería estar con ella hasta el fin de sus días, pero dijo:

–*Mo nighean dubh.*

–Te recuerdo que no entiendo tu idioma...

–Mi preciosa morena –le tradujo.

Bernadette sonrió con sensualidad, alcanzó la colcha que estaba a los pies de la cama y se la puso sobre los hombros, como si tuviera intención de levantarse.

–No, quédate conmigo.

Ella volvió a sonreír y se tumbó a su lado. Él le puso una mano en el talle y la apretó contra su cuerpo.

–¿Cómo sería estar juntos? Tú y yo. Los dos –dijo Rabbie.

–¿Los dos?

–Sí, los dos, *leannan*. Imagínatelo... Acostarnos

todos los días y llenar la casa de niños, asegurando el futuro de las Tierras Altas.

Bernadette se puso tensa y se apartó de repente, sorprendiéndolo.

—¿Qué pasa? ¿Por qué reaccionas así? La boda está suspendida, y no hay razón por la que no podamos...

Ella se levantó de la cama.

—¿Qué me estás diciendo exactamente?

Rabbie se sentó, confundido con su súbito cambio de humor.

—Lo sabes de sobra. Te estoy diciendo lo mismo que te he querido decir al invitarte a mi cama. Por fin podemos estar juntos.

—No, no —dijo ella, sacudiendo la cabeza—. ¿Cómo se te ocurre eso, Rabbie? No podemos.

—¿Por qué no? Soy un hombre libre.

—Y yo sigo siendo la doncella de la mujer con la que te ibas a casar.

Rabbie frunció el ceño, sin entender nada.

—*Diah*, Bernadette, te estoy pidiendo que te cases conmigo.

Ella lo miró con horror.

—No.

—¿Por qué? —replicó, poniéndose en pie.

—¡Porque apenas nos conocemos!

—¿Ah, sí? —dijo él, señalando sus cuerpos desnudos.

Bernadette se ruborizó y empezó a recoger su ropa.

—Me refería a que no hemos pasado juntos el tiempo suficiente.

—¿Y qué? Nunca había sentido nada como lo que siento por ti, Bernadette.

—¿Y qué me dices de Seona?

La pregunta lo dejó momentáneamente desconcertado, pero solo momentáneamente.

—Seona desapareció hace tiempo, y tú misma dijiste que no debemos vivir en el pasado —le recordó—. Además, esto no tiene nada que ver. Ni tú eres Seona ni yo soy el hombre que era entonces. Estoy enamorado de ti, *mo chridhe*.

Bernadette lo miró con una mezcla de sorpresa, ternura y miedo. Abrió la boca como si quisiera decir algo, pero la cerró de nuevo y, tras alcanzar la última de sus prendas, procedió a vestirse.

Rabbie la observó en silencio durante unos instantes, intentando adivinar lo que estaba pasando. ¿Habría malinterpretado sus sentimientos?

—¿Qué pasa? —preguntó una vez más.

—¡Todo! ¡Pasa de todo! —exclamó, lanzándole sus pantalones—. No me puedes decir esas cosas. Acabas de romper con Avaline.

—¿Qué tiene que ver Avaline con…?

—¡Que soy amiga suya! —lo interrumpió.

Rabbie se inclinó para alcanzar su camisa.

—No eres amiga suya, Bernadette. Eres su criada.

—Y su amiga —insistió—. No comprendes nada… no sabes nada.

Bernadette rompió a llorar desconsoladamente y, por supuesto, él se acercó con intención de animarla, pero ella se apartó enseguida.

—Aléjate, por favor. No me toques.

—¿Qué te pasa, *leannan*? ¿Por qué estás llorando?

En lugar de contestar a su pregunta, Bernadette anunció que se tenía que ir. Pero, aunque lo dijo con determinación, su mirada no fue la de una mujer convencida de lo que estaba haciendo.

Rabbie lo notó, la tomó entre sus brazos y soportó sus protestas hasta que se rindió y apoyó la cabeza en su pecho.

—*Mo chridhe*, ¿qué mal te aflige? No quiero que estés triste. Dímelo.

Ella sacudió la cabeza lentamente y lo miró a los ojos.

—No soy la mujer adecuada para ti, Rabbie. Me gustaría serlo... no sabes cuánto me gustaría serlo, pero no lo soy. Necesitas una escocesa.

—Te necesito a ti.

Bernadette derramó unas lágrimas más y, a continuación, se apartó de Rabbie de forma brusca, alcanzó las botas y se las apretó contra el pecho, usándolas como escudo.

—Lo siento, lo siento de verdad, pero volveré a Inglaterra cuando llegue el nuevo encargado de lord Kent. Y no me convencerás de lo contrario.

Una vez más, las palabras de Bernadette sonaron tan firmes como contundentes; y una vez más, su mirada contradijo lo que decía su boca. Pero, en cualquier caso, Rabbie no iba a permitir que se marchara. Le había devuelto la felicidad, y no estaba dispuesto a perderla de nuevo. Solo tenía que encontrar la forma de convencerla.

Como ella seguía llorando, intentó acercarse para darle consuelo. Y solo consiguió que Bernadette saliera corriendo de la habitación.

Al cabo de unos segundos, oyó que cerraba la puerta principal. Se había ido, y él se quedó sin saber qué demonios acababa de pasar. No entendía nada. Estaba enfadado, sorprendido, dolido.

¿Por qué había rechazado su ofrecimiento? ¿Por

qué insistía en marcharse? ¿Sería quizá por el hijo que supuestamente había tenido? No se le había ocurrido hasta entonces; pero, si se trataba de eso, se haría cargo de él y lo criaría como si fuera hijo suyo. Si esa era la condición, la aceptaría sin dudarlo un momento.

No se iba a rendir ahora. El destino le había privado de la posibilidad de luchar por Seona, pero no le impediría que luchara por Bernadette. Especialmente, estando como estaba convencido de que mentía al afirmar que quería volver a Inglaterra.

Sin embargo, no podría hacer nada si no descubría el motivo de su extraño comportamiento.

Rabbie se dedicó a pasear por Arrandale, tan preocupado que era incapaz de concentrarse en ninguna tarea. Seguía confundido con la actitud de Bernadette. En cuestión de unos pocos minutos, había pasado de hacerle el amor apasionadamente a castigarlo con toda su frialdad.

Asediado por las dudas, sus pensamientos adquirieron un tono de lo más sombrío, y se sintió aliviado cuando oyó sonido de cascos. Al menos, tendría alguien con quien hablar.

Al salir del edificio, se encontró con Cailean, Daisy y Ellis, que ya habían desmontado.

—¿Es que quieres que te ahorquen? —preguntó su hermano mayor, mirando su falda escocesa.

—Que me ahorquen si quieren —dijo, encogiéndose de hombros—. ¿Qué os trae por Arrandale?

—Hemos venido a ver cómo estás —contestó Daisy, que se acercó a darle un beso.

—¿A ver cómo estoy? —preguntó, sorprendido.

—Sí, claro. Somos conscientes de que lo sucedido ayer debió de ser difícil para ti —comentó su cuñada.

—¿Difícil? Fue una liberación.

Daisy sonrió, pero Ellis frunció ligeramente el ceño.

—No es culpa de la señorita Kent, sino de su padre —dijo.

—Eso es cierto —declaró Rabbie—. Pero entrad, por favor...

Daisy se quitó los guantes cuando llegaron al salón, momento en el cual se mostró preocupada por el futuro de Avaline.

—¿Qué será de esa muchacha? Me estremezco cada vez que lo pienso.

—No lo sé, pero Kent tiene intención de marcharse sin su esposa y su hija —le informó Rabbie—. De hecho, he comentado la posibilidad de que os encarguéis de que lleguen sanas y salvas a Inglaterra.

—¿Quién te ha dicho lo de lord Kent? —preguntó Daisy.

—La señorita Holly —respondió, dándole la espalda para que no notara su incomodidad—. Vino a verme para hablar en favor de las Kent.

—Bueno, no te preocupes por eso —intervino Cailean—. Hablaré con Niall y le pediré que se encargue del asunto.

—He estado pensando mucho en ella —dijo Daisy.

—¿En quién? —se interesó su esposo.

—En la señorita Holly.

Rabbie la volvió a mirar.

—¿Y qué has estado pensando?

—No sé... supongo que fui algo dura al referirme ayer a su reputación, pero luego me acordé de lo que le había pasado. Por lo visto, se fugó con un hombre y se casó con él. Cuando su padre se enteró, envió unos hombres a buscarlos, los arrastró de vuelta y encontró la forma de anular el matrimonio. Debió de ser terrible para ella.

—No lo dudo —dijo Cailean.

Ellis se apartó de ellos, como si no estuviera interesado en ese tipo de cotilleos. Cruzó la sala con las manos a espalda y se detuvo delante de una espada que Cailean había puesto en la pared cuando construyó Arrandale. Había pertenecido a su abuelo.

—Dijiste que corría el rumor de que se había quedado embarazada —dijo Rabbie a Daisy, aunque mirando a Ellis con curiosidad—. ¿Sabes lo que pasó?

—Me temo que no. Sin embargo, su padre es un hombre tan rico como implacable, y también se rumoreó que...

—Mira, papá —dijo Ellis, que había descolgado la espada—. Casi es tan alta como yo.

—Sí —asintió Cailean, acercándose—. Fue de nuestro *seanair*, de nuestro abuelo.

—¿Qué se rumoreó, Daisy? —insistió Rabbie—. ¿Que abandonó a su hijo?

—No, que lo perdió.

—¡Tienes que ver esto, mamá! —exclamó Ellis, ajeno a su conversación.

—¿Qué es? ¿Una espada?

Rabbie se había quedado totalmente hundido. Ahora entendía que Bernadette no quisiera entrar en detalles sobre esa parte de su historia. ¿Sería ese el motivo de que se negara a casarse con él? ¿Querría volver a Inglaterra para estar cerca de la tumba de su hijo?

Fuera como fuera, no le importaban los escándalos

de su pasado ni los amores que hubiera podido tener. Desde luego, lamentaba que hubiera perdido un bebé, pero eso no cambiaba su opinión sobre ella. Y la seguiría amando por muchos secretos terribles que le confesara.

Eso tampoco iba a cambiar.

Capítulo 21

Avaline lloró hasta quedarse sin lágrimas.

Su padre y su tío se habían ido dos días después de que ella declarara su interés por Auley, momento que recordaba con vergüenza. Se había comportado como una tonta, y ahora odiaba al capitán con toda su alma.

Estaba tan segura de que sus sentimientos eran recíprocos que se había arriesgado sin dudarlo. A fin de cuentas, ¿no estaba siempre con ella? ¿No le sonreía constantemente? ¿No la cubría de halagos? Y todo, para rechazarla después de la peor manera posible. ¡Que le doblaba en edad, le había dicho! ¡Que estaba siempre en el mar, como si ella no pudiera subirse a un barco!

¡Y pensar que había llegado a llamar *hogar* a ese montón de piedras que era Killeaven! Ahora odiaba a los Mackenzie y a los escoceses. Odiaba cada palmo de tierra de las Tierras Altas, y ardía en deseos de marcharse de allí.

Pero, ¿cómo?

La respuesta llegó de repente, cuando el señor Mac-

Donald se presentó en la mansión y pidió hablar con ellas.

—El señor Cailean Mackenzie me ha pedido que las invite a viajar con su esposa y con él a Inglaterra —les informó—. Irán en barco, y me ha dicho que pueden estar seguras de que llegarán sanas y salvas.

—¿En barco? ¿En el barco de quién? —preguntó Avaline.

—En el de los Mackenzie —respondió.

—¡De ninguna manera! —bramó la joven.

Avaline se giró hacia su madre con indignación, pero lady Kent se limitó a decir con toda tranquilidad:

—Gracias, señor MacDonald. ¿Cuándo zarpamos?

—¡No! —insistió su hija—. ¿Cómo puedes aceptar eso? ¡Sabes perfectamente que Auley es el capitán de ese barco! ¡Y viste lo que me hizo!

—Sí, pero no tenemos otra forma de volver a casa —replicó su madre—. ¿Cuándo zarpamos, señor MacDonald?

Al final, Avaline no tuvo más remedio que dar su brazo torcer. Se marcharían en el barco de Auley Mackenzie, y solo tenían dos días para prepararse.

Bernadette habría hecho cualquier cosa por ayudar a Avaline, pero la joven rechazaba su ayuda. En el fondo, estaba enfadada con ella por haber besado a Rabbie; y ella se sentía culpable por no haber estado a su lado cuando más la necesitaba.

Si la hubiera prestado más atención, le habría dicho que se había encaprichado de Auley y habría impedido que cometiera un error desastroso; pero no se la había prestado, y Avaline no podía ni mirarla. De hecho, le ordenó que hiciera su equipaje y se marchó de la habitación porque no soportaba estar en el mismo sitio que ella.

Dos días más tarde, las Kent salieron de Killeaven con todo el equipaje que podían llevar, para dirigirse a Balhaire.

Bernadette tenía los ojos llenos de lágrimas cuando abrazó a lady Kent, y la reacción de su hija no contribuyó a que se sintiera mejor: aceptó un abrazo a regañadientes, pero sin mirarla.

—Que tengas buen viaje —le deseó.

—Gracias —replicó la muchacha con frialdad.

Las Kent se subieron al carruaje, que se alejó en la distancia mientras Bernadette lo miraba con tristeza. Avaline tenía ganas de llorar, pero había llorado tanto que ya no podía derramar ni una lágrima.

Al llegar a Balhaire, las llevaron directamente a la caleta, donde embarcaron sin que el capitán del barco las saludara, detalle que Avaline agradeció. Uno de los marineros las acompañó a su camarote, y ella se prometió que no saldría de él hasta que alcanzaran la costa inglesa.

Por desgracia, el mar se puso bravo aquella noche y lady Kent se mareó. Al cabo de un rato, Avaline estaba tan harta de sus náuseas que alcanzó una capa para salir de allí y subir a la cubierta.

—¿Seguro que no puedo hacer nada por ti? —preguntó a su madre, aunque ya tenía la mano en el pomo de la puerta.

La respuesta de la pobre lady Kent fue vomitar en un cubo.

Avaline se estremeció, y no paró hasta llegar al

castillo de proa, el sitio más alejado del camarote del capitán. Había marineros por todas partes, de modo que se alejó de ellos y se apoyó en la baranda para no estorbarles ni dar pie a conversación alguna. Las olas rugían a su alrededor y, de vez en cuando, un rayo de luna atravesaba las nubes.

—No debería estar aquí, señorita.

Avaline cerró los ojos al oír la voz de lord Chatwick.

—¿Me está siguiendo?

—No, ni mucho menos. Solo he salido a dar un paseo —contestó el joven, alzando orgullosamente su lampiña barbilla—. Debería regresar a su camarote. Está muy oscuro y, si se cae por la borda, nadie se daría cuenta.

—Ni yo me voy a caer por la borda ni usted es mi padre —replicó, altiva.

—No, no lo soy, pero soy responsable de que llegue viva a Inglaterra.

Avaline pensó que Ellis no podía asegurar que llegara viva a ninguna parte. Solo le sacaba unos cuantos centímetros, y era tan delgado como una ramita. En su opinión, no la habría podido proteger ni de una brisa veraniega.

—Está bien. Al fin y al cabo, la compañía de mi madre es preferible a la de un niño que sigue aferrado a las faldas de la suya.

Lord Chatwick se acercó un poco más.

—Si fuera mayor de edad, no se atrevería a hablarme así. Quizá no es consciente de todo lo que supone mi título.

—Ni lo soy ni me importa.

—No está en posición de ser grosera, señorita Kent.

Ella lo miró con exasperación y se alejó, pero él la siguió.

—Seré un gran hombre algún día, y usted se arrepentirá de haberme tratado tan mal.

—No me arrepentiré de nada.

—¿Seguro?

Avaline no se detuvo hasta llegar a su camarote, momento en el cual se giró hacia Ellis.

—Le ruego que me deje en paz. Sé que me aprecia, pero no siento lo mismo por usted, milord.

Avaline entró en el camarote, cerró la puerta y se reiteró la promesa de no salir de allí en ningún momento. No permitiría que aquel jovencito la siguiera a todas partes. Pero su firme resolución estalló en mil pedazos al cabo de dos días, cuando su madre le informó de que viajarían a Chatwick Hall y se quedarían una temporada con los Mackenzie.

—¿Por qué? —preguntó Avaline—. ¡Quiero ir a casa!

—Ya, pero tu padre no nos quiere allí todavía. Está muy enfadado contigo. Y la señora Mackenzie ha tenido la amabilidad de ofrecernos su hogar hasta que se le pase el enfado.

Avaline se sintió como si los cielos se derrumbaran de repente sobre su cabeza. Apenas unos días antes, estaba a punto de casarse con un noble escocés y ahora, se había convertido en una paria que se veía obligada a vivir bajo el techo de un crío que se creía mejor que ella. Y, para empeorar las cosas, de un crío que había sido testigo de su humillación social.

Nunca se recuperaría de eso. Nunca.

Capítulo 22

Las únicas personas que seguían en Killeaven eran Charles, dos de los mozos de cuadra, Bernadette e Ina, quien se había quedado para ayudar en las tareas de limpieza. Sin embargo, no tenían mucho que hacer, porque ya se habían llevado los caballos y la mayoría de los muebles.

Por fin, MacDonald se presentó en la casa y les dijo que un barco los llevaría a Inglaterra esa misma semana.

–Llegará uno de estos días. Es de mi familia, de unos primos míos –añadió.

Ya solo quedaba esperar, y Bernadette deambulaba de habitación en habitación mientras el tiempo pasaba. No se había olvidado de Rabbie; de hecho, no dejaba de pensar en su cuerpo, en sus caricias, en las palabras que le había dedicado. Se había enamorado de él, y eso lo hacía más doloroso, porque ahora sabía que sus sentimientos eran recíprocos.

¿Qué habría hecho desde que lo dejó en Arrandale? ¿La echaría de menos? ¿La odiaría?

Cada vez que oía cascos de caballo, creía que era

Rabbie. Por un lado, deseaba no volver a verlo, por ahorrarse la agonía; pero, por otro, ansiaba que fuera a buscarla. Si hubiera sido posible, habría dormido eternamente con tal de no recordar nada.

Días después, oyó otro caballo y se convenció a sí misma de que esta vez era él. ¿Quién iba a ser si no? Y, rápidamente, dejó las sábanas que estaba guardando en un baúl y corrió a la puerta, con el corazón en un puño.

Sin embargo, no era Rabbie, sino el hombre con el que se había cruzado una vez en el camino, que iba en compañía de un desconocido. Sus casacas estaban cubiertas de polvo y, cuando desmontaron y entraron en la casa, la miraron con curiosidad.

Bernadette se estremeció, aunque se sintió mejor al ver que Charles se les unía.

—¿Deseaban algo? —preguntó él.

—Y usted es... —dijo uno de los recién llegados.

—Charles Farrington, señor. Estoy a cargo de la mansión.

—No por mucho tiempo, muchacho. No por mucho tiempo.

Los dos hombres rieron al unísono y siguieron adelante con arrogancia, como si Killeaven les perteneciera.

—Discúlpeme —dijo Charles al que había hablado, unos veinte años más viejo que el otro—. ¿Quién es usted?

—Bhaltair Buchanan —respondió, haciendo una floritura exagerada—. Lo encuentro demasiado delgado para ser encargado de una finca de las Tierras Altas.

—No recuerdo haberle pedido su opinión, señor —replicó Charles.

El hombre sonrió y, acto seguido, desnudó a Bernadette con la mirada y dijo:

—Veo que no se perdió.

Mientras caminaban por la mansión, Charles se interesó por el comentario que acababa de oír.

—¿Qué ha querido decir con eso? –preguntó a Bernadette en voz baja.

—Nos encontramos un día en el camino. Pensé que sería un simple viajero.

—Pues no lo es. Son los jinetes que observaban Killeaven de vez en cuando. ¿Qué se traerán entre manos?

Bernadette y Charles los siguieron por toda la mansión, hasta que se quedaron aparentemente satisfechos con lo que habían visto y regresaron al vestíbulo principal.

—¿Forma parte de la propiedad, señorita? –dijo entonces Bhaltair Buchanan.

Charles se puso delante de Bernadette, para defenderla.

—Nos vamos dentro de unos días, señor. Hasta entonces, no tienen derecho a estar aquí.

Buchanan sonrió con sorna a su joven acompañante y dijo:

—Tenemos todo el derecho del mundo. Vendremos cuando nos venga en gana y tiraremos lo que no nos sirva, aunque puede que demos un nuevo uso a la señorita... Si es que Mackenzie no la ha gastado ya.

A Bernadette se le encogió el corazón.

—Que tengan un buen día –bramó Charles, señalándoles la puerta.

Buchanan y su amigo salieron de la casa, montaron en sus caballos y se fueron al galope.

—No me fío de ellos —dijo entonces Charles.

—Ni yo.

—Será mejor que pidamos ayuda a Balhaire. Si pasa algo, no nos podríamos defender. Los Ingleses no somos bienvenidos en estas tierras —afirmó—. Hablaré con uno de los mozos de cuadra y le pediré que vaya.

—No. Iré yo.

Charles dudó.

—Los Mackenzie no conocen a nuestros mozos de cuadra, y no les concederían audiencia. Pero me conocen a mí.

Charles asintió.

—Sí, eso es cierto. Pero llévese a uno de los mozos de todas formas, por seguridad. Y vaya directamente, sin sus rodeos de costumbre.

—Por supuesto.

Bernadette se cambió de ropa y partió enseguida, en compañía de un mozo. Llegaron a Balhaire una hora más tarde, y tuvieron que dar varios aldabonazos a la enorme puerta antes de que Frang les abriera.

—¿Sí? —dijo el mayordomo, sin más.

—Buenas tardes.

Frang guardó silencio.

—¿Podría hablar con lady Mackenzie?

—Milady no se encuentra aquí.

—¿Y su hija? —preguntó Bernadette, nerviosa.

—También se ha ido.

Bernadette no tuvo más remedio que tragarse su orgullo.

—Se lo ruego, señor... ¿No hay nadie con quien pueda hablar? Es un asunto importante.

—No, no hay nadie.

—¿Bernadette?

Ella se quedó atónita al oír la voz de Rabbie, que apareció de repente. Y se sintió tan aliviada que estuvo a punto de arrojarse a sus brazos.

—¿Qué ocurre? —preguntó Rabbie, frunciendo el ceño—. ¿Ha pasado algo?

—Me temo que sí.

—Pasa, por favor.

Rabbie la llevó a una salita y la invitó a sentarse, tras lo cual llenó un vaso de agua y se lo dio. El corazón de Bernadette se había acelerado de tal manera que casi estaba mareada. Lo deseaba con locura. Lo amaba con toda su alma.

—Respira hondo y dime lo que ha pasado —insistió él.

Ella respiró hondo.

—Dos hombres se han presentado en Killeaven... Bhaltair Buchanan y uno más. Dicen que irán cuando quieran y que tirarán todo lo que no les sirva.

Rabbie asintió, pero la dejó hablar.

—Parecen peligrosos, y Charles ha pensado que deberíamos pedir ayuda, porque los dos tenemos la sensación de que traman algo. Siento tener que molestarte después de lo que ha pasado, pero somos ingleses y no contamos con ningún tipo de protección.

—Malditos canallas —dijo Rabbie—. Quédate aquí.

Rabbie se fue, y Bernadette echó un trago de agua y se levantó porque estaba demasiado nerviosa para seguir sentada. Tanto era así que las palmas de sus manos se habían cubierto de sudor, y se las tuvo que limpiar en las faldas del vestido.

Minutos después, Rabbie volvió a la salita.

—Niall irá con dos hombres a Killeaven y se quedarán hasta que os marchéis —le informó.

—Gracias...

—Podrías quedarte aquí, Bernadette. Sabes que eres bienvenida.

—No, no me puedo quedar. Me necesitan allí.

—En ese caso, te llevaré de vuelta.

Ella se estremeció. No soportaba la idea de montar con Rabbie y de sentir otra vez su cuerpo.

—No es necesario. Prefiero volver por mis propios medios.

Rabbie frunció el ceño y se le acercó.

—Sé por qué mantienes las distancias conmigo, *leannan*. Sé lo que te pasó, y no me importa.

Bernadette se quedó pálida.

—¿Cómo?

—No te escondas de mí, por favor.

—Mira, no sé qué crees saber, pero...

—Daisy se acordó de quién eres —la interrumpió.

—¿Y qué? Ya te dije lo que había pasado. Te conté que me había fugado y que mi padre...

—No me refiero a eso, sino a tu embarazo.

Bernadette se sintió tan súbitamente débil que se tuvo que apoyar en el respaldo de una silla.

—Lo siento mucho —prosiguió Rabbie—. No puedo ni imaginar lo que debiste de sufrir.

Bernadette hacía lo posible por no recordar aquel suceso; pero, al oír sus palabras, se acordó de todo, hasta el menor de los detalles.

Era una preciosa noche de verano, con el cielo cuajado de estrellas. Llevaba varios meses de embarazo y, cuanto más crecía su estómago, más la odiaba su padre. Ya no era el hombre que la adoraba de niña, sino un monstruo que no la podía perdonar. Había dañado su reputación y había destrozado sus planes de casarla con un rico.

Una noche, estando en la escalera de la casa, la empezó a insultar. Y, entonces, pasó algo que no olvidaría nunca.

Bernadette intentó contárselo a Rabbie, pero no encontró las fuerzas necesarias.

—Dímelo, por favor —insistió él.

Ella se armó de valor y le contó lo sucedido. Le habló de los insultos de su padre y del desconcierto que sintió después, porque ni siquiera recordaba si la había tirado por las escaleras o se había caído sola. Por no recordar, no recordaba ni la propia caída. Solo sabía que, cuando llegó abajo, tenía un dolor extraño en el estómago.

Empezó a sangrar al cabo de una hora, así que llamaron a la partera. El dolor se volvió insoportable y, en su estado de semiinconsciencia, Bernadette oyó que alguien decía que tenían que sacar al bebé.

Horrorizada, intentó protestar. Era demasiado pronto para dar a luz. Pero su voz sonó como un quejido ahogado, y nadie la escuchó.

Lo que siguió después fue sencillamente atroz. Le metieron algo frío y metálico, y ella se sintió como si la estuvieran desgarrando por dentro, como si le metieran dagas en el útero para abrirlo.

Y, entonces, oyó una voz distante.

—Está muerto.

¿Cómo era posible que estuviera muerto? No podía ser verdad.

Bernadette gritó y se desmayó de inmediato. Más tarde, le dijeron que había sangrado tanto que había estado a punto de morir. Y, cuando recobró la consciencia, deseó estar muerta.

Según su madre, el bebé era un niño. Era.

Concluida su narración, Rabbie se acercó a Bernadette e intentó levantarla, porque se había puesto de cuclillas mientras hablaba y se aferraba a la silla con todas sus fuerzas.

—Oh, Dios mío —dijo—. ¿Por eso huyes de mí? ¿Tenías miedo de que te abandonara al saberlo?

—Huyo de ti porque he destrozado tu matrimonio y destrozaría tu vida.

Rabbie le acarició la mejilla con los nudillos.

—¿Destrozar mi vida, *leannan*? ¿Cómo quieres que te lo diga? Tú me has devuelto la vida.

Bernadette empezó a temblar, agotada por el dolor de sus recuerdos y el esfuerzo de contarlo, pero también desesperada por la imposibilidad de estar con Rabbie. Se había callado lo más importante. Había omitido un detalle que nunca le había preocupado en exceso y que ahora, sin embargo, era su principal motivo de preocupación: que no podía tener más hijos.

—No me hagas esto, por favor. Déjame, Rabbie. Te lo ruego.

Rabbie no llegó a protestar, porque en ese momento llamaron a la puerta. Era Frang, que los saludó y dijo:

—Sus monturas están preparadas.

Cuando llegaron a Killeaven, Charles se quedó hablando con Rabbie mientras Bernadette entraba en la mansión y MacDonald esperaba con sus hombres.

Minutos después, Charles se fue a preparar habitaciones para los recién llegados y la dejó a solas con Rabbie. Bernadette se sentía tan desgraciada que se derrumbó en un diván, con la mirada perdida. Estaba segura de que todo había terminado. Se despedirían y no se volverían a ver.

Su corazón se había roto en mil pedazos, pero en mil pedazos que debían de estar empeñados en aferrarse a la vida, porque era incapaz de mirar a Rabbie sin sentir un dolor increíblemente intenso.

—Cómo me gustaría que te fueras —le dijo—. No lo puedo soportar.

—Maldita sea, Bernadette. Tu pasado no me importa nada. Ni soy quien para juzgarte ni te juzgaría jamás.

—No sabes lo que estás diciendo.

—Por supuesto que lo sé.

—¡No, no lo sabes! —insistió, súbitamente enfadada—. ¡No sabes lo más importante!

—Pues cuéntamelo.

—¿Por qué quieres que reviva eso? ¿Me dejarás en paz si te lo digo?

—¿Revivir? ¿Revivir qué? —replicó, confundido.

Ella suspiró.

—Está bien, te lo contaré. Pero prepárate, porque ni podrás olvidarlo ni hacer nada al respecto.

—Te escucho —dijo, impaciente.

—No puedo tener hijos, Rabbie. ¿Lo entiendes ahora? No puedo llenar tu casa de niños.

Bernadette se llevó las manos al estómago y cerró los ojos, intentando refrenar las lágrimas.

—Oh, Bernadette...

—Cuando perdí el bebé, perdí la capacidad de ser madre. Me ahorraré los detalles escabrosos, pero es la verdad. Ya no sirvo para nada.

—¿Que no sirves para nada? Que no puedas tener hijos no significa que...

—Claro que sí —dijo con amargura—. No seas tonto, Rabbie. Quieres tener herederos, ¿no? Y yo no te los puedo dar.

Rabbie se quedó en silencio, mirándola con una mezcla de incredulidad y desconcierto.

—Por favor, márchate —prosiguió ella—. No me lo pongas más difícil.

Bernadette se levantó del diván, caminó hasta la ventana y se quedó mirando el exterior.

—Como quieras —dijo él al cabo de unos segundos.

Bernadette oyó que cruzaba la habitación y cerraba la puerta. Aparentemente, se había salido con la suya. Había conseguido que se marchara. Y, sin embargo, se dio media vuelta con la esperanza de que siguiera allí.

Pero se había ido.

Segundos más tarde, lo vio montar en su caballo y alejarse al galope, huyendo de ella. Parecía desesperado por poner tierra de por medio, y Bernadette lo comprendió de sobra.

Luego, subió a su habitación y se tumbó en la cama, donde rompió a llorar. Estaba enamorada de Rabbie Mackenzie. Contra todo pronóstico, se había enamorado otra vez. Pero su padre había acertado al decirle que destruía todo lo que tocaba.

Capítulo 23

Rabbie había agarrado las riendas con tanta fuerza que los dedos le dolían cuando llegó al acantilado y desmontó.

Ya en el borde del precipicio, se puso a pensar en las implicaciones de lo que Bernadette le había contado. Evidentemente, la mayoría de los caballeros ingleses repudiarían a una mujer con antecedentes como los suyos, y los escoceses no eran distintos en ese sentido.

Además, estaba en la peor de las situaciones posibles, porque muchos hombres habrían aceptado al hijo de otro, pero no a una mujer que no podía tener hijos. Hasta él se había quedado de piedra al saberlo, lo cual no significaba que hubiera cambiado de opinión sobre ella; de hecho, la entendía y la respetaba más que nunca.

Bernadette había sufrido una pérdida terrible y, sin embargo, la sobrellevaba con entereza.

Ahora bien, no podía negar que su confesión había dañado las esperanzas que albergaba. Cuando pensaba en Bernadette, pensaba en tener una familia; pensaba en los hijos que iba a tener y en un hogar tan agradablemente ruidoso como el que él había tenido. Un sueño que se acababa de desvanecer.

Rabbie miró la caleta, cuyas tranquilas aguas siempre habían sido un puerto seguro. Y, mientras la miraba, se dio cuenta de lo que tenía que hacer. Un puerto seguro. Esa era la cuestión.

Volvió a montar, cabalgó hasta Balhaire y, una vez allí, dejó su montura a un mozo y entró en la fortaleza; pero no se dirigió al gran salón, sino a las cocinas, en busca de Fiona y Ualan.

El niño estaba limpiando la plata y su hermana, que se había sentado en un taburete, movía las piernas y tarareaba una canción mientras cortaba patatas con un cuchillo.

—¿Desea algo, señor? —preguntó Barabel, limpiándose las manos en el mandil.

Rabbie se sintió culpable por no haber prestado atención a los dos pequeños. Obsesionado con su propio dolor, había mantenido las distancias con ellos porque le recordaban demasiado a Seona. Pero Vivienne estaba en lo cierto. Necesitaban que alguien los cuidara, que alguien los llevara a la cama de noche y les contara cuentos.

—¿Señor? —insistió la cocinera.

Los niños, que no lo habían visto hasta entonces, alzaron la cabeza y lo miraron con ilusión.

—¿Nos ha traído caramelos? —preguntó Fiona.

—Calla, niña —ordenó Barabel.

—¿Le importa que me los lleve un momento? —dijo Rabbie.

—En absoluto, señor.

Rabbie los llevó al corredor, donde se detuvo y los

miró en silencio durante unos segundos, sopesando lo que les iba a decir. Luego, se puso de cuclillas para estar a la altura de sus ojos y les habló en gaélico.

—Tenemos muchas cosas en común, ¿verdad? Cuando perdisteis a vuestros padres, yo perdí a mi prometida. Me iba a casar con vuestra tía Seona. Si no se hubieran ido, ahora seríamos una familia.

—¿Si no se hubieran ido? —preguntó Fiona—. ¿Dónde están?

—No se fueron a ninguna parte —dijo su hermano—. Murieron.

Rabbie tragó saliva y asintió.

—Sí, eso es lo que quería decir. Están muertos. Pero se me ha ocurrido que su muerte no tiene por qué ser el final. Aún podemos formar una familia... Vosotros y yo.

Fiona y Ualan lo miraron con sorpresa.

—Si queréis, podríais vivir conmigo en Arrandale. ¿Os gustaría?

Fiona sonrió de oreja a oreja, evidentemente encantada, pero Ualan reaccionó con escepticismo y dijo:

—Nos vamos a Inverness.

—Eso puede cambiar —comentó Rabbie—. ¿Preferís vivir con unos desconocidos? ¿O quedaros conmigo en las Tierras Altas?

—¡Quedarnos! —exclamó Fiona.

—¿Los tres? ¿Solos? —se interesó Ualan.

Rabbie había tomado la decisión de encargarse de ellos con independencia de lo que pasara con Bernadette, así que contestó:

—Sí, los tres.

—¿Y qué pasará con Barabel? —dijo la niña.

—Vendremos a verla de vez en cuando.

—Pues yo quiero vivir contigo —insistió Fiona—. ¿Cómo decías que te llamas?

—Rabbie. Soy tu tío Rabbie.

—No sé qué decir —intervino el pequeño—. ¿Una familia de tres personas? No sería muy grande.

—¿Y quién ha dicho que las familias tienen que ser grandes? Además, cabe la posibilidad de que seamos cuatro.

—¿Cuatro? ¿Quién más vendría?

—Vaya, eres un muchacho de lo más curioso... —bromeó Rabbie.

Durante los minutos siguientes, Rabbie les habló de Bernadette y les contó que ella también había perdido a su familia. Y, cuando terminó de hablar, hasta Ualan estaba convencido.

Se fueron a Killeaven al día siguiente. Iban despacio, porque Rabbie no quiso arriesgarse a llevarlos a los dos en el caballo, así que lo ató a una carreta para que estuvieran más cómodos y seguros.

Fiona no dejó de hablar durante todo el viaje, mezclando el gaélico con el inglés; pero Ualan se mantuvo en silencio, como si aún fuera reticente a la idea de vivir juntos. A sus ocho años de edad, tenía pocos recuerdos de su desaparecida familia; pero tenía demasiados de su orfandad, y había aprendido a desconfiar de los adultos.

Ya en Killeaven, Niall MacDonald salió a recibirlos.

—¿Qué es esto? —dijo, sonriendo a los niños—. ¿Guardias nuevos?

Rabbie también sonrió.

−¿La señorita Holly está en casa?

−No la he visto. Solo he visto a Charles.

−Pues ve a buscarlo.

El lacayo apareció enseguida y, tras mirar a los niños, saludó a Rabbie.

−Buenos días, señor.

−Buenos días. Me gustaría hablar con la señorita Holly, si es posible.

−Me temo que está indispuesta −replicó, quitándose el delantal que llevaba.

−Llámela de todas formas. Es un asunto importante.

−Está bien. Si quieren esperar en el salón...

−Gracias.

Al llegar al salón, los niños se dedicaron a investigarlo, tocando los muebles con curiosidad.

−¿Yo había estado aquí? −preguntó Fiona.

−No, tú nunca has estado en ninguna parte −dijo su hermano.

−¿Esta es la casa donde viviríamos?

−No −respondió Rabbie.

Bernadette apareció en ese momento, y Rabbie se quedó preocupado al verla. Tenía unas ojeras terribles, y llevaba el pelo sin recoger, algo verdaderamente extraño en ella.

−Hola, Bernadette −la saludó.

−¿Qué haces tú aquí? −preguntó ella con voz distante.

−He venido a presentarte a la señorita Fiona y al señor Ualan MacLeod.

−¿Cómo?

Bernadette se giró hacia los niños como si no los

hubiera visto hasta entonces, y su primera reacción fue alisarse el pelo un poco.

—Oh, vaya... Encantada de conoceros —acertó a decir.

Los niños guardaron silencio, y Bernadette volvió a mirar a Rabbie.

—¿A qué viene esto? No entiendo nada.

—Fiona y Ualan son los sobrinos de Seona Mac-Bee, los únicos supervivientes de su familia.

—Ya, pero eso no explica que los hayas traído a Killeaven —replicó Bernadette—. ¿Qué pretendes, Rabbie?

—Ayudarte, claro.

—¿Ayudarme?

—Me contaste lo que te pasó e intentaste expulsarme de tu vida. No me concediste ni la oportunidad de dar una opinión. Estabas segura de saber lo que pienso, pero no lo sabes.

—Sigo sin entender nada —dijo ella, frunciendo el ceño—. Además, ¿qué importancia tiene lo que puedas pensar o dejar de pensar? No puedes cambiar el pasado. No puedes cambiar sus consecuencias.

—Te equivocas. Yo puedo.

Ella soltó un bufido.

—Puedo —insistió Rabbie—. Te puedo amar y, de hecho, te amo con toda mi alma. Incluso puedo cuidar de ti.

Bernadette sacudió la cabeza, y Rabbie la tomó de la mano.

—El hecho de que no puedas tener más hijos no implica que yo no te los pueda dar a ti, *leannan*. Si me lo permites, te devolveré la felicidad que perdiste. Pero tienes que creer en ello. Tienes que creer que hay otra forma de arreglar las cosas.

Bernadette intentó apartarse, pero él la agarró de la muñeca.

—No digas tonterías. ¿Pretendes que me encargue de unos niños que ni siquiera conozco?

Rabbie sabía que iba a reaccionar así, y ya había tomado la decisión de no discutir con ella; así que se acercó a los niños, se arrodilló delante y les dijo en gaélico:

—Perder a tu familia es algo muy triste, como bien sabéis. Y Bernadette está triste porque ella también perdió a la suya. Pero es una mujer maravillosa, y será muy buena con vosotros.

Los niños miraron a Bernadette con desconfianza.

—Parece malvada —susurró Fiona, aún en gaélico.

—No, es que se siente sola. No tiene a nadie en el mundo, y me gustaría que fuerais amigos suyos.

—No sé... no me gusta mucho —declaró la niña.

—Por Dios, si ni siquiera la conoces. Dale una oportunidad. A mí tampoco me conocéis y, sin embargo, me la habéis concedido —alegó Rabbie—. ¿Qué opinas tú, Ualan?

Ualan se encogió de hombros, y Rabbie le acarició el cabello con una sonrisa porque, viniendo de él, un encogimiento de hombros era una respuesta asombrosamente positiva.

—No olvidéis que tenemos un plan. Hoy os quedaréis con Bernadette, pero os vendré a buscar mañana por la noche —dijo, guiñándoles un ojo mientras se levantaba—. Sois de las Tierras Altas. Sed valientes.

Bernadette, que naturalmente no había entendido ni una palabra, preguntó:

—¿Qué pasa?

—Necesitan un sitio para quedarse.

—¡No puedes dejarlos aquí! —exclamó, presa del pánico—. ¡Nos vamos a ir!

—Según me han dicho, no os vais hasta dentro de dos días.

—¿Los vas a abandonar en Killeaven? ¡Esto es una locura! ¿Saben siquiera que soy inglesa?

—Claro que lo saben, y también saben juzgar a la gente por lo que vale —respondió—. Por desgracia, tus compatriotas no fueron tan amables con su familia, pero ellos lo serán contigo. Saben que no todos los *sassenach* son asesinos, y tú se lo demostrarás como me lo has demostrado a mí. Ayúdalos, Bernadette.

Ella los volvió a mirar.

—No, no, no puedo hacer eso.

Su objeción fue del todo inútil, porque Rabbie dio media vuelta sin hacerle caso y se dirigió a la salida.

—¡Espera!

Bernadette corrió tras él, aunque no lo alcanzó hasta que llegaron al vado.

—¡No los puedes dejar solos!

—No están solos. Están contigo.

—Pero Charles no...

—Os he dejado a unos cuantos hombres para que os protejan —la interrumpió—. Sospecho que Charles estará encantado de acoger a dos huérfanos a cambio del favor.

Rabbie alcanzó las riendas de su caballo, preparándose para montar.

—¡Espera! —repitió ella—. No sé adónde pretendes llegar, pero esta no es la forma adecuada. ¡No sé nada de niños!

—Sabes que están solos en el mundo, igual que tú —

dijo Rabbie–. Voy a cuidar de ellos, y cuidaré también de ti si me lo permites. Además, ni esos niños ni yo somos culpables de lo que te pasó. Solo quieren que los quieran. Solo quiero que me quieras. Y, francamente, creo que tú quieres lo mismo de mí.

Rabbie se inclinó sobre ella y añadió:

–Quiero amarte, Bernadette. Quiero cuidarte. Quiero estar siempre contigo. Si puedes soportar la carga de lo que te pasó, yo también podré. Si no puedes tener hijos, yo sí. Me enseñaste que no puedo vivir en el pasado, y es hora de que tú aprendas lo mismo.

–¿Y lo voy a aprender con unos huérfanos a los que has obligado a vivir conmigo?

Él le dio un beso en los labios y montó.

–Volveré mañana. Si esos niños pueden abrir su corazón a una *sassenach*, tú también se lo puedes abrir a ellos. Y a mí, por cierto –declaró–. Tienes un día para decidir si aprovechas esa oportunidad y te quedas en Escocia o la rechazas y regresas a Inglaterra para seguir viviendo a la sombra del pasado.

Rabbie espoleó a su montura y se fue.

Quería creer que Fiona y Ualan la harían entrar en razón. Lo deseaba con todas sus fuerzas, aunque las cosas no habían salido tan bien como había calculado. Pensaba que Bernadette sería más amable.

En cualquier caso, esperaba que los niños no le odiaran por haberlos dejado con una mujer amargada, y esperaba que Bernadette superara su pesar y reconociera las ventajas del futuro que le estaba ofreciendo. No sabía si su plan tendría éxito; de hecho, ni siquiera sabía si estaba haciendo lo correcto. Pero estaba enamorado de ella, y no quería que Fiona y Ualan acabaran con unos desconocidos.

Mientras se alejaba, se sintió como si se hubiera subido a un bote en alta mar sin un mal remo a su disposición y sin más esperanza que encontrar una corriente favorable.

Capítulo 24

Bernadette se quedó paralizada cuando Rabbie se marchó. ¿Cómo era posible que, después de todo lo que había pasado entre ellos, se presentara en Killeaven con dos niños y se fuera tranquilamente? Estaba tan enfadada que se habría liado a golpes con cualquier objeto.

¿Qué iba a hacer ahora?

Tras respirar hondo varias veces, hizo un esfuerzo y volvió al salón. Los niños seguían en el sitio donde los habían dejado, y la miraron con tanta desconfianza como ella a ellos. Charles también estaba allí, y parecía completamente confundido.

—No sé a qué viene esto, señorita Holly, pero no puede volver a Inglaterra con dos niños —dijo.

—No, claro que no. Solo necesitan un sitio donde pasar la noche.

Charles suspiró con impaciencia.

—¿Ahora es una niñera? ¡Hay mucho trabajo que hacer!

—Lo sé, pero me siento mucho mejor, y le prometo que...

Charles se acercó a ella.

—Mire, Bernadette... no me importa lo que haga, pero asegúrese de que no se crucen en mi camino y de que no se le escapen. Tengo bastantes preocupaciones como para preocuparme también por ellos.

—No se preocupe.

—Y arréglese un poco el pelo, por Dios.

Charles se marchó, y ella intentó sonreír a los pequeños.

—No le hagáis caso. Es que está... muy ocupado.

La niña miró a su hermano con incertidumbre, y Bernadette se preguntó cuántos años tendrían. Por su aspecto, Fiona debía de tener unos seis y Ualan, uno o dos más. Los dos eran rubios y de ojos azules, aunque el pelo del muchacho era de un tono más dorado.

Bernadette se arrodilló ante ellos y los miró, nerviosa. El pequeño se puso tenso de inmediato, como si tuviera miedo, y ella pensó que debía de tener una pinta espantosa para que reaccionara así.

—Disculpad mi estado —dijo, pasándose una mano por el pelo—. No estoy en el mejor de mis días.

—Ya lo sabemos. Sabemos que estás triste —replicó Fiona.

Bernadette se quedó atónita.

—Sí, bueno... eso es verdad, pero también lo es que no esperaba visita. Me he llevado una buena sorpresa, y supongo que vosotros estaréis tan sorprendidos como yo, ¿verdad?

Fiona sacudió la cabeza, pero su hermano no mostró indicación alguna de lo que pensaba.

—¿Tenéis hambre? —continuó, intentando romper el hielo.

Los niños se miraron, y Fiona volvió a sacudir la

cabeza. Pero Charles reapareció en ese momento, aunque solo para asomar la cabeza y decir, antes de marcharse otra vez:

—Haga algo con la chica de la cocina, o destrozará toda la porcelana de la casa mientras la intenta guardar.

Bernadette se levantó de suelo, encantada de tener algo que hacer.

—Venid conmigo —dijo a los niños.

Al llegar a la cocina, descubrieron que Ina estaba barriendo los restos de lo que parecía ser una taza rota.

—Lo hago lo mejor que puedo —dijo con irritación—, pero el señor Charles no se ha molestado en darme las instrucciones necesarias.

—No te preocupes por eso. Deja la porcelana. Ya la guardo yo.

Bernadette asumió la tarea con alivio, porque era una excusa perfecta para no tener que ocuparse de los pequeños. E Ina, que no les había prestado atención hasta entonces, les habló en gaélico.

Fiona contestó, y debió de ser algo gracioso, porque Ina soltó una carcajada y se puso a hablar animadamente con ellos. Hasta Ualan parecía contento, para desconcierto de Bernadette. ¿Qué les habría dicho? Se había ganado su amistad con unas cuantas palabras.

Al cabo de unos minutos, Ina declaró:

—Tienen hambre, señorita. ¿Les preparo algo?

Bernadette los miró con sorpresa, porque a ella le acababan de decir que no tenían ganas de comer. ¿Creerían que tenía intención de envenenarlos?

—Sí, por favor.

Ina les preparó y dio la comida mientras Bernadette seguía guardando la porcelana. No entendía nada de lo que estaban diciendo, porque hablaban en gaélico, pero disfrutó tanto del sonido de sus voces y sus risas que el corazón se le encogió.

¿Qué pensaba Rabbie? ¿Que olvidaría el pasado y aceptaría su absurdo plan por el simple hecho de dejarla con dos niños? Aparentemente, sí. Y, por cruel que fuera, parecía estar en lo cierto.

Molesta, miró a Ina con irritación y dijo:

–¿Necesitan algo más? Porque a mí no me lo querrán decir.

Ina parpadeó con desconcierto, les formuló la pregunta de Bernadette y esperó su respuesta.

–No necesitan nada más, señorita –dijo la muchacha–. Pero se alegran de estar aquí.

Bernadette resopló.

–Lo dudo. Seguro que mienten.

–Oh, no, lo dicen en serio. Los iban a llevar a Inverness, para dejarlos con unos desconocidos, y están encantados de que un Mackenzie se quede con ellos.

–¿A Inverness?

–Sí, porque no tenemos padres –dijo Fiona.

–No es por eso –intervino su hermano–. Es porque ya no tenemos familia en las Tierras Altas. Todos han muerto o se han ido.

–Somos muchos los que estamos en esa misma situación –comentó Ina–. Por eso tenemos que estar juntos, ¿no?

Fiona asintió, y Ualan se encogió de hombros.

–¿Qué han querido decir con eso de que un Mackenzie se va a quedar con ellos? –preguntó Bernadette.

–Que el señor Rabbie Mackenzie quiere que vivan con él en Arrandale.

–Sí, es verdad, y nos ha prometido que iremos a ver

a Barabel de vez en cuando –intervino la niña–. Me enseñó a preparar tartas... ¿Tú sabes hacer tartas, Ina?
—Más o menos.
Bernadette siguió con su trabajo, asombrada con lo que acababa de oír. ¿Rabbie se los iba a quedar de verdad? ¿Con independencia de que ella aceptara su oferta de matrimonio? Tenía que haber perdido la cabeza. Le parecía increíble que un hombre que semanas antes se quería tirar por un acantilado estuviera dispuesto a criar a dos huérfanos sin ayuda de nadie.
Cuando terminó con la porcelana, se ofreció a quedarse con Fiona y Ualan para que Ina pudiera seguir con sus cosas.
—No hace falta, señorita. No me molestan –respondió.
Bernadette estuvo tentada de dejarlos con ella, porque empezaba a pensar que no tenía mano con los niños. Pero Charles puso fin a sus dudas por el procedimiento de entrar rápidamente y decir:
—La plata, Ina. Se te ha olvidado.
—¡Ah! ¡Es verdad!
Ina se limpió las manos con un paño y se fue.
—Bueno, problema resuelto –dijo Bernadette, mirando a los niños–. Por lo visto, os quedaréis conmigo... Acompañadme.
—¿Adónde vamos? –preguntó Fiona, saltando del taburete donde estaba.
—Aún no lo sé.
Ualan las siguió y, tras cruzar la casa en busca de algo que poder hacer, Bernadette los llevó a su habitación.
—Sentaos en la cama. No he terminado de hacer el equipaje.
—¿Es que te vas? –se interesó la niña.

—Sí —respondió, abriendo un baúl.

—El tío Rabbie dice que puedes vivir con nosotros en Arrandale. Yo no he estado nunca, pero Catriona afirma que es grande y que tiene sitio de sobra para dos niños y unos cuantos perros.

—Lo siento mucho, pero vuestro tío está equivocado conmigo.

Bernadette maldijo a Rabbie para sus adentros. ¿Cómo se atrevía a darles falsas esperanzas? ¿No era consciente de lo que había hecho? ¿De verdad pensaba que podía formar una familia con dos huérfanos y una doncella caída en desgracia?

—¿Tienes hijos? —preguntó Fiona de repente.

Bernadette carraspeó.

—No.

—¿Por qué no?

—Porque no está casada, Fiona —dijo Ualan—. No tiene familia. Está sola, como nosotros.

—¿Y por qué no vienes a Arrandale? El tío Rabbie dice que puedes. ¿Has estado alguna vez?

Bernadette suspiró.

—Sí. Es un lugar muy bonito.

—Pues ven con nosotros.

—No es tan fácil, Fiona.

—¿Es que no quieres tener una familia?

Bernadette tragó saliva.

—Es difícil de explicar y, aunque te lo explicara, eres demasiado pequeña para entenderlo —respondió—. ¿Qué os ha dicho vuestro tío?

—Que si vienes, seríamos una familia.

—No dijo eso. Dijo que lo seremos de todas formas, aunque la señorita no venga —replicó su hermano—. Sin embargo, cuatro personas son mejor que tres.

Bernadette se estremeció. Ella también ardía en deseos de tener una familia, pero no podía aceptar esa situación. La vida no funcionaba así. Rabbie estaba forzando las cosas de mala manera.

—Lo lamento, pero no puedo ir.

—¿Por qué no? —insistió Fiona.

—Ya te lo he dicho... No lo entenderías.

Bernadette sonrió a la pequeña con la esperanza de que olvidara el asunto y la dejara en paz, pero Fiona resultó ser de lo más obstinada.

—El tío Rabbie dice que estamos destinados a ser una familia porque no tenemos otra. Nosotros perdimos a la nuestra... ¿Verdad, Ualan? Se fueron.

—¿Cuántas veces quieres que te lo diga, Fiona? ¡No se fueron! ¡Murieron! —protestó Ualan.

Bernadette miró al niño y, al ver su expresión de angustia, se sintió terriblemente cerca de él. A fin de cuentas, había sufrido una tragedia similar.

—Yo también perdí a mi familia —les confesó—. Y por eso no puedo tener otra, porque la perdí.

Fiona frunció el ceño.

—Es justo lo contrario, Bernadette. Precisamente vamos a tener una familia nueva porque perdimos la que teníamos —declaró, mirándola como si pensara que no entendía nada—. Y quiero que la mía sea tan grande como la de los Mackenzie. Tienen un montón de niños, ¿sabes? Bueno, niños y niñas... ¿Es que no te gustan los niños?

Bernadette se sintió súbitamente débil.

—Sí, claro que me gustan.

—Pues entonces, deberías tener una familia —afirmó Fiona.

—Dicho así...

–¿Es que no puedes? ¿Por qué? ¿Es que estás enferma? La señora Maloney se puso enferma un día, se acostó y no se volvió a despertar.

Bernadette pensó que Fiona acababa de resumir la historia de su vida. Era como si se hubiera quedado dormida y estuviera atrapada en una pesadilla sin fin.

–La señora Maloney está muerta –dijo Ualan–. Se murió. No se quedó dormida.

–¿Y el tío Rabbie también se va a morir?

–No lo sé –respondió su hermano–. Pero espero que no se muera pronto.

Bernadette se emocionó tanto con la conversación de los dos pequeños que derramó una lágrima solitaria.

–Oh, lo siento...

–No pasa nada –dijo Fiona.

–No, digo que lo siento por la señora Maloney y por todos los que se fueron a dormir y no despertaron. Lo siento tanto por ellos como por los que despertaron a una vida que no podían soportar.

Fiona y Ualan la miraron con sorpresa, y Bernadette se dio cuenta de que había roto a llorar sin ser consciente de ello.

–No sabéis hasta qué punto lamento lo que os pasó. Es una pérdida irreparable, como la que sufrimos vuestro tío Rabbie y yo misma. Y me arrepiento de tantas cosas... ¡Ojalá las pudiera cambiar! Lo he estropeado todo.

Bernadette guardó silencio, entre sollozos. Acababa de comprender que no estaba llorando solo por lo que había dicho, sino por miedo a seguir el camino que le dictaba el corazón y terminar sola una vez más.

–No estés triste –dijo Fiona, dándole una palmadita.

Bernadette respiró hondo, intentando recuperar el aplomo, pero fracasó miserablemente.

–Te puedo animar si quieres –prosiguió la niña–. Puedo bailar y cantar.

–No cantes, por favor. Los oídos me duelen cuando cantas –protestó su hermano.

–¡Eso es mentira! ¡Eres un malvado!

–¡Es la verdad! ¡Nadie soporta tus canciones!

–¡Pues lo tuyo es peor! –bramó la pequeña–. ¡Nadie soporta que hables!

–¡Basta ya! –intervino Bernadette.

Los niños se quedaron en silencio, y ella siguió llorando con más fuerza que antes. Por lo menos, hasta que Ualan se le acercó, la tomó de la mano y dijo con afecto:

–No llores. Seremos tus amigos.

Bernadette alzó la cabeza y lo miró a los ojos.

–¿En serio? ¿Seréis mis amigos? No se puede decir que me haya portado muy bien con vosotros...

Ualan frunció el ceño y fingió sopesar la cuestión.

–Bueno, creo que podemos hacer un esfuerzo.

Bernadette sonrió sin poder evitarlo, y Fiona se sentó a su lado y apoyó la cabeza en su cuerpo.

–¿Sois conscientes de que soy inglesa? Hay escoceses que no quieren saber nada de nosotros –les recordó.

–Sí, ya lo sabemos, pero el tío Rabbie dice que no todos los ingleses son malos –dijo la niña.

Bernadette volvió a sonreír.

–No, no todos. Sin embargo, eso no significa que os vaya a gustar. ¿Qué pasará si descubrís que no os caigo bien?

–Ya nos caes bien –dijo Fiona–. Eres muy guapa, aunque tus ojos están raros.

—¿Raros?

—Sí, es como si un montón de abejas te hubieran picado en ellos —intervino Ualan.

—Ah, os referís a eso... Bueno, es porque se me han hinchado. Llevo llorando mucho tiempo.

—¿Por qué? —preguntó el chico.

—Porque estoy sola y no me gusta. ¿Tú no lloras nunca?

—No, aunque Fiona llora bastante.

Fiona asintió.

—Sí, a veces me pongo triste —admitió—. No lo estoy cuando Barabel deja que la ayude con sus tartas, pero si Ualan me dice algo feo y no se lo puedo contar a nadie, lloro.

—Solo te digo cosas malas cuando no paras de hablar de las tartas.

—¿Sabéis que me alegraría a mí? —preguntó Bernadette—. Dar un paseo.

—¡Eso! ¡Salgamos a pasear! —exclamó Fiona, cuyo rostro se iluminó—. ¿Podemos ir al mar? La señora Maloney no nos llevaba nunca porque decía que estaba muy lejos y que le dolerían las piernas.

—Por supuesto que podemos.

Bernadette se puso las botas que Charles le había prestado y, a continuación, se los llevó a buscar al señor MacDonald para que los acompañara. Tenía la sensación de que aquello iba a ser bastante más que un paseo. Pero no se quería hacer ilusiones.

A la mañana siguiente, ya habían guardado todas las cosas que los Kent habían dejado en Killeaven. Charles se subió al primer carro y se fue a la caleta para supervisar la descarga, dejando a Niall MacDonald y a uno de sus hombres por si los Buchanan se presentaban en su ausencia, aunque no habían dado señales de vida desde que llegaron a la mansión.

—Los Buchanan siempre han sido unos cobardes —les había dicho el día anterior, cuando acompañó a Bernadette y a los niños en su paseo—. Mientras haya un Mackenzie en la casa, no se atreverán a venir.

Bernadette no sabía si era cierto, pero se sintió notablemente más segura. Y, cuando los niños le enseñaron las piedras que habían recogido por el camino, empezó a pensar que la idea de Rabbie no era tan mala como le había parecido al principio.

Fiona y Ualan durmieron con ella, en su cama y, tras una noche sin incidente alguno, les hizo compañía mientras los demás cargaban los carros. Teóricamente, se iba a marchar en el último.

Aquella tarde, Bernadette dejó a los pequeños en el salón y fue a despedirse de Ina, que ya se iba.

—¿Volverás a Killeaven? —preguntó la muchacha.

Bernadette sonrió y sacudió la cabeza.

—No lo creo.

Cuando Ina se fue, Bernadette se dedicó a mirar a los niños, que estaban jugando en el jardín con unos palos, usándolos como si fueran espadas. Estaba física y emocionalmente agotada; pero, por primera vez en varios días, se sentía como si su corazón volviera a latir de verdad y no se limitara a bombear sangre por simple inercia.

Se estaba haciendo tarde, y el sol se empezaba a ocultar detrás de las colinas. Sin embargo, sabía que Rabbie cumpliría su palabra y que llegaría en cualquier momento, así que no se llevó ninguna sorpresa cuando oyó sonido de cascos en el camino.

Bernadette estaba apoyada en una de las columnas de la entrada principal. Rabbie avanzó hasta ella, detuvo a su caballo y la miró como intentando adivinar su humor, pero Bernadette no se lo puso fácil. La había dejado sola con los dos huérfanos y, desde su punto de vista, merecía sufrir un rato.

Por fin, él desmontó y se acercó con el ceño fruncido. Evidentemente, se temía lo peor.

—¿Qué tal estás? —preguntó.

—Bien.

—¿Y los niños?

—Perfectamente. Están jugando en el jardín.

Rabbie asintió y se puso las manos en las caderas. Bernadette pensó que era el hombre más atractivo de las Tierras Altas, y deseó sentir el contacto de su piel. Pero también deseó pegarle un puñetazo.

—Supongo que sigues enfadada conmigo.

Ella no dijo nada.

—Por si te sirve de algo, mi madre puso el grito en el cielo cuando le dije lo que había hecho. Cree que es absurdo e injusto para todos.

—Estoy de acuerdo con ella.

Él suspiró, derrotado.

—En ese caso, me los llevaré.

—¿No te interesa saber si nos ha ido bien?

Él arqueó una ceja.

—Claro que sí, pero no me atrevo a preguntarlo.

—Ha sido bastante difícil, la verdad. Son ruidosos, discuten todo el tiempo y exigen mucha atención. He descubierto que pierdo la paciencia con facilidad cuando no me hacen caso.

Rabbie volvió a fruncir el ceño.

—Está bien, me doy por enterado —dijo—. Me los llevaré inmediatamente.

—No he terminado de hablar —replicó ella, apartándose de la columna—. Yo también necesito atención. De hecho, no me había dado cuenta hasta que... bueno, hasta que tú me la diste. Y te confieso que te odié con toda mi alma por haberme metido en esa situación.

Bernadette respiró hondo y siguió hablando.

—Sin embargo, Fiona y Ualan han sido encantadores conmigo y se han comprometido a no protestar cuando les prepare judías. Han conseguido que me dé cuenta de que tienes razón. He estado viviendo en el pasado, al igual que tú. Pero ellos no son así, ¿sabes? Viven en el presente, y sueñan con un futuro luminoso y feliz.

La expresión de Rabbie cambió por completo.

—¿Qué me quieres decir, *leannan*?

—Que he tomado la decisión de hacer lo mismo que ellos.

—¿Y eso qué significa? Habla con claridad.

—Mira, no sé si seré capaz de ser una buena madre para ellos. Ni siquiera sé si seré una buena esposa para ti, si es que tu oferta sigue en pie. Pero ardo en deseos de intentarlo.

Rabbie se acercó, la tomó entre sus brazos y le besó la frente y las mejillas.

—Oh, Bernadette —dijo, aliviado—. No sabes cuánto deseaba oírte eso. Me has devuelto la vida, y te amo con locura.

—Yo también te amo, Rabbie —replicó, sonriendo—. Dios sabe que he hecho todo lo posible por odiarte, y que me enfadé muchísimo cuando me dejaste a los niños y te fuiste. Pero, cuando me di cuenta de que te iba a perder, me sentí tan triste que... En fin, olvídalo. No me quiero ir. No quiero vivir en el pasado. Quiero seguir adelante, contigo.

Él gimió y la besó de nuevo.

—Te amo, sí, pero tengo que hacerte una pregunta —siguió ella.

—¿Cuál?

—¿Has reflexionado sobre lo que te dije? ¿Has asumido lo que significa que no pueda darte hijos?

—No me importa, Bernadette —contestó, mirándola a los ojos—. ¿Es que no lo entiendes? No me importa en absoluto. Me has devuelto la vida, y pongo a Dios por testigo de que todo lo que tengo es tuyo.

Rabbie la besó una vez más, y ella se preguntó cómo era posible que el destino la hubiera llevado a las Tierras Altas para ofrecerle la felicidad que creía perdida para siempre. Era milagroso, una verdadera locura, algo increíble. Pero estaba dispuesta a creerlo.

—¡No, tío Rabbie, no hagas eso! —exclamó Fiona desde algún lugar del jardín—. ¡Es mala!

Rabbie y Bernadette estallaron en carcajadas. Fiona salió de su escondite, corrió hacia ellos y se abrazó a sus piernas, pero Ualan mantuvo las distancias.

—¿Tú no nos vas a abrazar? —dijo Rabbie.

Ualan sonrió con timidez y los abrazó.

Epílogo

Es un día de principios de primavera, y Seona, su madre, su hermana y los hijos de su hermana están en el campo, cerca de Balhaire. Catriona se ha sumado a ellos en compañía de Vivienne y de Marcas. Tienen una cesta con pan y fruta, además de una guardia de perros que los han seguido y se dedican a corretear por ahí.

La sobrina de Seona, que solo tiene ocho meses, ríe y aprieta sus pequeños puños mientras Rabbie le pone caras graciosas. Su hermanito está a punto de cumplir dos años, y camina torpemente de flor en flor, arrojando pétalos a los perros, que no le hacen caso.

Rabbie se le acerca, lo levanta en vilo, le dice que es un pájaro y se lo pone sobre los hombros. Luego, corre por el campo y, cuando el pequeño le pide más, lo mueve de un lado para que se sienta como el pájaro que le ha prometido ser.

—Serás un buen padre, Rabbie Mackenzie —dice Seona.

Rabbie deja al niño con su madre y se tumba junto a Seona, esperando que su afirmación se cumpla.

—Lo seré —replica, y le da un beso—. Cuando vuelva de Noruega.

—¡Qué descaro! —protesta ella en tono de broma—. No sé en qué estaba pensando cuando permití que te acercaras a mí. Tendría que haber buscado solaz en otros brazos.

Rabbie sonríe y la besa de nuevo.

—Prométeme que estarás aquí cuando vuelva —dice, tomándola de la mano—. Prométeme que no te casarás con Gordon.

Seona suelta una carcajada.

—Si no me caso contigo, no me casaré con nadie.

Rabbie no lo sabe todavía, pero no volverá a ver a Seona MacBee.

Rabbie y Bernadette se casaron quince días más tarde. Ninguno de los Mackenzie quiso esperar más, porque habían aprendido que las cosas se podían complicar en cualquier momento. A Margot le preocupaba que la familia de Bernadette no estuviera presente; pero, tras hablar con ella y conocer su triste historia, cambió de actitud, aunque Bernadette se comprometió a escribir a su hermana.

El año siguiente pasó tan deprisa que Rabbie no lo podía creer. Lo encontraba de lo más desconcertante, teniendo en cuenta que los anteriores se le habían hecho eternos. Pero ahora, tenía la sensación de que los meses solo duraban unos cuantos minutos.

Era asombrosamente feliz.

El día del cumpleaños de Bernadette, la llevó al comedor de Arrandale, la invitó a sentarse y le tapó los ojos con un pañuelo. Bernadette extendió un brazo, por miedo a que uno de los niños se le acercara de repente y le pegara un susto, pero solo se topó con el hocico de uno de los tres perros que tenían.

—¿Qué haces aquí, Wooly? —dijo, reconociéndolo al instante—. No deberías estar en el comedor.

—¡No mires, mamá! —protestó Fiona.

Fiona, que estaba al otro lado de la mesa, la había empezado a llamar *mamá* poco después de que llegaran a Arrandale, aunque Ualan la seguía llamando por su nombre. Pero ya no eran los únicos niños de la casa, porque se les había sumado uno más cuando Rabbie y Bernadette decidieron adoptar a Isobel, una niña de unos tres años que alguien había dejado en la entrada de Balhaire.

—No estoy mirando —replicó.

Rabbie le puso las manos en los hombros y la inclinó hacia delante.

—Espero que sea verdad que no miras —le advirtió.

—¿Esta tortura no va a terminar nunca? ¡Estoy harta de esperar!

—¿Qué decís vosotros? ¿Le quito el pañuelo?

—¡Sí! —exclamaron los niños al unísono.

Rabbie le desató el pañuelo y se lo quitó. Bernadette parpadeó un momento y sonrió de oreja a oreja al ver lo que estaba en la mesa: unas botas nuevas, las botas que Rabbie le había estado haciendo.

—¿Me devolverá ahora las mías? —intervino Charles.

Charles había decidido quedarse con ellos cuando supo que Bernadette no iba a volver a Inglaterra. Se presentó directamente en Arrandale y rogó a Rabbie que lo contratara. Bernadette se llevó una sorpresa y una gran alegría, porque lo apreciaba mucho.

Arrandale no era tan grande como para que necesitaran los servicios de un mayordomo, pero Charles ejercía de tal en cualquier caso. A Rabbie le extrañaba que un inglés se quisiera quedar en las Tierras Altas, y sospechaba que no quería regresar a Inglaterra porque tenía miedo de algo. De hecho, su esposa y él bromeaban a veces sobre los delitos que podía haber cometido.

Y un día, sin que viniera a cuento de nada, anunció que se iba casar con Ina y que iban a tener un niño. Al parecer, Rabbie no era el único que había encontrado la felicidad.

—Por supuesto que se las devolveré —replicó Bernadette, riendo—. Por mí, hasta las puede quemar.

Bernadette estaba tan contenta con sus botas nuevas que insistió en ponérselas de inmediato y no se las quitó en varias horas. Rabbie sonreía cada vez que oía sus potentes pisadas en algún corredor.

Aquella noche, cuando los niños ya se habían acostado, Rabbie se dedicó a mirarla mientras ella se cepillaba el cabello. Era su momento preferido del día. Le encantaba admirar su cuerpo mientras se preparaba para acostarse. Le parecía asombroso que una mujer tan hermosa como ella se hubiera casado con alguien como él.

Al cabo de unos minutos, Bernadette dejó el cepillo a un lado, se tumbó junto a su marido y le apoyó la cabeza en el hombro.

—¿Eres feliz?— preguntó él.

Ella suspiró.

—Mucho.

—¿No te arrepientes de nada?

Bernadette lo miró con sorpresa. Se lo preguntaba

muchas veces, y siempre lo miraba del mismo modo; pero Rabbie no lo podía evitar, porque se consideraba tan afortunado que tenía miedo de que cambiara de opinión y destrozara el sueño en el que vivía. A fin de cuentas, había pasado de creerse perdido y desear la muerte a tener tres hijos y una mujer que lo amaba.

—¿Y bien? Aún no has contestado a mi pregunta.
—No me arrepiento de nada.
—¿Lo juras?
Ella asintió.
—Lo juro.
Rabbie sonrió.
—Tengo otro regalo para ti.

Él alcanzó la carta que había llegado unos días antes y se la dio.

—¡Dios mío! ¡Es de Avaline! —exclamó ella, rompiendo el sello con ansiedad.

Había pasado más de un año desde la última vez que la habían visto. Sabían que Cailean y Daisy se habían llevado a las Kent a Chatwick Hall, en espera de que a lord Kent se le pasara el enfado. Sin embargo, lady Kent falleció de repente, y Daisy se apiadó de la muchacha y se hizo cargo de ella porque no quería que estuviera con un hombre como su padre, a quien ni siquiera le importó.

Pero esa no era la única noticia importante del año transcurrido. El padre de Rabbie seguía preocupado con la posibilidad de que los Buchanan se hicieran con las tierras que querían, y se le ocurrió una idea: que el tío Knox, el hermano de su esposa, comprara Killeaven y la administrara hasta que el joven Ellis fuera mayor de edad, cosa que hizo.

El plan era tan sencillo como conveniente y, por

supuesto, lord Chatwick no puso ninguna pega. Se quedaría con las tierras y, cuando los Mackenzie tuvieran el dinero necesario para comprarlas, se las vendería.

—Bueno, ¿qué dice Avaline? —preguntó Rabbie momentos después.

—Que está enamorada —respondió, con una sonrisa en los labios—. Que su corazón está lleno de alegría y que espera casarse dentro de poco. ¿Quién lo iba imaginar? Es increíble.

Rabbie rio.

—Auley se sentirá muy aliviado.

—Auley no ha vuelto a pensar en ella desde que la dejó en Inglaterra —observó Bernadette.

—¿Y quién es el afortunado?

—No lo dice por ninguna parte, aunque hay una línea que no se lee bien porque, aparentemente, se le derramó la tinta. Pero espera un momento... ¡Oh, Dios mío! ¿Será posible?

—¿Qué pasa?

Bernadette lo miró con ojos redondos como platos.

—¡Es Ellis! ¡Ha pedido su mano! ¡Y ella ha aceptado!

—¿Ellis? Pero si solo tiene diecisiete años.

—No, ya tiene dieciocho. Y, por lo visto, se van a casar en Navidad.

Rabbie sacudió la cabeza.

—Ellis y Avaline... —dijo, atónito.

Bernadette rompió a reír, dejó la carta a un lado y se puso encima de su marido.

—¿Qué pretendes, *leannan*?

—No lo sé, pero estoy al borde del delirio —le confesó, cubriéndolo de besos.

Rabbie le metió las manos por debajo del camisón.
—¿Al borde del delirio, dices?
—De pura felicidad —sentenció—. A veces creo que estoy soñando. Jamás habría creído que mi corazón volvería a latir gracias a un hombre que estaba en un acantilado, dispuesto a tirarse.

Rabbie pensó que aquel hombre se había tirado al final, aunque no había caído en el océano, sino en un matrimonio que le hacía inmensamente feliz.

—Yo también creo que estoy soñando —replicó en voz baja—. *Tha gaol agam art, mo graidh.*

—Oh, Rabbie... yo también te quiero.

Bernadette volvió a sonreír y lo abrazó con todas sus fuerzas.

ÚLTIMOS TÍTULOS PUBLICADOS EN HQN

La princesa del millón de dólares de Claudia Velasco

Hora de soñar de Kristan Higgins

El año del frío de Jane Kelder

Las chicas de la bahía de Susan Mallery

Con solo tocarte de Victoria Dahl

La chica del sombrero azul vive enfrente de María Draghia

La viuda y el escocés de Julia London

El guerrero más oscuro de Gena Showalter

Spanish Lady de Claudia Velasco

Enamorarse: clases prácticas de Olga Salar

El viaje más largo de Sherryl Woods

Fuera de combate de Anna Garcia

A las puertas de Numancia de África Ruh

Ese beso... de Jill Shalvis

Hasta que me ames de Brenda Novak

www.ingramcontent.com/pod-product-compliance
Lightning Source LLC
LaVergne TN
LVHW091624070526
838199LV00044B/927